Editora
Charme

Sem compromisso...
certo?

Proposta
de Verão

AUTORA BESTSELLER DO NE

VI KEELA

Copyright © 2021. THE SUMMER PROPOSAL by Vi Keeland
Direitos autorais de tradução © 2023 Editora Charme.

Todos os direitos reservados.
Nenhuma parte desta publicação pode ser reproduzida, distribuída ou transmitida sob qualquer forma ou por qualquer meio, incluindo fotocópias, gravação ou outros métodos mecânicos ou eletrônicos, sem a permissão prévia por escrito da editora, exceto no caso de breves citações consubstanciadas em resenhas críticas e outros usos não comerciais permitido pela lei de direitos autorais.

Este livro é um trabalho de ficção.
Todos os nomes, personagens, locais e incidentes são produtos da imaginação da autora.
Qualquer semelhança com pessoas reais, coisas, vivas ou mortas, locais ou eventos é mera coincidência.

1ª Impressão 2023

Produção Editorial - Editora Charme
Modelo - Michael Yerger
Fotógrafo - Rodolfo Martinez
Design da Capa - Sommer Stein, Perfect Pear Creative
Adaptação de Capa e Produção Gráfica - Verônica Góes
Tradução - Lais Medeiros
Preparação e Revisão - Equipe Editora Charme
Imagens - AdobeStock

Esta obra foi negociada por Brower Literary & Management, Inc.

CIP-BRASIL. CATALOGAÇÃO NA PUBLICAÇÃO
SINDICATO NACIONAL DOS EDITORES DE LIVROS, RJ

K34p

Keeland, Vi
    Proposta de verão / Vi Keeland ; tradução Laís Medeiros. - 1. ed. - Campinas [SP] : Charme, 2023.
    392 p. ; 22 cm.

Tradução de: The summer proposal
ISBN 978-65-5933-140-6

1. Romance americano. I. Medeiros, Laís. II. Título.

23-85549   CDD: 813
                  CDU: 82-31(73)

Gabriela Faray Ferreira Lopes - Bibliotecária - CRB-7/6643

www.editoracharme.com.br

Editora
Charme

Sem compromisso...
certo?

Tradução - Lais Medeiros

Proposta
de Verão

AUTORA BESTSELLER DO NEW YORK TIMES
VI KEELAND

Na vida de toda garota,
existe um garoto que ela nunca
esquecerá e um verão no qual tudo começou.

Capítulo 1

Georgia

— O que vai querer? — O barman colocou um guardanapo no balcão diante de mim.

— Hum... vou encontrar uma pessoa, então acho melhor esperar.

Ele deu algumas batidas com os nós dos dedos sobre o balcão.

— Tudo bem. Vou ficar de olho e passar aqui novamente quando vir alguém se juntar a você.

Mas quando ele começou a se afastar, reconsiderei.

— Pensando bem... — Ergui a mão como se estivesse na escola.

Ele se virou de volta para mim com um sorriso e uma sobrancelha arqueada.

— Mudou de ideia?

Assenti.

— É um encontro às cegas, então eu queria ser educada, mas acho que seria bom beber alguma coisa para aliviar a tensão.

— Parece uma boa ideia. O que vai querer?

— Um pinot grigio seria ótimo. Obrigada.

Ele voltou alguns minutos depois com uma taça bem servida de vinho e apoiou o cotovelo no balcão do bar.

— Então, encontro às cegas, hein?

Tomei um gole do meu vinho e soltei um suspiro ao assentir.

— Eu deixei Frannie, a amiga de setenta e quatro anos de idade da minha mãe, marcar um encontro para mim com seu sobrinho-neto para deixar minha mãe feliz. Ela o descreveu como "mediano, mas gente boa". Nosso encontro é às cinco e meia. Estou alguns minutos adiantada.

— É a primeira vez que deixa te apresentarem a alguém?

— É a segunda, na verdade. A primeira vez foi há sete anos. Levei todo esse tempo para me recuperar, se isso te indica alguma coisa.

O barman riu.

— Foi tão ruim assim?

— Me disseram que ele era um comediante. Então, pensei, como poderia ser ruim sair com alguém que ganha a vida fazendo as pessoas rirem? E o cara apareceu *com um boneco*. Aparentemente, ele fazia comédia como ventríloquo. Ele se recusou a falar diretamente comigo... queria que eu falasse somente com seu boneco. Que, a propósito, se chamava Dave Pervertido, e todo comentário que saía da boca dele era obsceno. Ah, e a boca do cara se mexia o tempo todo, então ele nem era um ventríloquo muito bom.

— Caramba. — O barman deu risada. — Acho que eu não daria outra chance a um encontro às cegas depois disso, mesmo após alguns anos.

Suspirei.

— Eu meio que já estou me arrependendo.

— Bom, se eu vir alguém entrando aqui com um boneco, pode deixar comigo. — Ele gesticulou em direção a um corredor atrás de si. — Sei onde ficam todas as saídas de emergência, e posso te ajudar a sair de fininho.

Sorri.

Proposta de Verão

— Obrigada.

Um casal sentou-se do outro lado do bar, então o barman foi atendê-los enquanto continuei olhando para a entrada. Eu havia escolhido me sentar em um canto mais para os fundos para poder ficar de olho na porta da frente, esperando poder ver o cara antes que ele me visse. Não que eu estivesse pretendendo dispensá-lo se ele não fosse bonito, mas não queria que ele visse a decepção no meu rosto se eu sentisse isso. Sempre fui péssima em mascarar meus sentimentos.

Alguns minutos depois, a porta do restaurante se abriu e um cara lindo de matar entrou. Ele parecia um modelo de anúncio de perfume masculino, provavelmente um em que emergia da água azul cristalina do Caribe. Fiquei animada, até me dar conta de que ele não devia ser a pessoa do meu encontro.

Frannie descrevera Adam como um nerd. E, basicamente, ela respondeu todas as perguntas que fiz sobre ele com: "Na média".

Qual é a altura dele? Na média.

Ele é bonito? Na média.

Tipo corporal? Na média.

Esse cara era alto, com ombros largos, grandes olhos azuis sedutores, mandíbula esculpida, cabelo escuro um pouco bagunçado que combinava perfeitamente com ele, e embora estivesse usando uma camisa de botões simples e calça social, dava para ver que era musculoso por baixo das roupas. Seria loucura de Frannie achar que qualquer aspecto desse homem estava na média.

Ah...

Ah!

Bem, ela era um pouco... diferente. Na última vez que fui à Flórida visitar minha mãe, saímos para almoçar com Frannie, e ela estava com a pele alaranjada pela quantidade excessiva de um autobronzeador que comprara no site do Home Shopping Network. Ela também passou a tarde inteira nos contando sobre a viagem de carro que havia feito pouco tempo antes para o Novo México para participar de uma convenção sobre OVNI em Roswell.

Mas mesmo levando isso em consideração, esse cara não parecia ser um nerd. Ainda assim, seus olhos escanearam o ambiente, e quando encontraram os meus, ele sorriu.

Covinhas.

Bem profundas.

Ai, Senhor. Meu coração palpitou.

É possível que eu esteja com essa sorte?

Parecia que sim. Porque o cara veio diretamente até mim. Eu deveria ter agido naturalmente, mas era impossível não encará-lo.

— Adam?

Ele deu de ombros.

— Claro.

Achei a resposta um pouco estranha, mas ele abriu ainda mais seu sorriso, e aquelas covinhas acentuadas fizeram meu cérebro virar mingau.

— Prazer em conhecê-lo. Eu sou a Frannie. Minha mãe é amiga da Georgia. — Balancei a cabeça. — Desculpe... quer dizer, *eu* sou a Georgia. Minha mãe é amiga da Frannie.

— Prazer em conhecê-la, Georgia.

Ele estendeu a mão e, quando a aceitei, a minha pareceu ser tão... pequena.

— Confesso que você não é nada do que eu estava esperando. Frannie não te descreveu com muita precisão.

— Melhor ou pior?

Ele estava brincando?

— Ela disse que você era um nerd.

Ele sentou no banco ao meu lado.

— Não costumo admitir isso no primeiro encontro, mas eu *tenho* uma coleção de action figures de *Guerra nas Estrelas*. — Ele enfiou a mão no bolso da calça e retirou algo de lá. — Na verdade, eu quase sempre carrego um comigo. Sou um pouco supersticioso e eles me dão sorte.

Adam abriu sua mão grande e revelou um Yoda minúsculo. Ele inclinou-se para frente e o colocou sobre o balcão do bar diante de mim, e o aroma do seu perfume flutuou no ar. *É tão cheiroso quanto lindo.* Deve ter alguma coisa muito errada com ele.

— As mulheres tendem a não gostar de *Guerra nas Estrelas*, por alguma razão — ele disse. — Ou de um marmanjo carregando um action figure no bolso.

— Eu gosto de *Guerra nas Estrelas*.

Ele colocou uma mão sobre o coração.

— Uma mulher linda que gosta de *Guerra nas Estrelas*? Podemos pular as formalidades e simplesmente pegar um voo para Las Vegas para nos casarmos?

Dei risada.

— Talvez, mas, primeiro, me prometa que não curte ventriloquismo.

Ele fez uma cruz sobre o peito.

— Pior do que a parte do *Guerra nas Estrelas* não fica.

O barman veio perguntar o que Adam queria beber. Fiquei surpresa quando ele pediu uma Coca Diet.

— Você não vai tomar um drinque ou uma taça de vinho comigo?

Ele negou com a cabeça.

— Queria poder, mas tenho que trabalhar mais tarde.

— Hoje à noite?

Ele assentiu.

— Sim. Queria não precisar, mas na verdade tenho que ir embora daqui a pouco.

Eu tinha pensado que o nosso encontro envolveria drinques *e* um jantar, mas talvez Frannie tivesse entendido errado.

— Ah, ok. — Forcei um sorriso.

Adam pareceu notar.

— Juro que não estou inventando. Tenho mesmo que trabalhar. Mas adoraria muito ficar. Como não posso, é cedo demais para dizer que eu adoraria te ver de novo?

Tomei um gole do vinho.

— Hummm... não tenho certeza. Normalmente, tenho a chance de conhecer a pessoa no primeiro encontro, para poder eliminar os assassinos em série e os malucos. Como vou saber se você não é o próximo Ted Bundy se for embora tão rápido?

Adam alisou a barba por fazer no queixo e checou seu relógio.

— Tenho mais ou menos quinze minutos. Que tal descartarmos a conversa fiada e você me perguntar qualquer coisa?

— Qualquer coisa?

Ele deu de ombros.

— Sou um livro aberto. Dê o seu melhor.

Terminei de beber o vinho e virei-me no assento para ficar de frente para ele.

— Tudo bem. Mas quero observar o seu rosto enquanto te interrogo. Sou péssima em esconder mentiras nas minhas expressões, mas sou ótima em interpretar as dos outros.

Ele sorriu e se virou para mim, dando-me sua total atenção.

— Manda bala.

— Muito bem. Você mora com a sua mãe?

— Não, senhora. Ela nem mora no mesmo estado que eu. Mas ligo para ela todo domingo.

— Você já foi preso?

— Por atendado ao pudor, na faculdade. Eu estava fazendo juramento a uma fraternidade, e tive que andar pelo centro da cidade pelado com um monte de outros caras. Um grupo de garotas nos parou e perguntou se algum de nós sabia girar bambolê. Todo mundo continuou andando. Pensei que eles estavam arregando, então parei. Mas, na verdade, eles não estavam com medo; eu só fui o único a não perceber o policial que estava saindo de uma loja um pouco mais à frente.

Dei risada.

— Você sabe mesmo girar bambolê?

Ele lançou uma piscadela.

— Só quando estou pelado. Quer ver?

Meu sorriso se alargou.

— Vou acreditar na sua palavra.

— Que pena.

— Quando foi a última vez que você transou?

Pela primeira vez, seu sorriso murchou.

— Duas semanas atrás. Vai me julgar por isso?

Neguei com a cabeça.

— Não necessariamente. Fico grata pela honestidade. Você poderia ter mentido e dito que fazia um tempo.

— Que bom. O que mais quer saber?

— Você já teve um relacionamento sério?

— Duas vezes. Uma vez na faculdade, por um ano, e depois tive um relacionamento que durou um ano e meio e terminou há dois anos.

— Quais foram os motivos dos términos?

— Na faculdade foi porque eu tinha vinte anos e... foi uma época muito louca na minha vida. E meu último relacionamento terminou porque ela queria se casar e começar uma família, e eu não estava pronto.

Toquei meu lábio inferior com o dedo indicador algumas vezes.

— Hummm... e ainda assim, você acabou de me pedir para ir para Las Vegas e me casar com você.

Ele abriu um sorriso de orelha a orelha.

— Ela não gostava de *Guerra nas Estrelas*.

Estávamos muito ocupados rindo para perceber que um cara estava vindo em nossa direção. Imaginei que ele devia conhecer Adam, então sorri educadamente e olhei para ele. Mas o cara se dirigiu a mim.

— Lamento interromper, mas você é Georgia Delaney?

— Sim...?

Ele sorriu.

— Eu sou Adam Foster. Frannie me mostrou uma foto sua, mas era de uma festa à fantasia. — Ele gesticulou ao lado da sua cabeça, formando o círculo com o dedo. — Você estava fantasiada de Princesa Leia, com os cabelos presos nas laterais da cabeça, então estava um pouco diferente de agora.

Franzi as sobrancelhas.

— Você é o... Adam?

O cara pareceu tão confuso quanto eu.

— Sim.

Agora, *esse homem* tinha a aparência que eu estava esperando: jaqueta de tweed marrom surrada, cabelos penteados partidos para o lado... era o típico nerd que trabalhava no departamento de TI de uma empresa. Mas...

Se ele era o Adam, então quem era o outro?

Olhei para o cara sentado ao meu lado, esperando uma resposta. Entretanto, não foi isso que recebi.

— Você se fantasiou mesmo de Princesa Leia para uma festa à fantasia?

— Sim, mas...

Adam, ou quem quer que fosse aquele cara, colocou um dedo sobre os meus lábios e virou-se para o homem que, aparentemente, era o sobrinho-neto de Frannie.

— Pode nos dar um minutinho? — ele perguntou.

— Hã... claro.

Assim que o Adam mediano se afastou, virei-me para o Adam gato.

— Quem é você?

— Desculpe. Meu nome é Max.

— Você tem o costume de fingir ser outra pessoa?

Ele balançou a cabeça.

— Eu só... eu te vi sentada no bar pela janela quando estava passando em frente ao restaurante, e estava com um sorriso tão lindo no rosto. Entrei e me aproximei para me apresentar, e estava claro que você estava aqui para se encontrar com outra pessoa. Acho que meio que fiquei com medo de você não falar comigo, já que eu não era o Adam. Então, entrei na onda.

— E se o verdadeiro Adam não tivesse aparecido? Você teria fingido ser o Adam no segundo encontro?

Max arrastou uma mão pelo cabelo.

— Não pensei tão à frente assim.

Normalmente, pegar um cara com quem estou saindo na mentira me deixaria zangada, mas descobrir que Max não era Adam foi mais decepcionante do que outra coisa. Nós tínhamos uma ótima química, e eu não me lembrava da última vez em que dei tanta risada ao conhecer uma pessoa nova.

— Todas as suas respostas foram mentiras? Você sequer gosta mesmo de Guerra nas Estrelas?

Ele ergueu as mãos.

— Juro que sim. A única mentira foi o meu nome.

Suspirei.

— Bom, Max, obrigada pelo entretenimento. Mas não quero deixar a pessoa com quem realmente vim me encontrar esperando.

Ele franziu a testa, mas assentiu e se levantou.

— Foi muito bom te conhecer. Acho que pedir o seu número seria estupidez minha, não é?

Lancei um olhar para ele.

— Sim, seria. Tenha uma boa noite, Max.

Ele me olhou por alguns segundos e, em seguida, retirou uma nota de cem da carteira e colocou sobre o balcão.

— Você também, Georgia. Eu gostei mesmo de conhecer você.

Max deu alguns passos para se afastar, mas então parou e retornou. Ele pegou sua carteira novamente e, dessa vez, tirou o que parecia ser algum tipo de ingresso e o colocou no balcão do bar diante de mim.

— Eu adoraria mesmo te ver de novo. Se o cara que veio encontrar acabar sendo um chato ou você mudar de ideia, eu prometo que nunca mais vou mentir para você. — Ele apontou para o ingresso. — Estarei no jogo de hóquei no Madison Square Garden às sete e meia, se você considerar me dar mais uma chance.

O que ele disse pareceu sincero, mas eu estava ali para me encontrar com outro homem. Sem contar que eu estava bem decepcionada. Meneei a cabeça.

— Acho que não.

Com uma expressão amuada, Max assentiu uma última vez antes de ir embora. Não tive tempo de processar nada, mas tive uma estranha sensação de perda ao observá-lo sair pela porta. Contudo, assim que ele desapareceu de vista, Adam surgiu ao meu lado.

Tive que forçar um sorriso.

— Desculpe por isso. Nós, hã, tínhamos um assunto para encerrar.

— Sem problema. — Ele sorriu. — Ainda bem que aquele cara não estava dando em cima de você, e eu não tive que defender a sua honra. Ele era enorme. — O verdadeiro Adam sentou. — Posso pedir mais um vinho para você?

— Seria ótimo. Obrigada.

— Então... pelo que entendi, você é muito fã de *Guerra nas Estrelas*.

— Hã? Ah, por causa da fantasia.

Adam apontou para o balcão do bar.

— E do pequeno Yoda.

Olhei para baixo. Max havia deixado seu boneco Yoda para trás. Acho que ele não mentiu sobre ser fã de *Guerra nas Estrelas*, considerando que carregava um action figure de colecionador no bolso. Eu esperava que, pelo menos, isso não fosse apenas um adereço que ele usava quando contava lorotas para estranhas em bares e mentia sobre seu nome.

O verdadeiro Adam gostava de falar sobre inteligência artificial. *Muito*.

Tentei focar minha mente no momento após a desilusão com Max, mas antes mesmo que Adam e eu terminássemos nossa primeira bebida no bar, eu soube que esse seria o nosso único encontro. Adam era um cara simpático, só que não houve uma conexão entre nós, física ou mental. Eu não curtia computadores e bitcoin, o que pareciam ser coisas pelas quais ele se interessava muito, e ele não curtia nenhum dos meus hobbies, como fazer trilha, viajar e assistir a filmes antigos em preto e branco. Ele nem gostava de ir ao cinema. Quem não gostava de se entupir de pipoca e beber litros de refrigerante enquanto via algo em uma tela grande? Sem falar que, quando contei sobre o meu trabalho, ele disse que era alérgico a flores.

Então, quando a garçonete veio nos entregar um cardápio de sobremesas, recusei educadamente.

— Tem certeza de que não gostaria de tomar um café ou alguma outra coisa? — Adam perguntou.

Balancei a cabeça.

— Tenho que trabalhar amanhã de manhã. Ingerir cafeína depois do meio-dia me deixa acordada a noite toda. Mas obrigada.

Ele assentiu, mas pude ver que ficou decepcionado.

Do lado de fora do restaurante, ele perguntou se eu queria dividir um táxi, mas eu morava a apenas oito quarteirões de distância. Então, estendi a mão para sinalizar o fim da noite.

— Foi um prazer conhecê-lo, Adam.

— Igualmente. Talvez possamos... sair de novo outro dia?

Era tão mais fácil ser direta e dizer a um cara que não teríamos um segundo encontro quando ele era um babaca. Mas eu sempre tinha dificuldade em fazer isso com os gentis. Dei de ombros.

— É, talvez. Se cuide, Adam.

Estávamos no final de abril, mas esse ano o tempo frio estava se recusando a recuar e permitir que a primavera começasse, e uma rajada de vento soprou enquanto eu esperava diante do semáforo na esquina do restaurante. Enfiei as mãos nos bolsos para aquecê-las um pouco, e dentro de um deles, uma coisa pontuda espetou meus dedos. Retirei para ver o que era.

Yoda.

Suas orelhas de plásticos eram afuniladas e pontudas, e a esquerda estava um pouquinho lascada. Eu tinha esquecido de que o colocara no bolso quando Adam e eu saímos do bar para uma mesa. Olhei para ele e suspirei. *Poxa, por que meu encontro de verdade não podia ter sido com o seu dono?*

Fazia muito tempo desde que um homem me fizera sentir um friozinho na barriga. Isso não acontecia desde o dia em que conheci Gabriel. Então, talvez encontrar o Yoda no meu bolso fosse um sinal? O semáforo ficou verde e andei por mais alguns quarteirões, perdida em pensamentos.

Realmente importava ele ter fingido ser o Adam? Quer dizer, se era mesmo verdade, ele só fez isso para que eu falasse com ele. Sendo sincera, se ele tivesse se aproximado de mim e se apresentado como Max, eu não o teria convidado para sentar comigo. Teria sido educada e dito a ele que estava esperando uma pessoa, não importava o quão lindo ele fosse. Então, eu não poderia dizer que o culpava... acho.

Parei em mais um semáforo vermelho na faixa de pedestres na 29th Street, desta vez na esquina da 7th Street em direção à 2nd Avenue, onde eu morava. Enquanto esperava, olhei para a direita e avistei as luzes neon de um letreiro. *Madison Square Garden.* Agora, isso era definitivamente um sinal. Contando com o Yoda e o fato de estar passando exatamente perto do lugar onde o Falso Adam disse que estaria... talvez fosse até mais que isso.

Conferi a hora no celular. Oito e vinte. Ele disse que estaria lá às sete e meia, mas com certeza o jogo duraria algumas horas. *Será que eu deveria?*

Mordisquei meu lábio inferior quando o semáforo ficou verde.

As pessoas ao meu redor começaram a atravessar a rua... mas fiquei ali parada, olhando para o Yoda.

Dane-se.

Por que não?

O que tenho a perder?

O pior que podia acontecer seria a nossa conexão inicial esmorecer ou eu descobrir que mentir era um dos hobbies do Falso Adam. Ou... a faísca que surgiu entre nós poderia levar exatamente à distração que eu estava procurando. Eu não saberia a menos que tentasse.

Na maioria das vezes, eu era muito prudente na hora de escolher um homem. E veja aonde isso me levou. Era uma mulher de vinte e oito anos viciada em trabalho, indo a encontros às cegas com os parentes das amigas da minha mãe. Então, eu ia ao jogo e pronto.

Assim que tomei a decisão, mal podia esperar para chegar lá. Praticamente corri até o Madison Square Garden, mesmo estando com os saltos altos que coloquei para trabalhar mais cedo. Após entrar, mostrei meu ingresso para um funcionário que estava na entrada da seção listada e ele me indicou onde ficava meu assento.

Ao descer as escadas do estádio, olhei em volta e notei que eu estava arrumada demais. A maioria das pessoas estava de jeans e camiseta dos times. Havia até mesmo alguns caras sem camisa com os corpos pintados, e ali estava eu usando uma blusa de seda cor de creme, saia-lápis vermelha e meus escarpins Valentino favoritos. Pelo menos Max também estava bem-vestido no restaurante.

Eu não tinha percebido o número da fileira no ingresso antes de entregá-lo ao funcionário, mas os assentos deviam ser muito bem-posicionados, porque continuamos descendo as escadas até bem perto da pista de gelo. Quando cheguei à primeira fileira, o funcionário estendeu a mão.

— Aqui está. O assento número dois é o segundo de lá para cá.

— Uau, primeira fila, e bem no meio do campo.

O rapaz sorriu.

— No hóquei, chamamos de centro do gelo.

— Ah... ok. — Mas o assento ao lado do que ele tinha me mostrado estava vazio, e Max não estava em lugar algum. — Por acaso você viu a pessoa que está no assento ao lado do meu?

O funcionário deu de ombros.

— Não tenho certeza, mas acho que a pessoa não chegou ainda. Aproveite o jogo, senhorita.

Depois que ele foi embora, fiquei de pé olhando para os dois assentos vazios. Esse era um desfecho no qual eu não tinha pensado: levar um bolo. Na verdade, seria mesmo considerado levar um bolo quando a outra pessoa não sabia que você viria? Eu não sabia. Mas já estava ali, então só me restava sentar e ver se Max apareceria. Ele disse que tinha que trabalhar, então talvez fosse chegar mais tarde. Ou talvez já estivesse ali, mas no momento estava no banheiro ou esperando em uma fila para comprar uma cerveja.

Uma mulher estava sentada ao meu outro lado. Ela sorriu quando me acomodei no assento.

— Oi. Você está aqui para assistir ao Yearwood? Ele está com tudo esta noite, já acertou dois discos na rede. Pena que talvez não consigam segurá-lo para a próxima temporada.

Balancei a cabeça.

— Ah, não. Na verdade, vim encontrar uma pessoa. Nunca estive em um jogo de hóquei antes. — Assim que fechei a boca, dois caras bateram na parede de vidro bem na minha frente. Pulei de susto, e a mulher deu risada conforme eles se afastaram patinando.

— Isso acontece muito. Você vai se acostumar. — Ela estendeu a mão. — A propósito, eu sou Jenna. Sou casada com o Tomasso. — Ela apontou para a pista. — Número doze.

— Oh, nossa. Acho que estou sentada ao lado da pessoa certa para o meu primeiro jogo. — Coloquei a mão no peito. — Sou a Georgia.

— O que precisar que eu explique, Georgia, é só me dizer.

Pelos próximos vinte minutos, tentei assistir ao jogo. Mas ficava olhando em volta para ver se Max estava chegando. Infelizmente, ele não apareceu. Quando o relógio marcou nove horas, ficou bem claro que tinha sido uma perda de tempo. Como eu teria reuniões cedo no dia seguinte, decidi encerrar a noite. De acordo com o relógio do jogo, faltava menos de um minuto para o fim do segundo tempo, então decidi esperar até que acabasse para não atrapalhar a vista das pessoas quando subisse as escadas em direção à saída. Os fãs de hóquei pareciam estar muito envolvidos no jogo.

Quando o relógio marcou nove segundos, um dos caras fez um ponto, e a estádio inteiro foi à loucura. Todos levantaram em um pulo, então fiz a mesma coisa, só que aproveitei a oportunidade para vestir meu casaco. Inclinei-me para a mulher ao meu lado e gritei:

— Acho que a pessoa que vim encontrar não vai aparecer, então vou embora. Tenha uma boa noite.

Mas, ao me virar para ir embora, algo chamou minha atenção no telão. O jogador que tinha acabado de marcar um ponto estava comemorando com seu taco no ar, e um monte dos seus companheiros de time estavam batendo em sua cabeça. O capacete cobria a maior parte do seu rosto, mas aqueles olhos... *eu conhecia aqueles olhos*. O jogador retirou seu protetor bucal, acenou para as arquibancadas e sorriu diretamente para a câmera.

Covinhas.

Profundas.

Arregalei os olhos.

Não... não podia ser.

Continuei fitando a tela com o queixo caído até o rosto do cara desaparecer de lá.

A mulher ao meu lado terminou de comemorar.

— Viu? Eu te disse que ele estava com tudo. Se esse é o seu primeiro jogo, escolheu muito bem com qual começar. Três gols seguidos do mesmo jogador em um único tempo não é algo que acontece com muita frequência. Yearwood está tendo a melhor temporada da sua vida. Pena que não seja o caso com o resto do time.

— Yearwood? Esse é o nome do cara que acabou de fazer gol?

Jenna riu da minha pergunta.

— Aham. Capitão do time e sem dúvidas o melhor jogador da NHL atualmente. Ele é chamado de *Bonitão* por motivos óbvios.

— Qual é o primeiro nome dele?

— Max. Imaginei que você o conhecesse, já que está nos assentos dele.

— Ei, *Bonitão*. Está procurando alguém?

Max saiu do vestiário. Ele olhou para a direita e para a esquerda, mas não percebeu que eu estava sentada no banco que ficava de frente para a entrada.

Ele sorriu quando seus olhos pousaram em mim, e seu rosto inteiro se iluminou quando começou a vir na minha direção. Ele sabia que eu tinha assistido ao jogo. Logo antes do intervalo do segundo tempo, ele patinou até onde eu estava sentada e bateu no vidro. Mas não sabia que a mulher sentada ao meu lado havia me dado seu passe de acesso livre para que eu pudesse ir até o vestiário e vê-lo após o jogo.

— Você esperou...

Vi Keeland

21

Enfiei a mão no bolso e peguei o Yoda, estendendo-o em minha palma.

— Eu tinha que devolver isso. Você disse que era supersticioso.

Ele o pegou da minha mão e o guardou de volta no bolso do meu casaco. Em seguida, entrelaçou seus dedos aos meus.

— Sou mesmo. Acabei de jogar a melhor partida da minha carreira. Então, sabe onde o Yoda tem que ficar em todos os jogos, de agora em diante?

— Onde?

— No bolso do casaco da minha garota enquanto ela ocupa o meu assento.

— Ah, então agora eu sou a sua garota?

Ele balançou nossas mãos unidas.

— Talvez não seja ainda. Mas a noite é uma criança.

— Hummm... são quase onze da noite, e eu preciso trabalhar amanhã cedo.

Max olhou profundamente nos meus olhos. Senti meu estômago dar uma cambalhota. Ele ergueu nossas mãos unidas até seus lábios e beijou a minha.

— Estou feliz por você ter vindo — ele disse. — Não tinha certeza se aceitaria.

— Sério? — Inclinei a cabeça para o lado. — Porque, por algum motivo, sinto que você costuma conseguir o que quer.

— Isso é algo ruim? Talvez seja porque não sou um homem que desiste fácil. Não me importo em me esforçar para conseguir alguma coisa.

— Então, me diga, você teve que se esforçar pela mulher com quem transou há algumas semanas?

Max deu risada e balançou a cabeça.

— Você é osso duro de roer, hein?

— E se eu dissesse que não vou transar com você só porque é bom de lábia?

Ele ergueu uma sobrancelha.

— Nunca?

Dei risada.

— Você entendeu o que eu quis dizer.

— Tudo bem. Não estou com pressa. Você aceita ao menos tomar um drinque comigo?

Sorri.

— Só *um*. Porque tenho mesmo que acordar cedo amanhã.

— Fechado. Qualquer coisa que eu conseguir é lucro. — Ele passou um braço em torno dos meus ombros e começamos a andar. — Acho melhor eu te alertar de que geralmente algumas pessoas ficam esperando depois do jogo para pegar autógrafos, não importa por qual saída eu vá. Não acho certo passar direto, então talvez demore um pouquinho para conseguirmos sair.

Gostei de ver que ele era o tipo de pessoa que parava para atender seus fãs.

— Tudo bem.

No instante em que saímos, as pessoas começaram a gritar o nome dele, e havia bem mais do que apenas *algumas*. Havia seguranças nos ladeando enquanto ele dava um autógrafo depois do outro. Algumas pessoas pediam selfies, e ele se aproximava e sorria para as câmeras. Aquelas covinhas definitivamente ficaram registradas em muitos lugares. Algumas pessoas declaravam seu amor eterno, enquanto outras faziam perguntas sobre o jogo da noite. Max encarava tudo com tranquilidade, respondendo de bom grado. A fila demorou quase meia hora para diminuir. Quando chegamos às últimas pessoas, um garoto que devia ter uns dezoito anos apontou para mim com o queixo enquanto Max rabiscava seu nome.

— Ela é sua namorada? Que gata.

Max parou no meio do garrancho e lançou um olhar de alerta para o garoto.

— Ei, cuidado aí. Respeite as mulheres. Especialmente esta aqui. Ela pode ser a futura sra. Yearwood. — Seus olhos encontraram os meus. — Ela só não sabe disso ainda.

Capítulo 2
Georgia

— Então, o que meu amuleto da sorte faz da vida? Espere, me deixe adivinhar...

Ao falar, Max estendeu a mão do outro lado da mesa e limpou o canto do meu lábio com seu polegar. Ele me mostrou que era açúcar da borda da minha taça de martini de limão antes de chupar o dedo com um sorriso malicioso que me causou um formigamento entre as pernas.

Tomei mais um gole da minha bebida para me acalmar antes de responder.

— Isso vai ser interessante. Estou curiosa para ver o que você acha que faço.

Seus olhos desceram para minha roupa. Já era quase uma da manhã. Fomos para o bar mais próximo do Madison Square Garden e escolhemos a mesa mais privada em um canto dos fundos, mas eu ainda estava com minha roupa de trabalho, já que tinha ido direto do escritório para o encontro às cegas e, em seguida, para o jogo.

— Elegante, porém sexy — ele disse. Max inclinou-se para o lado e olhou para os meus pés. — Esses sapatos de salto sensuais não parecem muito confortáveis para se usar quando tem que ficar em pé o dia todo, então meu palpite é que você tem um trabalho de escritório. Pôde sair bem cedo para o seu encontro, então provavelmente é a chefe e faz o seu próprio horário. Você também dispensou o cara do seu encontro às cegas para ir encontrar outro cara em um jogo de hóquei, um esporte sobre o qual disse não saber nada a respeito, sem saber que eu era um jogador. Então, ou está em uma profissão arriscada ou uma que requer que você seja otimista.

Fiz uma expressão indicando que estava impressionada.

— Continue...

Ele esfregou a barba por fazer no queixo, que tinha definitivamente ficado mais cheia entre um encontro e outro.

— Acho que você é advogada ou publicitária.

Balancei a cabeça.

— E eu aqui achando que você estava indo tão bem.

— Cheguei perto?

— Mais ou menos. Eu passo mesmo a maior parte do dia sentada. Também faço meu próprio horário, e acho que abrir minha própria empresa foi arriscado. Sou proprietária da Eternity Roses.

— Eternity Roses? Por que esse nome é tão familiar?

— Por incrível que pareça, embora eu nunca tenha ido a um jogo de hóquei, já tive espaço de propaganda no Madison Square Garden. Minha empresa vende rosas que duram um ano ou mais. Talvez você tenha visto um dos nossos outdoors.

— Aqueles que têm um cara dormindo com a cabeça dentro de uma casinha de cachorro?

Sorri.

— Exatamente. Minha amiga Maggie cuida de todo o marketing. Ela teve essa ideia porque seu futuro ex-marido estava sempre de castigo na casinha do cachorro e chegava em casa com flores.

— Já mandei flores da sua empresa para a minha cunhada. Na última vez em que estive na casa dela, meu irmão e eu estávamos brincando e quebramos uma cadeira. Ela não quis me deixar pagar por uma nova, então mandei um daqueles arranjos redondos enormes que parecem uma caixa de chapéu. O seu site é bem engraçado também, não é? Lembro que tinha uma página com sugestões de bilhetes para quando você estiver de castigo na casinha do cachorro. Usei uma delas no cartão que mandei junto com as flores.

Assenti.

— Eu mesma os escolhia quando comecei. Era uma das coisas que eu mais gostava de fazer. Mas atualizamos os site com muito mais frequência agora e não tenho mais tempo para isso.

— Que maneiro. Mas tenho que dizer... os arranjos eram caros pra cacete. Acho que o grandão que mandei custou uns seiscentos dólares.

— A sua cunhada adora flores?

— Sim.

— Bom, rosas normais duram somente uma semana, mais ou menos. Se você comprar quatro dúzias de rosas, que é a quantidade contida naquela caixa de chapéu grande que mandou, teria que gastar pelo menos duzentos e cinquenta dólares. Em um ano, isso dá treze mil dólares de rosas semanais. Então, seiscentos dólares é uma pechincha, na verdade.

Max abriu um sorriso largo.

— Por que me parece que você já disse isso centenas de vezes antes?

Dei risada.

— Porque é verdade.

— Como você entrou nesse ramo?

— Eu sempre soube que queria ter meu próprio negócio. Só não sabia qual tipo. Durante a faculdade, trabalhei em uma floricultura. Um dos meus clientes favoritos era o sr. Benson, um senhor de oitenta anos. No meu primeiro ano trabalhando lá, ele ia toda segunda-feira sem falta para comprar flores para sua esposa. Eles eram casados há cinquenta

anos e, durante todo esse tempo, ele dava flores fresquinhas para ela toda semana. Na maior parte desses anos, ele mesmo cultivava as flores em uma pequena estufa no jardim deles. Mas depois que sua esposa teve um derrame, eles se mudaram para uma casa de repouso porque ela precisava de mais ajuda do que ele podia dar conta sozinho. Então, ele começou a comprar flores toda semana para ela na loja. Um dia, ele mencionou que teria que cortar custos e levar flores para ela apenas uma vez por mês, porque os novos remédios da sua esposa eram muito caros. Ele disse que seria a primeira vez em mais de meio século que ela não teria flores novinhas em sua mesa de cabeceira. Por isso, comecei a pesquisar como poderia estender a duração de flores colhidas, esperando poder encontrar uma maneira de fazer com que as rosas da esposa do sr. Benson durassem mais entre as idas dele até a floricultura. Aprendi bastante sobre o processo de preservação, e as coisas começaram a decolar a partir daí. Acabei abrindo uma loja on-line e comecei a vender arranjos de casa mesmo. Foi um início lento, até que uma celebridade com doze milhões de seguidores no Instagram fez um pedido e postou em seu perfil o quanto tinha amado as rosas. A partir de então, virou uma bola de neve. Em um mês, mudei a produção da minha sala de estar e da minha cozinha para uma loja pequena, e agora, alguns anos depois, temos três centros de produção e oito lojas físicas. Também começamos há pouco tempo a franquear a marca na Europa.

— Caramba. — Max ergueu as sobrancelhas. — Você fez tudo isso sozinha?

Balancei a cabeça afirmativamente, orgulhosa.

— Sim. Bom, com a minha melhor amiga, Maggie. Ela me ajudou a deslanchar o negócio desde o início. Agora, ela é dona de uma parte da empresa também. Eu não teria conseguido sem ela.

Ele deu uma olhada ao redor do ambiente.

— Linda e inteligente? Deve ter uma fila de caras em algum lugar por aqui querendo me dar uma surra por estar sentado com você agora.

Ele disse aquilo como um elogio e para ser engraçado, porém meu sorriso murchou pela primeira vez. A realidade sobre o motivo para eu ter marcado um encontro naquela noite me atingiu como um tapa na cara. Estava tão envolvida na empolgação que não tinha pensado que teria que contar a Max sobre Gabriel. Frannie havia contado ao Adam sobre a minha situação, então não precisei ponderar como ou quando tocaria nesse assunto com ele. Mas parece que o como e quando com Max tinha acabado de surgir diante de mim em uma bandeja de prata, então não havia momento melhor do que o presente.

Abri um sorriso melancólico.

— Bem... sendo completamente honesta, eu meio que estou saindo com alguém.

Max baixou a cabeça e colocou uma mão sobre o coração.

— E eu aqui pensando que a flecha que atravessou meu coração era do cupido. Você me machucou, Georgia.

Dei risada diante do seu drama.

— Desculpe. É estranho trazer esse assunto à tona, mas achei que seria melhor ser franca quanto à minha situação.

Ele suspirou.

— Ok, pode falar. O que está rolando com esse outro sujeito que vai ter o coração partido por você?

— Bom, eu... hã... — Droga, isso não era fácil de explicar. — Acho que pode-se dizer que estou em um relacionamento aberto.

Max ergueu as sobrancelhas.

— Você acha?

— Desculpe... não. — Assenti. — Eu estou. Estou em um relacionamento aberto.

— Por que parece que é um pouco mais sério do que você estar apenas saindo com alguém sem compromisso?

Mordi meu lábio inferior.

— Nós estávamos noivos.

— Mas não estão mais?

Balancei a cabeça.

— É uma história meio longa, mas acho que eu deveria te contar.

— Tudo bem...

— Gabriel e eu nos conhecemos quando eu estava fazendo meu MBA. Ele era professor de Literatura na Universidade de Nova York, e eu estudava na Stern Business School de lá. Na época, ele estava começando a escrever um livro. Gabriel lecionava para pagar as contas, mas queria mesmo era ser escritor. Ele acabou conseguindo vender os direitos de publicação para uma editora e fechou um contrato para um segundo que escreveria um dia, e ficamos noivos. Tudo estava indo bem até mais ou menos um ano atrás, quando o livro dele foi publicado. Não teve um bom desempenho. Na verdade, foi um fracasso, com poucas vendas e péssimas avaliações. Gabriel ficou muito mal com isso. Pouco tempo depois, descobriu que as pessoas que ele passou a vida inteira achando serem seus pais biológicos eram, na verdade, seus pais adotivos. Depois, seu melhor amigo de infância morreu em um acidente de carro. — Suspirei. — Enfim... resumindo, Gabriel se sentiu muito perdido e decidiu aceitar um cargo de professor visitante na Inglaterra por dezesseis meses. Ele nem sequer conversou comigo sobre isso antes de aceitar o emprego. Disse que precisava se encontrar. Com tudo que ele tinha passado, eu compreendi. Mas então, alguns dias antes de ele ir, recebi mais uma surpresa: ele disse que queria que tivéssemos um relacionamento aberto enquanto estivesse fora.

— E as coisas entre vocês dois estavam bem, antes disso?

— Eu achava que sim. Trabalho bastante, até mais do que preciso ou realmente devo, e quando Gabriel achava que eu extrapolava, ele reclamava. Esse era provavelmente nosso maior problema. Mas não éramos um casal que brigava o tempo todo, se é isso que está perguntando.

Max esfregou seu lábio inferior com o polegar.

— Ele está fora há quanto tempo?

— Oito meses.

— Vocês se viram alguma vez durante esse tempo?

— Só uma vez. Umas seis semanas atrás. Minha empresa abriu uma loja franqueada em Paris. Eu fui para a inauguração, e ele me encontrou lá durante um final de semana.

— E vocês dois têm saído com outras pessoas desde que ele se mudou?

Neguei com a cabeça.

— Ao que parece, ele, sim, mas eu não tenho feito muito isso. — Mordi meu lábio novamente. — Na verdade, Adam foi a segunda pessoa com quem saí em muitos anos. O primeiro foi um cara que conheci no Tinder duas semanas atrás, mas só tomamos um café juntos. Sendo sincera, eu nem queria sair hoje. Mas estou tentando muito fazer algumas mudanças muito necessárias na minha vida, agora que estou sozinha. Então, fiz uma lista de coisas que eu vinha adiando, e como sair com outras pessoas estava no topo da lista, meio que me forcei a vir.

Max me olhou profundamente nos olhos.

— Você teve que se forçar a ir ao jogo?

— Não, pelo contrário. Eu estava tentando me forçar a *não* ir.

— Por que você faria isso?

Dei de ombros.

— Não sei direito.

Ele me encarou mais um pouco.

— Quando você vai vê-lo novamente?

— Não temos planos para nos reencontrarmos pessoalmente até

ele terminar seu trabalho em Londres e retornar para Nova York. Então, acho que em dezembro, quando ele voltar.

— Você está querendo só ficar quite com esse cara porque ele está saindo com outras pessoas? Ou está mesmo querendo ver o que mais o mundo tem a te oferecer?

Era uma ótima pergunta, para a qual eu não tinha uma boa resposta. Meu relacionamento com Gabriel era algo subjetivo, e eu era uma pessoa completamente objetiva. Deus sabe quanto tempo eu tinha passado angustiada pesando minhas decisões em relação àquele homem, só para chegar ao ponto de questionar todas que já tomara na vida.

Olhei Max bem nos olhos.

— Vou ser honesta: eu não sei direito o que quero. — Inclinei a cabeça para o lado. — Isso importa para você?

Um sorriso de orelha a orelha se espalhou lentamente no seu rosto.

— Só queria saber no que estou me metendo. — Ele estendeu o braço sobre a mesa e segurou minha mão, entrelaçando nossos dedos. Ergueu o rosto para mim, com um brilho no olhar. — Mas eu topo.

Dei risada.

— Você é tão difícil de se convencer.

— Não consigo evitar. Quero saber tudo sobre você.

Estreitei os olhos.

— Por quê?

— Não faço a menor ideia. Só sei que quero.

— O que você quer saber?

— Tudo. Qualquer coisa.

— Tipo o quê?

Ele deu de ombros.

— Você disse que às vezes trabalha mais do que precisa. Por que continua trabalhando além do necessário?

Abri um sorriso triste.

— Já pensei muito sobre essa pergunta, porque foi um ponto de discórdia no meu relacionamento. Acho que trabalho muito porque sempre tive que fazer isso. Sou disléxica, então desde o ensino fundamental, tive que investir mais tempo e esforço em tudo. Um trabalho de leitura que meus amigos levariam vinte minutos para terminar podia me exigir uma hora ou duas, então meio que sou treinada para me esforçar mais. Também tenho uma tendência a analisar demais toda e qualquer situação, e isso pode ser bem trabalhoso. Além disso, sou supercompetitiva, e às vezes isso é bem irritante. Mas eu amo o meu negócio, e gosto muito de vê-lo crescer de acordo com o esforço que faço. Dito isso, contratei um diretor de operações há quatro meses, para que eu possa trabalhar menos se quiser. Minha mãe está ficando idosa e mora na Flórida, e quero poder visitá-la com mais frequência. E adoro viajar. Também achei que isso deixaria o Gabriel feliz, mas você já sabe no que isso deu.

— Não há nada de errado em trabalhar muito, se ama o que faz. Você provavelmente não estaria onde está se não tivesse investido tempo e esforço. Eu, com certeza, não estaria.

— Obrigada.

— E ser competitiva é bom. É um incentivo para estar sempre melhorando.

Balancei a cabeça.

— Meus amigos nem querem mais entrar em jogos de tabuleiro comigo, e estou banida da caçada aos ovos de Páscoa na comunidade de repouso da minha mãe por causa de um... — ergui as mãos e fiz aspas no ar — ... *incidente* com uma criança de nove anos supersensível que eu sem querer fiz chorar.

Max sorriu.

— O caso é sério assim?

Passei o dedo pela condensação na base da minha taça.

— Estou me esforçando para encontrar um equilíbrio. Até fui a um retiro de meditação de quatro dias há alguns meses para aprender a relaxar.

— E como foi?

Apertei os lábios.

— Fui embora um dia mais cedo.

Max deu risada.

— E a sua família? Muitos irmãos?

— Não, sou filha única. Meus pais me tiveram bem tarde na vida. Eles se casaram aos trinta e já tinham concordado antes que não teriam filhos. Meu pai fez uma vasectomia pouco tempo antes do casamento deles. E então, aos quarenta e dois anos, minha mãe engravidou. Acontece que uma vasectomia não é cem por cento infalível. Em alguns casos raros, os vasos deferentes são cortados e podem voltar a crescer e se reconectar. Se chama recanalização.

— Puta merda. — Max se remexeu no lugar.

Dei risada.

— Você apertou as pernas uma na outra?

— Pode apostar. Basta falar sobre cortar alguma coisa lá embaixo que meu corpo entra em modo de proteção. Como seus pais lidaram com essa notícia aos quarenta e poucos anos?

— Minha mãe disse que foi um choque, mas quando foi à primeira consulta e ouviu meus batimentos cardíacos, ela soube que era para ser assim. Já meu pai não ficou muito contente. Ele teve uma infância terrível e tinha seus motivos para não querer ter filhos. Então, ele acabou tendo um caso com uma mulher que tinha feito uma histerectomia e meus pais se divorciaram quando eu tinha dois anos. Não sou muito próxima dele.

— Sinto muito.

Sorri.

— Obrigada. Mas não há o que lamentar, mesmo que pareça quando conto a versão resumida. Minha mãe é uma supermãe, então nunca senti que estava perdendo muita coisa. Ela se aposentou e foi para a Flórida há dois anos. E vi meu pai algumas vezes no decorrer dos anos. E você? Tem uma família grande?

— Sou o caçula de seis irmãos. Todos homens. — Ele balançou a cabeça. — Coitada da minha mãe. Nós quebramos cada peça de mobília dela pelo menos uma vez no decorrer dos anos fazendo estripulias pela casa.

— Ah... assim como a cadeira da sua cunhada?

— Exatamente.

— Mais cedo, quando perguntei se morava com sua mãe, você disse que moram em estados diferentes. Então você não é de Nova York?

— Não. Nasci no estado de Washington, mas faz muito tempo que não moro lá. Saí de casa aos dezesseis anos para morar com uma família de acolhimento para jogar hóquei em Minnesota. Depois, me mudei para a costa oeste para jogar na Universidade de Boston, e então para Nova York para jogar nos Wolverines.

— Como é isso? Ser um atleta profissional, no caso.

Max deu de ombros.

— Tenho a oportunidade de trabalhar praticando um esporte que amo. É um sonho, basicamente. As pessoas dizem que a Disney é o melhor lugar do mundo. Prefiro mil vezes o vestiário depois de uma vitória.

— Qual é o lado negativo? Até mesmo os melhores empregos têm um.

— Bom, perder é uma droga, com certeza. Meu time tem perdido bastante nos últimos dois anos. Quando fui convocado, era um time em ascensão. Conseguimos passar para as eliminatórias no meu primeiro ano, mas com jogadores lesionados e negociações ruins, os últimos anos têm sido complicados. Chama-se *time* porque é preciso mais do que apenas alguns caras bons para ter uma boa temporada. Além disso, as viagens podem ser bem exaustivas. Uma temporada tem oitenta e dois jogos, e isso sem as eliminatórias. Quase metade dos jogos são em outras cidades. Acho que vejo o dentista do time mais vezes do que o interior do meu apartamento.

— Nossa, sim. São muitas viagens.

Max havia pedido uma Coca com rum e uma água. Imaginei que ele precisava se hidratar depois do jogo. Mas notei que ele não tinha encostado na bebida alcoólica ainda, e já estávamos sentados há tempo suficiente para o gelo em seu copo derreter. Apontei e disse:

— Você nem tocou na sua bebida.

— Eu não bebo álcool quando tenho treino ou jogo no dia seguinte.

Franzi as sobrancelhas.

— Então por que pediu uma Coca com rum?

— Não queria que você não pedisse uma bebida só porque eu não ia pedir.

Sorri.

— É muita consideração sua. Obrigada.

— Então, me fale sobre o seu encontro desta noite. Ele era um tosco ou só pareceu sem graça em comparação ao primeiro cara que você conheceu? — Ele piscou.

— O Adam verdadeiro era muito legal.

— Legal? — O sorriso convencido de Max ficou ainda maior. — Então foi mesmo uma droga, hein?

Havia um guardanapo na mesa diante de mim. Amassei-o e joguei a bolinha na cara de Max. Ele a pegou.

— Acho que está na hora de você entrar na berlinda também — eu disse. — Me conte sobre a mulher com quem transou recentemente. Era alguém com quem estava saindo?

— Foi só uma transa casual. Para os dois.

— Aham... — Tomei um gole da minha bebida. — Vamos falar sobre isso. É algo que acontece com frequência? Quer dizer, você é um atleta profissional e um homem bonito, sem contar que passa bastante tempo viajando.

Max me analisou.

— Eu disse que se você me desse uma segunda chance, eu não mentiria mais. Mas também prefiro não pintar uma imagem de algo que você não vai gostar. Então, vou apenas dizer que não tenho muita dificuldade em encontrar alguém para ficar, se quiser. Mas o fato de ser fácil e eu ter passado minha vida quase inteira solteiro não significa que é assim que tem que ser. Tenho certeza de que você poderia entrar em basicamente qualquer bar dessa cidade e sair de lá acompanhada de um cara, se quisesse. Não significa que vai fazer isso se estiver em um relacionamento, não é?

— Não, acho que não. — Dei de ombros. — Mas deve ter algo errado em você. Me conte quais são os seus piores defeitos, Max.

— Caramba. — Ele soltou uma respiração pela boca. — Você está mesmo procurando um motivo para não se casar comigo, não é?

— Se tudo o que está dizendo é sincero, você é bom demais para ser de verdade. Tenho culpa por estar esperando a bomba explodir?

Ele passou o polegar pelo lábio inferior e, em seguida, endireitou as costas e apoiou os cotovelos sobre a mesa.

— Ok. Vou te dar algumas informações escandalosas. Mas, depois, quero ouvir mais suas.

Dei risada.

— Ok. Combinado.

— Vamos selar o trato. — Ele estendeu a mão, e quando a segurei, ele fechou os dedos em volta da minha mão e não soltou. — Awn... você quer segurar minha mão.

Balancei a cabeça.

— Desembuche, Bonitão. Qual é o seu lado feio?

O rosto de Max ficou sério.

— Tenho uma tendência a ficar obcecado, até mesmo meio compulsivo. Ultrapasso o limite do que pessoas normais chamam de *determinação*. Fico completamente cego a tudo à minha vida, incluindo minha própria saúde e todas as pessoas ao meu redor, quando quero muito alguma coisa.

— Ok... bom, acho que faz sentido, considerando sua carreira. Nunca conheci um atleta profissional antes, mas imagino que ter uma determinação fervorosa foi uma parte do que te ajudou a chegar onde está hoje.

— Também tenho uma tendência a me viciar. O hóquei é a minha droga favorita. Mas é por isso que não bebo muito e mantenho distância de drogas e apostas. Na faculdade, acumulei uma dívida de vinte mil dólares com um apostador profissional. Meu irmão mais velho teve que pagar para salvar minha pele, mas não antes de pegar um voo para Boston e quase arrancá-la de mim no tapa.

— Ai, meu Deus. Qual é o tamanho do seu irmão?

Max deu risada.

— Sou o mais franzino dos garotos Yearwood.

— Uau.

— Então... já consegui te espantar? Até agora, você me fez admitir que fiz sexo casual recentemente, fui preso por girar bambolê pelado na rua, tenho uma tendência a me viciar e às vezes esqueço de que o mundo existe quando estou focado no hóquei. O que falta? Eu te contar que tenho um medo irracional de lagartos e que uma vez mijei nas calças quando tinha nove anos porque meus irmãos pegaram seis camaleões e esconderam na minha cama?

— Meu Deus do céu. Isso é verdade?

Max baixou a cabeça.

— Sim. Mas, em minha defesa, não se deve deixar uma criança de quatro anos assistir Godzilla. É uma experiência que pode deixar marcas.

Pensar naquele homem enorme com medo de um lagartinho era hilário. Mas ele conseguiu me ganhar com a forma aberta com que respondera às perguntas. Nossas mãos ainda estavam entrelaçadas, então apertei a dele e decidi que honestidade era uma via de mão dupla.

— Você tinha razão. Eu estava procurando um motivo para não sair com você de novo.

— E encontrou?

Neguei com a cabeça.

— Defeitos não me assustam. Se você não soubesse quais eram os seus ou se recusasse a admiti-los, isso sim me assustaria.

— Então, isso significa que podemos ir para Vegas?

— Não exatamente. — Eu ri. — Agora é minha vez de te contar quais são os meus piores defeitos? Porque acho que não deixei claro o suficiente o quanto minha competitividade pode ser irritante quando falei sobre isso mais cedo. Tipo, eu joguei uma bolinha de guardanapo em você, você a agarrou, e estou morrendo por dentro porque não jogou de volta para que eu pudesse agarrar. E agora também quero te contar todos os meus outros defeitos só para os meus serem piores do que os seus. Mas acho que talvez seja melhor eu terminar minha bebida antes de continuar minha lista enorme, caso você precise fugir correndo daqui.

Max balançou a cabeça.

— Que nada. Você não precisa me dizer nada. Já sei qual é o seu pior defeito.

— Sabe? Tenho até medo de perguntar. Qual é?

Os olhos de Max encontraram os meus. A intensidade neles era inegável, desencadeando um frio na minha barriga.

— O seu pior defeito? Fácil. Se não me engano, você disse que o nome dele é Gabriel.

Capítulo 3
Georgia

— Então, como foi o seu encontro às cegas? — Maggie me estendeu um copo de café da Starbucks e um frasco de analgésicos.

Havia um motivo para ela ser minha melhor amiga *e* diretora de marketing da Eternity Roses.

— Os dois são para mim?

Ela fez que sim.

— Sei que você está tentando tomar apenas um café por dia. Mas eu trouxe este na esperança de que você precise esta manhã porque passou a noite inteira acordada com o cara com quem saiu.

— Para que são os analgésicos?

Maggie sorriu e levou seu copo de café aos lábios.

— Para o caso de você ter batido a cabeça contra a cabeceira da cama. Já te falei para se livrar daquela de madeira e comprar uma almofadada.

Dei risada e gesticulei para dispensar o frasco.

— Não precisa. Não bati a cabeça na cabeceira ontem à noite. Mas vou aceitar o café. Obrigada.

Ela abriu a tampa do frasco de analgésicos e o sacudiu de cabeça para baixo.

— Ah, que bom. Porque só restam dois e minha cabeça está me

matando. As cabines do banheiro do fórum definitivamente não têm superfícies almofadadas.

Parei meu corpo de café a caminho da boca.

— Você não fez isso...

Ela abriu um sorriso de orelha a orelha.

— Ah, fiz sim... *duas vezes*.

Dei risada. Maggie devia ter perdido o juízo. Fazia quase um ano que ela estava envolvida em um divórcio caótico. Alguns meses antes, seu futuro ex-marido, Aaron, não compareceu a uma reunião de acordo no escritório do seu advogado. Em vez de remarcar, ela decidiu fazer bom uso do tempo para seduzir o advogado dele. Desde então, tem sido seu esporte transar com o cara nos lugares mais inadequados possíveis. Eu tinha quase certeza de que ele poderia perder sua licença para advogar se alguém descobrisse.

— Aaron estava no fórum? — perguntei.

Os olhos dela cintilaram.

— Com certeza.

— E se ele tivesse entrado no banheiro?

— Ele teria assistido, se quisesse. Assim como fiz quando o flagrei com nossa vizinha. — Ela sentou na cadeira do outro lado da minha mesa e tomou um gole de café. — Então, o seu encontro foi um fiasco, hein? Eu avisei que deixar Frannie arranjar um cara para você não era uma boa ideia. Ele te deixou entediada durante os drinques?

— Na verdade... os drinques foram a parte mais empolgante do meu encontro.

— Sério? Coquetéis deliciosos?

Balancei a cabeça e sorri.

— Não. Um homem delicioso que fingiu ser o cara do meu encontro antes que o verdadeiro aparecesse.

Maggie arregalou os olhos. Eu ri, porque ultimamente era quase impossível deixá-la chocada.

— Me conte tudo — ela pediu.

Durante os vinte minutos seguintes, contei como foi conhecer Max, quase ter ido embora do estádio antes de vê-lo no telão e ficar até quase duas da manhã conversando com ele em um bar. Quando terminei, ela pegou seu celular.

— Qual é o sobrenome dele?

— Yearwood, por quê?

— Porque quero pesquisá-lo no Google e ver exatamente do que estamos falando aqui.

Ela digitou no celular e, então, seus olhos se iluminaram.

— Puta merda. Ele é lindo.

— Eu sei.

— Quando nós vamos sair com ele de novo?

Dei risada ao ouvi-la usar o pronome *nós*.

— Eu lhe dei meu número, mas acho que não vou sair com ele de novo.

— Você está louca? Por que não?

Balancei a cabeça.

— Não sei. Só me parece... errado.

— Por causa do Gabriel? Que fugiu para a Europa para traçar outras mulheres?

— Como posso me envolver com outra pessoa quando o Gabriel vai voltar no final do ano?

— Vocês estão morando separados, e ele está saindo com outras mulheres. Se ele voltar e vocês dois quiserem ficar juntos, é porque era para ser. Qualquer coisa que te faça mudar de ideia antes disso só prova que não era para vocês ficarem juntos. Olhe só o meu exemplo. É mais fácil descobrir agora do que depois que se casar. Seja qual for o motivo, o Gabriel precisava desse tempo, e está claramente aproveitando. Então, por que você não poderia? — Ela sacudiu a cabeça. — O que mudou? Você parecia estar bem com isso antes de ir para o encontro às cegas.

Dei de ombros.

— Acho que parecia seguro e simples. Pelo jeito como Frannie descreveu o cara, eu meio que já sabia lá no fundo que não daria em nada.

— E agora?

— Max parece... — Balancei a cabeça e tentei entender o que me incomodava tanto. Eu não conseguia identificar. — Acho que ele parece o exato oposto de seguro e simples. Max parece arriscado e complicado.

Maggie sorriu.

— Porque você gosta dele de verdade.

— Talvez. — Dei de ombros. — Não sei por que a ideia de sair com ele me deixa tão nervosa. Acho que eu simplesmente não confio mais no meu próprio senso de julgamento.

— Talvez tenha parecido mais fácil quando você sabia que não se apaixonaria pelo cara. Você disse que ia se mostrar para o mundo, mas não tinha realmente essa pretensão. Estava apenas empurrando com a barriga e matando o tempo até o Gabriel voltar para casa. — Ela se inclinou para frente e pousou as mãos na minha mesa. — Mas, amiga, e se o Gabriel não voltar? Ou, e se ele voltar, mas não quiser continuar de onde vocês pararam? Não estou tentando ser malvada, sério mesmo. Eu gosto do Gabriel, ou pelo menos gostava até ele fazer a palhaçada que fez antes de ir embora. Mas por que você deveria desperdiçar mais de um ano da sua vida, quando ele não está fazendo o mesmo?

Suspirei.

— É, acho que tem razão. Mas, além disso, não é justo com a outra pessoa. Não sei se consigo entregar ao Max o mesmo que uma pessoa realmente solteira entregaria, sabe?

— Você disse que contou a ele sobre o lance entre você e o Gabriel, não foi? O que ele respondeu?

— Ele perguntou se eu estava querendo ficar quite com o Gabriel ou se estava mesmo querendo ver o que o mundo tem a me oferecer.

— E o que você disse?

— Fui sincera e disse que não tinha certeza.

— Ele reagiu bem a isso?

Fiz que sim.

— Ele só disse que queria saber no que estava se metendo.

— Quer saber o que eu faria?

Inclinei a cabeça para o lado.

— Acho que não. Você anda meio sem juízo, ultimamente.

— Verdade. Mas vou te dizer mesmo assim. Eu acho que você deveria trepar com ele até cansar. Ter um caso com ele, ou como queira chamar.

Eu não podia dizer que pensar em fazer sexo quente e suado com Max Yearwood não me atraía. Na verdade, só imaginar já me fazia sentir uma cambalhota do estômago. Estava exausta porque não consegui dormir quando cheguei em casa na noite anterior. A luxúria percorria minhas veias só de imaginar aqueles grandes olhos azuis me olhando de cima. Aposto que as coxas dele eram musculosas de tanto patinar. Ele era tão grande e largo. Muito diferente de Gabriel, que tinha um corpo esguio como o de um corredor. Mais uma vez, imaginei como seria o corpo de Max sem roupas. Mas expulsei esse pensamento da minha mente piscando algumas vezes.

Quando meus olhos recuperaram o foco, encontrei Maggie com um sorriso malicioso.

— Você estava imaginando, não estava?

— Não — respondi, rápido até *demais*.

Ela me lançou um sorriso sugestivo.

— Claro que não. Sabe o que eu vou fazer?

— O quê?

— Vou comprar um daqueles placares eletrônicos e pendurar bem ali. — Ela apontou para a parede que ficava de frente para a minha mesa. — Talvez, se eu registrar quantas vezes o Gabriel traça alguém e transformar isso em uma competição, eu consiga tirar o time local do banco dos reservas e colocá-lo de volta em ação. Você não vai aguentar perder.

Por mais que ela estivesse certa quanto ao fato de que eu gostava de ganhar, não sabia bem se acumular números me faria sentir que estava ganhando alguma coisa em relação ao Gabriel.

Por sorte, nossa conversa foi interrompida antes que Maggie pudesse aprofundar sua ideia. Minha secretária, Ellie, bateu à porta do meu escritório e a abriu.

— Mark Atkins chegou para a reunião das dez horas. Ele disse que chegou cedo porque tem muitos protótipos para organizar, então eu o levei para a sala de reuniões e disse que veria se ele terminou em alguns instantes.

— Ok, ótimo. Obrigada, Ellie.

Eu estava trabalhando em uma nova linha de produtos com o fornecedor que fabricava os meus vasos. Achei que seria legal se as pessoas pudessem guardar suas rosas por um ano *e* fazê-las mudarem de cor. Então, desenvolvemos um vaso com um fundo removível. Seria possível comprar os fundos trocáveis, que continham compartimentos com corantes projetados para infundir os talos das rosas com novas cores. Após alguns meses com rosas brancas, você poderia desenroscar o fundo do vaso, inserir um compartimentos de corante cor-de-rosa, e vinte e quatro horas depois, *voilà*: rosas cor-de-rosa. Isso poderia ser feito algumas vezes, começando de uma cor clara e evoluindo para as escuras.

Maggie esfregou as mãos.

— O dia já está sendo incrível. Você vai transar com um jogador de hóquei gostoso, e vamos ver a sua ideia ganhar vida.

— Eu não disse que ia sair com Max de novo.

Ela me lançou uma piscadela e se levantou.

— Não foi preciso. Vou ver se Mark precisa de ajuda. Pode ficar aqui e terminar de fantasiar. Eu te chamo quando estiver tudo pronto.

Eu havia perdido duas ligações durante a reunião. A primeira era de Gabriel, que tinha deixado uma mensagem de voz. A segunda era de Max, que não tinha deixado recado. Fiquei um tantinho desapontada por não ter sido o contrário. Contudo, esperei até chegar em casa naquela noite para ouvir a mensagem de Gabriel.

"Oi, amor. Só queria saber como você está. Falei com o meu editor hoje, e ele gostou dos primeiros capítulos do livro que comecei a escrever. Se bem que ele gostou do primeiro o suficiente para adquirir dois livros e o primeiro foi um fracasso, então ele ter gostado não significa muita coisa. Mas é melhor do que ele não gostar, eu acho. Enfim, faz um tempo que a gente não se fala, e estou com saudades. Sei que você deve estar trabalhando até tarde, ocupada arrebentando e fazendo o seu nome, mas me ligue quando tiver um tempinho. Te amo."

Franzi a testa e abri o zíper na parte de trás da saia, jogando a peça na cama. Depois da minha viagem a Paris, onde descobri que Gabriel havia mesmo começado a sair com outras pessoas e tinha transado com outras mulheres, parei de tomar a iniciativa em nossos contatos. Não tive mais vontade de fazer *todo* o esforço sozinha. Então, minhas ligações para Gabriel dia sim, dia não, ou a cada três dias, diminuíram para uma vez na semana ou menos. Eu nem sabia se ele tinha ao menos percebido a mudança. Mas tantas coisas em sua mensagem de voz me incomodaram. Primeiro, *"Sei que você deve estar trabalhando até tarde..."* Deve ser legal presumir isso e não imaginar que estou na cama com outra pessoa. Porque, nos últimos tempos, é exatamente isso que me passava pela cabeça quando eu pensava nele. E, segundo, fiquei irritada por ele ter me ligado para dar boas notícias sobre seu editor. Nós ficamos noivos quando ele vendeu os direitos de publicação do livro e nos separamos quando ele fracassou. Isso me fez sentir como se o modo como eu era tratada dependesse de circunstâncias externas. Seria sempre assim? A saúde do nosso relacionamento dependendo dos sucessos e fracassos da sua carreira? Como pude perceber isso somente agora?

Tanto faz. Eram oito da noite aqui, o que significava que era uma da manhã lá, então eu não ia retornar a ligação dele, de qualquer forma. Além disso, como a bateria do meu celular estava quase no fim, pluguei-o no carregador na minha mesa de cabeceira e fui tomar um banho.

Uma hora e meia depois, deitei na cama e conferi meu celular. Tinha mais uma ligação perdida de Max. Enquanto eu mordiscava meu lábio inferior e ponderava se deveria retornar, meu celular vibrou anunciando uma mensagem. Normalmente, eu pedia à Siri que lesse as mensagens e enviasse as respostas para ganhar tempo, por causa da desconexão entre o meu cérebro e as letras, mas quando olhei para a tela e vi o nome de Max, comecei a ler.

Max: Está me evitando ou ocupada?

Sorri e respondi.

Georgia: Tive um dia bem cheio.
Max: Está ocupada agora?
Georgia: Não, acabei de deitar na cama.

Alguns segundos depois, meu celular tocou.

— Eu queria muito fazer uma videochamada para ver o que você usa para dormir — Max disse. — Mas achei melhor ser um cavalheiro.

Dei risada.

— Fico grata por isso. Porque tomei um banho e não estava a fim de secar o cabelo, então estou com uma trança e sem maquiagem.

— Trança, hein? Tipo a Princesa Leia...

Continuei rindo.

— Você é mesmo fã de *Guerra nas Estrelas*, ou simplesmente tem um fetiche pela Princesa Leia?

— Eu não diria que é um fetiche. Mas que garoto não teve tesão por aquela princesa? Ela era foda.

Estendi a mão até a mesa de cabeceira e peguei o Yoda.

— Sabe, ainda estou com o seu bonequinho. Esqueci que você o colocou de volta no meu bolso quando tentei devolver.

— Cuide bem do meu amuleto da sorte.

Revirei o Yoda entre meus dedos.

— Como esse carinha se tornou o seu amuleto da sorte, afinal? Foi por causa da sua afeição pela Princesa Leia?

— Não. Tudo começou com uma garota chamada Amy Chase.

— Uma garota, hein? Por que isso não me surpreende?

— Não fique com ciúmes. Ela me odeia.

Dei risada.

— Tudo bem, vou morder a isca. O que Amy tem a ver com o Yoda?

— Amy estava no primeiro ano do ensino médio quando eu estava na oitava série do fundamental. Ela era amiga do meu irmão Ethan, que trabalhava em um cinema perto da escola. Ele costumava deixar pessoas entrarem escondidas para assistir a filmes de graça. Em um fim de semana, estava passando uma maratona de *Guerra nas Estrelas*. Acho que eram seis filmes naquele tempo, então durava umas doze ou catorze horas. Fui com Amy e alguns outros amigos de Ethan, mas todo mundo desistiu depois de dois ou três filmes. Só Amy e eu ficamos até o último. — Ele fez uma pausa. — Com todo respeito, ela tinha peitos bem grandes para uma garota do primeiro ano. Estávamos sentados na última fileira durante *A Ameaça Fantasma*, que, a propósito, é o pior dos filmes, e começamos a ficar um pouco entediados, então preferimos conversar coisas sobre a escola e tal. Então, do nada, Amy me perguntou se eu já tinha tocado em um peito. Eu disse que não e perguntei se ela já tinha tocado em um pau. Ela disse que não, então é claro que sugeri que déssemos um jeito nisso.

— Você não tinha, tipo, só uns treze anos quando estava na oitava série?

— Aham. E Amy tinha quinze. Em defesa dela, eu parecia ser mais velho. E era tão grande quanto qualquer outro adolescente do ensino médio. Enfim, nós decidimos que cada um poderia conferir os dotes do outro durante trinta segundos. Ela enfiou a mão dentro da minha calça, envolveu meu pau com os dedos e deu uma boa apertada. E é claro que eu estava completamente duro; já tinha ficado desde que ela disse a palavra *peitos*. Depois que terminou, ela me deixou brincar com os peitos dela, *por baixo do sutiã*, por meio minuto.

Não pude evitar minha risada diante da forma como ele enfatizou que foi *por baixo do sutiã.*

— Então, é por isso que você tem o Yoda? Porque pôde dar uma apalpada em uma garota dentro de um cinema quando estava na oitava série?

— O que poderia representar mais sorte do que poder assistir a seis filmes de *Guerra nas Estrelas* de graça e tocar em peitos pela primeira vez?

— Você é meio doidinho. Mas acho que tem razão, pelo menos para aquela idade. — Dei risada. — Mas por que Amy te odeia?

— Ah, porque contei tudo aos meus amigos e eles começaram a chamá-la de *Amy Safadinha*. Eu tinha treze anos e achava que estava arrasando. Não foi o meu melhor momento. Meu irmão me deu uma surra quando descobriu que eu tinha contado a outras pessoas, e Amy se vingou mentindo e espalhando para todo mundo que o meu pau estava murcho quando ela o tocou. Mas isso me ensinou a lição: nunca beije e saia contando.

— Aposto que sim.

— Então... você ia retornar minha ligação?

— Eu... — Estava prestes a dizer que sim, mas por que não dizer a verdade? — Não tenho certeza.

— Você não se divertiu ontem à noite depois do jogo?

— Claro, me diverti, sim. Fazia muito tempo que eu não ria tanto.

— Não se sente atraída por mim?

— O seu espelho está quebrado? Acredito que a maioria das mulheres com idades entre oito e oitenta anos te acha lindo.

— Então, o problema é o otário?

— Otário?

— Um cara que te diz que você pode sair com outras pessoas enquanto ele estiver morando fora do país só pode ser um grande *otário*.

Sorri.

— Obrigada.

— Você não disse que não ia me ligar. Disse que não tinha certeza. Então, isso significa que há uma parte em você que está, *sim*, interessada.

— Disso eu tenho certeza. Não vou negar que gosto de você. Na verdade, esse é o problema. Acho que era mais fácil ir a um encontro quando eu sabia que ia acabar não gostando da pessoa. Não tenho certeza se consigo me envolver em duas coisas ao mesmo tempo, mesmo que, tecnicamente, não haja nada me impedindo.

Max ficou em silêncio por um momento. Achei que ele tivesse desligado na minha cara.

— Você ainda está aí? — perguntei.

— Estou aqui. Você pode ao menos ir ao meu jogo amanhã à noite? Vai ser aqui de novo. Não pode me fazer jogar sem o meu amuleto da sorte. Pode entregar para algum segurança se não quiser me esperar depois.

Olhei para o Yoda na minha mão.

— Claro. Acho que ir a outro jogo não vai fazer mal.

— Leve uma amiga, se quiser. Vou deixar dois ingressos na bilheteria.

— Está bem.

— Excelente. Está ficando tarde, então vou deixar você dormir.

— Boa noite, Max.

— Bons sonhos, Georgia.

Capítulo 4
Georgia

— Oi. — Dei um passo à frente quando chegou minha vez na bilheteria. — Vim buscar dois ingressos para o jogo de hoje à noite.

— Seu nome e identidade, por favor?

Entreguei minha carteira de motorista.

— Georgia Delaney.

Ele ergueu um dedo.

— Você é a convidada do Yearwood. Espere um segundo. Ele também deixou uma bolsa para você.

Olhei para Maggie e dei de ombros. Ela sorriu.

— Espero que sejam lanchinhos. Estou com fome. Adoraria comer uns Twizzlers.

Dei risada.

— Chegamos cedo. Podemos comprar alguma coisa lá dentro.

Um minuto depois, o rapaz da bilheteria voltou. Ele deslizou dois ingressos sobre o balcão e, em seguida, uma bolsa com a logo dos Wolverines estampada. Como havia uma fila atrás de mim, afastei-me antes de abri-la.

— Obrigada.

Dentro, havia um envelope logo em cima, então eu o abri e retirei o bilhete. A caligrafia era elegante e bastante inclinada.

Use o meu nome nas suas costas esta noite.
Talvez seja minha única chance.
Beijos,
Max

P.S.: Tem uma camiseta dos Wolverines para a sua amiga também. A menos que você tenha trazido algum cara. Se esse for o caso, ele que se foda. Não vai ganhar merda nenhuma.

Dei risada e entreguei o cartão para Maggie. Ela leu e abriu um sorriso enorme.

— Já gostei desse cara. Ele é gostoso, quer te colocar no assento dele com o nome dele nas suas costas e tem presentes para a sua amiga. Se você não sair com esse cara de novo, vou dar o meu número a ele. Estou avisando.

Balancei a cabeça, sorrindo.

— Venha, vamos nos trocar e comprar alguns lanches antes do jogo começar.

Chegamos aos nossos assentos carregando dois cachorros-quentes, refrigerantes enormes e um pacote grande de Twizzlers. No assento ao lado, estava a mesma mulher da última vez.

— Oi, Jenna.

— Oi, Georgia. Fiquei sabendo que você viria hoje.

Acomodei-me no assento e franzi a testa.

— Ficou sabendo?

— Meu marido perguntou ao Max se alguém usaria os assentos dele. Minha sogra estava pensando em vir. Max disse que os ingressos dele seriam usados pelo seu novo amuleto da sorte de olhos verdes. Imaginei que ele estava se referindo a você. A propósito, obrigada por ter vindo. Você me salvou de ter que passar três horas com a bruxa da minha sogra.

Dei risada e apontei para Maggie.

— Esta é minha amiga Maggie. Maggie, esta é Jenna. Ela é casada com um dos jogadores.

— Prazer em conhecê-la. — Maggie inclinou-se para ela. — Então, você conhece muito bem o Max?

— Tão bem que já vi a bunda dele mais de uma vez. — Jenna sorriu. — Temos uma casa de verão no leste do estado, e lá tem um chuveiro externo. Max adora aquilo, e não consigo fazê-lo usar uma sunga quando toma banho lá.

— Bacana. — Maggie sorriu. — Posso te fazer uma pergunta sobre ele?

Jenna deu de ombros.

— Claro.

— Você deixaria sua irmã sair com ele?

— Não tenho irmã. Mas já tentei juntá-lo com a minha melhor amiga, se isso responde à sua pergunta. Ela é modelo e estava muito a fim dele. Eles se conheceram em uma festa na minha casa, e no fim da noite, ela perguntou se ele queria ir a algum outro lugar para passarem mais tempo juntos. Ele recusou, dizendo que tinha que acordar cedo no dia seguinte. Sem dúvidas, ele poderia ter se divertido e dado um perdido nela em seguida. Mas, em vez disso, manteve tudo apenas na amizade. Quando perguntei no dia seguinte o que tinha achado dela, ele disse que ela era muito legal, mas não tinha ficado muito a fim e não queria se aproveitar. Pouquíssimos homens solteiros fariam isso, considerando que Lana já esteve no catálogo da Victoria's Secret.

Maggie lançou um sorriso exultante para mim.

— Bom saber. Obrigada.

O jogo começou, e Maggie e eu ficamos bastante envolvidas. Ter alguém ao seu lado para torcer com você fazia toda a diferença. Levantamos quando o time de Max fez gols, vaiamos quando o time adversário levou a melhor, e durante o intervalo, Jenna nos levou até uma sala secreta das esposas, onde bebemos alguns coquetéis e conhecemos pessoas muito amigáveis. Em determinado momento durante o terceiro tempo, Max fez um gol. Quando a câmera deu zoom bem no rosto sorridente dele, eu podia jurar que ele olhou diretamente para mim e piscou, o que fez a multidão ir ao delírio. Eu tinha certeza de que quase todas as mulheres presentes na arena achavam que havia sido para elas.

Durante o último tempo, o funcionário que havia nos conduzido até nossos assentos veio até nós. Ele me entregou outro envelope e dois cordões. Reconheci que era um passe livre igual ao que Jenna me emprestara da outra vez. As duas mulheres ali comigo sorriram enquanto eu retirava o cartão de dentro do envelope.

> *Caso você queira devolver o meu amiguinho pessoalmente, em vez de deixá-lo com os seguranças.*
> *Espero poder te ver.*
>
> *Beijos,*
> *Max*

— Dá para você me explicar como viemos parar aqui? — Balancei a cabeça ao falar com Maggie, olhando para o outro lado do bar.

— Bom, nós colocamos um pé depois do outro e andamos por uns dois quarteirões do Garden até aqui depois que o jogo terminou. — Ela ergueu o queixo em direção a Max, que estava conversando com o barman enquanto esperava nossas bebidas. — Sinceramente, não me lembro de muita coisa depois que aquele homem monstruosamente lindo exibiu aquelas covinhas e nos convidou para vir com ele.

Suspirei.

— Sei como é. Em um minuto, eu estava esperando do lado de fora do vestiário, jurando que ia somente devolver o amuleto da sorte dele, agradecer e me despedir, e no minuto seguinte, estava sentada aqui. Acho que as covinhas são hipnotizantes ou algo assim.

Max retornou à mesa com duas taças de vinho e uma garrafinha de água. Ele deslizou para o banco que ficava de frente para nós do outro lado da mesa e ficou alternando olhares entre mim e Maggie.

— Por que tenho a sensação de que vocês duas sentadas no mesmo lado da mesa é mais perigoso do que patinar sobre uma lâmina de três milímetros de espessura em direção a um zagueiro banguela de cento e quarenta quilos?

Maggie sorriu.

— Um homem que sabe interpretar o que está rolando.

— Queria saber interpretar a sua amiga. — Os olhos dele pousaram em mim por um instante. — Me diga como convencê-la a sair comigo.

Ela balançou o dedo indicador.

— Calma aí, mocinho. Preciso me certificar de que você é adequado para ela. Tenho algumas perguntas primeiro.

Max sorriu.

— Já deu para ver por que a amizade de vocês dá tão certo. — Ele ergueu os braços e os apoiou sobre o encosto do assento. — Manda bala, Maggie.

— Cães ou gatos?

— Cães. Tenho dois.

— Que tipo?

— Um vira-lata e um Lulu da Pomerânia.

Dei risada.

— Você tem um *Lulu da Pomerânia*?

Max assentiu.

— Não foi por escolha. Meu irmão o comprou para as filhas dele no Natal do ano passado. Uma delas não parava de espirrar de alergia, e as outras duas choraram muito depois que ele disse que teria que se livrar do cachorro. A caçula me obrigou a ficar com ele para que ainda pudessem vê-lo às vezes.

— Como ela te obrigou?

Max abriu um sorriso largo.

— Ela sorriu para mim.

Nós duas rimos.

— Quais são os nomes dos cães? — Maggie perguntou.

— Fred e Quatro. Eu adotei Fred de um canil, e minhas sobrinhas que escolheram o nome do Lulu. Sempre chamei as meninas de Coisa Um, Coisa Dois e Coisa Três, então meu irmão começou a chamar o cachorro de Coisa Quatro enquanto tentavam achar um nome para ele. Acabou pegando, e dei uma encurtada.

— O que os cachorros fazem quando você está viajando?

— Tenho pessoas que ficam no meu quarto de hóspedes enquanto isso. Elas tomam conta do meu apartamento e dos meus meninos. Na verdade, são duas irmãs que têm uma empresa que oferece esses serviços. Dou meu cronograma de viagem com antecedência e elas se revezam durante a temporada. Elas amam cachorros. É ótimo, porque assim eles podem ficar no próprio lar e não se aborrecem muito quando tenho que me ausentar por alguns dias. Uma das irmãs vende petiscos caseiros orgânicos e usa minha cozinha quando fica lá, e eles experimentam todas as fornadas. Às vezes acho que eles ficam putos quando eu volto.

— Você tem alguma foto deles? — Maggie inclinou-se para frente. — Se tiver, já ganha pontos extras. Homens babacas não costumam ter fotos de seus cães no celular.

Max pegou seu celular do bolso.

— Acho que também tenho alguns vídeos deles roncando. Eles adoram tomar conta da minha cama, e um ronca mais alto que o outro.

Maggie apontou para mim.

— Ah, igual à Georgia.

— Eu *não* ronco.

— Ronca, sim. — Maggie dirigiu-se a Max. — *Alto.*

Dei risada.

— Cala a boca e vamos ver os cãezinhos.

Max digitou a senha para desbloquear seu celular e o deslizou pela mesa em nossa direção. Maggie pegou o aparelho e piscou algumas vezes.

— Você vai simplesmente me entregar o seu celular e me deixar olhar suas fotos?

Max deu de ombros.

— Claro. Por que não?

— Sei lá. Todos os homens que já conheci ficam pairando por perto, prontos para arrancar o celular da mão de uma mulher quando ela o pega para olhar uma mísera foto.

Ele deu risada.

— Não tenho nada a esconder aí.

Maggie começou a passar as fotos.

Max apontou para o aparelho:

— Tem uma pasta chamada cachorros em algum lugar aí. Minha sobrinha mais velha que fez. Tem tantas fotos que é quase impossível ver todas. Minhas sobrinhas me fazem mandar fotos para elas por mensagem. Cometi o erro de deletar uma delas uma vez, e a caçula chorou muito. Agora, eu guardo todas.

Inclinei-me para Maggie e a vi abrir a pasta e começar a passar as imagens. A maioria delas tinha apenas os cães, mas Max também estava em algumas. Notei que ela parou de deslizar o dedo na tela quando chegou a uma foto de Max sem camisa usando um boné para trás. O homem tinha um abdômen de tanquinho esculpido em uma pele dourada. Ela olhou para mim e abriu um sorriso sugestivo.

— Você tem o número da Georgia aqui? — Maggie indagou.

— Tenho.

Ela digitou na tela e senti meu celular vibrar dentro da bolsa. Ela me lançou uma piscadinha.

— Achei que seria uma boa você anexar essa foto ao contato dele. Só para o caso de você se esquecer de como ele é.

Quando terminamos de ver as fotos dos cachorros, Maggie deslizou o celular de volta para ele.

— Vamos voltar às minhas perguntas. Acho que você estava tentando me distrair mostrando essas fotos tão fofas.

— Foi você que falou sobre cachorros — Max disse.

— Mesmo assim. — Maggie deu de ombros. — Ok, próxima pergunta. Qual foi o tempo mais longo que você deixou alguma comida caída no chão antes de recolhê-la e comê-la?

Max ergueu uma sobrancelha.

— Bêbado ou sóbrio?

— Tanto faz.

Ele baixou a cabeça.

— Comi um Oreo que passou uns cinco minutos no chão. Na verdade, acabei comendo da pia da cozinha. Era o último biscoito, e meu irmão e eu estávamos brigando por ele. Consegui pegá-lo do chão e estava quase colocando na boca quando meu irmão bateu na minha mão, arremessando o biscoito para o outro lado da cozinha e fazendo-o pousar em uma panela cheia de água gordurosa que minha mãe tinha colocado de molho após o jantar. Deve ter ficado flutuando lá por uns trinta segundos, mais ou menos, enquanto competíamos para ver quem conseguiria pegar primeiro.

Maggie torceu o nariz.

— Isso é meio nojento. Mas não vou usar isso contra você, já que era uma criança.

Max abriu um sorriso largo.

— Foi há seis meses. Estávamos na casa do meu irmão para o jantar.

Não pude evitar minha risada.

— Sorte a sua ter ganhado pontos extras por acolher o Lulu da Pomerânia das suas sobrinhas e adotar um vira-lata do canil — Maggie disse. — Porque acabou de perder um. Que nojo.

Max gesticulou para ela.

— Manda outra. Posso vencer essa. Sei que posso.

— Tudo bem. — Maggie fitou o vazio por alguns segundos, tamborilando os dedos sobre a mesa. Então, ergueu o dedo indicador no ar, e imaginei uma lâmpada se acendendo acima da sua cabeça como em um desenho animado. — Já sei. Comida que você mais consome.

— Fácil. *Cheerios*.

— Sério? Que estranho. Nada de pão, frango, ou mesmo macarrão, arroz... mas *Cheerios*? O cereal?

— Aham. Eu adoro.

Maggie deu de ombros.

— Se você diz. E o seu livro favorito?

— Acho que *The Boys of Winter*.

— Não conheço esse.

— Conta a história do time olímpico de hóquei de 1980.

Maggie franziu o nariz e apontou para mim.

— Parece tão chato quanto as coisas que ela lê. Alguns anos atrás, eu a peguei relendo *O Grande Gastby*. Quem lê F. Scott Fitzgerald a menos que seja uma leitura obrigatória na escola? E mesmo assim, você só dá uma folheada e lê a versão resumida. — Ela balançou a cabeça. — Ok, próxima pergunta. Essa vale o dobro, então é melhor responder certo. Você tem ou não tem planos de morar em Londres em algum futuro próximo?

Max exibiu uma de suas covinhas e olhou para mim.

— Definitivamente não. Não sou otário assim.

— Boa resposta. — Maggie sorriu. — Do que você gosta, mas tem vergonha de admitir?

Max baixou a cabeça novamente.

— Às vezes, eu assisto a reprises do reality show *Jersey Shore*.

— Interessante. Você preferiria sair com a Snooki ou a JWoww?

— Snooki. Sem discussão.

Maggie respirou fundo e balançou a cabeça.

— Estava com medo disso.

— O quê? A resposta certa era JWoww?

— Não... de jeito nenhum. Você é perfeito para ela. Por isso ela não quer sair com você.

— O que eu preciso fazer? Esquecer de abrir a porta para ela e olhar para a bunda de outras mulheres enquanto ela estiver falando?

— Não sei se isso seria suficiente.

— Hã... — Alternei olhares entre Max e Maggie e apontei para mim. — Vocês sabem que estou bem aqui, não sabem?

Maggie piscou para mim. Em seguida, pegou sua taça de vinho e bebeu o líquido inteiro em um gole impressionante. Ela bateu a taça vazia na mesa e soltou um *"ahhh!"* antes de se levantar abruptamente.

— Foi um prazer, galerinha.

Franzi a testa.

— Aonde você vai?

— Meu trabalho aqui está feito. Vou dar uma passada na casa do advogado do Aaron para uma rapidinha. Toda a testosterona naquela arena me deixou no clima. — Ela se curvou e beijou minha bochecha. — Divirtam-se esta noite. — Ela balançou os dedos para Max. — Cuide bem da minha garota, Bonitão.

Sem mais uma palavra, ela se virou e saiu andando para a saída. Pisquei algumas vezes.

— Bem, isso foi... interessante.

— Quem é Aaron?

— O quase ex-marido dela.

Max ergueu as sobrancelhas.

— Ela vai chamar o advogado *dele* para uma rapidinha, não o dela?

— Aham. — Balancei a cabeça. — Existe um ditado antigo: nunca vá para a cama com raiva; fique acordado e planeje sua vingança. Maggie o rescreveu para: nunca vá para a cama com raiva; fique acordado e faça sexo como vingança.

Max deu risada.

— Gostei dela. Parece ser do tipo de pessoa que não faz rodeios.

— Ela é, sim.

— Além disso... — Ele estendeu a mão por cima da mesa e entrelaçou seus dedos nos meus. — Ela te convenceu a vir.

— Isso ela fez mesmo. Mas estou sentindo que fui tapeada. Ela só insistiu que viéssemos porque já planejava dar no pé como acabou de fazer. Não sei como não me dei conta desde o início.

— Obrigado por ter ido ao jogo hoje. — Ele apertou meus dedos e olhou para a minha camisa. — Gosto muito de ver você usando a minha camisa do time.

Senti aquele palpitar no estômago que sempre sentia quando ficávamos a sós. O homem era sexy demais para seu próprio bem. Quem conseguia ficar tão lindo assim às onze da noite depois de passar horas e horas competindo em um esporte tão intenso? Por que ele não estava com alguns hematomas ou ferimentos no rosto para ficar ao menos um *tantinho* repugnante?

Fitei nossas mãos unidas.

— E eu gostei de usá-la. Mas... não acho que seja uma boa ideia a gente se envolver. Você parece ser um cara incrível, mas as coisas entre mim e Gabriel... eu não sei no que isso vai dar.

— Mas você não vê problema em entrar no Tinder para arranjar uma ficada ou conhecer um cara que sabia que não ia curtir...

— Isso parecia ser menos complicado, de certa forma.

Max fitou meus olhos.

— E se eu te dissesse que vou embora no fim do verão?

Uma pontada inesperada de decepção atingiu meu coração.

— Isso é verdade?

Ele fez que sim.

— Ainda não é de conhecimento público. Meu contrato aqui está chegando ao fim. Meu agente não resolveu todos os detalhes ainda, mas pelo que eu soube hoje de manhã, parece que vou para os Blades, na

Califórnia. Terei mais chances de passar para eliminatórias pós-temporada jogando com eles.

— Oh, nossa. E quando você iria?

— Os treinos só vão começar na primeira semana de setembro. Mas eu gostaria de começar a me estabelecer lá em agosto, no máximo.

Max me observou atentamente enquanto eu absorvia o que aquilo significava. Era quase final de abril, então ele só teria mais uns três meses em Nova York. Mordisquei meu lábio inferior.

— Não sei...

— Curta o verão comigo. Não estou procurando nada sério, e sei que poderíamos nos divertir muito juntos. Mas também teremos uma data de validade, o que vai ajudar a manter as coisas menos complicadas, como você disse.

Era uma oferta extremamente tentadora. Eu queria ficar com alguém. No começo, tinha sido somente porque Gabriel estava saindo com outras pessoas. Mas quanto mais eu pensava na ideia, mas me dava conta de que talvez também precisasse de mais perspectivas de vida. Um ano atrás, estava com minha vida inteira planejada. Talvez eu precisasse *parar* de planejar e analisar e simplesmente viver um pouco, deixar as coisas acontecerem naturalmente. Embora parecesse uma ótima ideia, também fazia minhas palmas suarem.

— Eu posso... pensar no assunto?

Max sorriu.

— Claro. É uma resposta muito melhor do que um não.

Depois disso, ficamos no bar conversando por mais algumas horas. A seguir, Max chamou um táxi e nós dois entramos no carro. Meu apartamento ficava a caminho do dele, então ele pediu ao motorista que fosse me deixar primeiro. Quando chegamos ao meu prédio, ele pegou algumas notas e entregou ao taxista.

— Espere alguns minutos para que eu possa levá-la para dentro.

O motorista deu uma olhada no dinheiro e assentiu.

— Sem problemas, meu patrão.

Max e eu caminhamos lado a lado até a entrada do meu prédio.

— Vou viajar pelos próximos quatro dias, para jogar em Seattle e na Filadélfia. Meu cronograma fica mais apertado até o fim da temporada. Mas vai acabar logo. E vou reunir algumas pessoas no meu apartamento no próximo sábado, se você ficar a fim de ir. Não quero fazer pressão, mas... é meu aniversário.

— Sério?

Max confirmou com a cabeça.

— Você pode levar a Maggie ou alguma outra pessoa, se quiser. Assim não vai sentir que é um encontro, se não tiver decidido aceitar minha oferta ainda.

— É muito gentil da sua parte.

Ele abriu a porta do meu prédio e me acompanhou até o elevador.

— Obrigada pelas bebidas e pela carona para casa — eu disse a ele.

Depois que apertei o botão do elevador, Max pegou minha mão. Ele fitou nossos dedos entrelaçados por um bom tempo antes de subir o olhar, parando-o na minha boca. Ele balançou a cabeça.

— É a segunda vez que me despeço de você, e está ficando cada vez mais difícil não te beijar antes de ir embora. — Seus olhos encontraram os meus. A intensidade que irradiava deles me deixou sem fôlego. — Porra, eu quero tanto te beijar.

Não consegui dizer nada, embora ele parecesse estar esperando uma resposta. Meu cérebro estava ocupado demais enviando correntes elétricas por todo o meu corpo.

Nossos olhares permaneceram presos um no outro, e Max deu um passo hesitante para frente.

Proposta de Verão

Através da minha visão periférica, vi as portas do elevador se abrirem. Estava bem ao nosso lado, então pudemos ouvi-lo claramente. No entanto, nossos olhares não vacilaram. Max deu mais um passo na minha direção.

Acho que parei de respirar naquele momento.

E então, ele deu mais um passo, e nossos dedos dos pés se encontraram. Devagar, Max ergueu sua outra mão e colocou um dedo nos meus lábios. Ele traçou meu lábio inferior de um lado a outro, deslizando o dedo em seguida até meu queixo, descendo pelo meu pescoço e parando na base. Ele ficou olhando para aquele ponto ao falar, trançando um círculo na minha pele.

— Não vou pedir para te beijar agora. Porque não vou conseguir me controlar, se você deixar. — Ele balançou a cabeça. — Eu quero deixar marcas.

Minha nossa.

Max engoliu em seco. Ver seu pomo de adão subir e descer me deixou tonta. Mas não foi nada comparado ao que seu olhar estava me fazendo sentir. Ou talvez a vertigem se devesse ao fato de que eu continuava sem me lembrar de respirar.

Minha boca ficou seca, então passei a língua nos lábios para umedecê-los. Os olhos de Max acompanharam o gesto, e ele gemeu. Em algum lugar à distância, ouvi um *ding*, mas só me dei conta do que se tratava quando Max estendeu a mão para impedir que as portas do elevador se fechassem. Ele sinalizou para o lado com a cabeça.

— É melhor você ir — ele disse com a voz grave. — Não vou arruinar minhas chances antes de ao menos conseguir uma. Mas espero que você pense bem na minha proposta de verão.

— Vou pensar. — Tive que me forçar a entrar no elevador vazio. — Boa noite, Max.

— Bons sonhos, linda. — Ele sorriu. — Eu sei que os meus serão.

Proposta de Verão

Capítulo 5
Max

— E aí, velhote? Colocou a garotada para fazer todo o seu trabalho de novo?

Otto Wolfman se virou. Ele sorriu, mas tentou esconder isso ao gesticular para mim.

— Está chamando quem de velho? Se você se olhar no espelho, não vai ver o ala esquerda que marcou três gols no último jogo. Aposto que ele está desfrutando de um sanduíche de carne e queijo lá na ensolarada Filadélfia.

Ai. Essa doeu. Levamos uma surra no jogo na Filadélfia outro dia. Mas Otto e eu tínhamos o costume de sacanear um ao outro por diversão. Caminhei até onde ele estava sentado no banco de penalidades e o cumprimentei batendo minha mão na dele antes de lhe entregar um café. Desde que eu começara a jogar no Madison Square Garden, sete anos antes, Otto Wolfman cuidava da pista de gelo, mas já fazia isso há trinta e um anos quando cheguei. Esse velho rabugento me lembrava muito o meu pai, mas eu nunca disse isso a ele. Todo sábado de manhã, eu chegava mais ou menos uma hora antes do treino e trazia o café que mais parecia uma lama que ele preferia do carrinho que ficava descendo o quarteirão. Cometi o erro de trazer um café da Starbucks para ele, uma vez. *Uma vez só.*

Ele apontou para o rapaz que estava dirigindo seu Zamboni, o veículo nivelador de gelo.

— Esse idiota pagou dez mil dólares para fazer isso. Dá para acreditar? Em um leilão onde um monte de figurões ricos de Wall Street dão lances para arrematar umas porcarias. Ele tem o quê, vinte e três anos? — Otto balançou a cabeça. — Pelo menos, é para a caridade.

Olhei para o gelo. O cara que estava pilotando o Zamboni pelo rinque tinha um sorriso gigante no rosto. Ele estava se divertindo muito, sem dúvidas. Dei de ombros.

— Gosto não se discute, né?

— Vai ficar livre esse fim de semana depois do treino de hoje, não é?

— Aham. — Tomei um gole do meu café.

— Grandes planos?

Balancei a cabeça e dei risada.

— Parece que vou dar uma festa de aniversário para mim.

Otto franziu as sobrancelhas grossas.

— Parece? Você soa como se não tivesse certeza.

— Bom, eu não estava planejando fazer isso. Mas aí disse para uma mulher que faria, para que ela quisesse passar um tempo comigo.

— Seria mais fácil convidá-la para um encontro, não acha?

Franzi a testa.

— Eu convidei. Várias vezes. Ela não tem certeza se quer sair comigo. Então, fui burro o suficiente para dizer a ela que receberia algumas pessoas na minha casa, para parecer casual. Imaginei que ela ficaria mais propensa a dizer sim se soubesse que não seríamos só nós dois.

— Uma mulher te dispensou? — Otto jogou a cabeça para trás, rindo. — Isso alegrou o meu dia.

— Nossa, valeu.

— O que essa mulher tem de tão especial que está te fazendo agir por impulso?

Era uma ótima pergunta. Ela tinha grandes olhos verdes, pele macia e pálida, e um pescoço comprido, fino e delicado que me fazia sentir como um maldito vampiro. Mas isso era apenas um bônus em Georgia. O que eu mais gostava era do fato de ela saber quem era, e mesmo tendo um lado descontraído, também tinha orgulho de si, sem vergonha. Muitas mulheres por aí queriam parecer ser outra pessoa.

Dei de ombros.

— Ela é verdadeira.

Otto assentiu.

— Ser verdadeira é legal. Mas ouça, Bonitão. Nada de bom vem fácil. Quando conheci a minha Dorothy, eu estava trabalhando de segurança em um bar de strip-tease no centro da cidade. Eu era jovem e bonito naquela época, me divertia pra valer com as moças que trabalhavam lá. Tive que procurar outro *emprego* só para que Dorothy aceitasse sair comigo.

— A parte do jovem e bonito eu não engulo. Mas entendo o que está dizendo.

— Vocês garanhões não fazem ideia de como é ter que se esforçar para conquistar uma mulher. Eu vejo as mulheres seminuas que se esfregam em você sempre que têm chance. Vai ser bom para você dar uma aparadinha nesse seu ego enorme. Já gostei dessa mulher. Aposto que ela é inteligente.

— Talvez seja até inteligente demais para mim. Ela se formou em Administração na Universidade de Nova York e é dona de uma empresa de sucesso.

— Minha Dorothy foi bibliotecária por trinta anos. A quantidade de livros que ela já leu é maior do que a quantidade de cervejas que já bebi. E você sabe o quanto eu gosto da minha Coors Light. Então, aqui vai um conselho.

— Qual?

— Mulheres inteligentes não acreditam nas coisas que você diz.

Elas acreditam nas ações que veem.

Assenti.

— É um bom conselho... para variar.

Ficamos sentados lado a lado por um instante observando o passeio de Zamboni de dez mil dólares.

— Ele está mandando bem. — Cutuquei Otto levemente com o cotovelo. — É melhor você ter cuidado. Aposto que ele pode pagar cinquenta mil para te substituir.

Otto fez uma carranca. Dei risada.

— Esse é o troco pelo comentário sobre a Filadélfia. Agora me conte como vai o seu tratamento.

Ele abriu e fechou as duas mãos.

— Está indo bem. Só que minhas mãos e meus pés formigam o tempo todo. O médico disse que é lesão nos nervos por causa da quimioterapia. Acho bom que seja temporário.

Otto foi diagnosticado com câncer de cólon em estágio quatro no ano anterior. Ele estava fazendo tratamento, mas o prognóstico não estava muito bom, já que havia se espalhado depois que ele interrompeu a primeira rodada de tratamentos.

— Tem alguma coisa que você possa fazer para melhorar? — perguntei.

— Mais remédios. O médico disse que fisioterapia podia ajudar. Mas odeio essa merda.

Sorri. Jogadores de hóquei viviam em consultórios de fisioterapia. Eu também achava um saco. *Só me diga quais são os exercícios e me deixe cair fora daqui.*

— Que tal acupuntura?

— Alfinetadas e agulhadas? É disso que estou tentando me livrar, seu paspalho. Mas sabe o que poderia ajudar?

— O quê?

— Clima mais quente. Se você por acaso conhecer alguém que esteja procurando um gestor de instalações lá na costa oeste, pode me recomendar.

Balancei a cabeça, sorrindo. Otto não tinha a menor intenção de ir a lugar algum, e nós dois sabíamos disso. Mas eu ainda não tinha dito a ele que estava conversando com o time de Los Angeles. Contudo, de alguma maneira, ele devia ter desconfiado. Eu diria que as paredes dali falavam, mas eu nunca conversara sobre outro time naquele lugar.

Otto se levantou. Ele colocou as mãos em conchas em volta da boca e gritou:

— *Nada de selfies enquanto dirige esse treco, porra!* — Ele resmungou ao se sentar novamente. — Bando de imbecis com esses celulares.

Sorri. *Pois é.* Não havia forma melhor de começar os meus sábados do que passando tempo com Otto.

— Obrigado por me ajudar.

Jenna colocou uma bandeja de legumes na minha mesa de jantar. Ela bateu as palmas uma na outra, limpando-as, e olhou em volta.

— *Ajudar* insinuaria que você fez alguma coisa para contribuir. — Estendi a mão para pegar um pedaço de cenoura da bandeja, mas ela afastou minha mão com um tapa. — Isso é para os convidados.

— Então eu não posso comer nada antes deles chegarem?

— Vou deixar você comer um. Mas não mergulhe no molho. Está bem lisinho e arrumadinho e você vai acabar bagunçando.

O marido de Jenna, Tomasso, entrou no cômodo. Ele abriu um sorriso largo.

— Ela não quer deixar você mergulhar o legume no molho, não é? Eu te avisei que ela era maluca com essas merdas quando se ofereceu para ajudar.

Jenna colocou as mãos nos quadris.

— Você me chamou de maluca? Da próxima vez que for receber pessoas em casa, se vire para fazer os pedidos e arrumar tudo. Tenho certeza de que todo mundo vai adorar bolachinhas salgadas com molho de queijo.

Ela devia ter no máximo um metro e sessenta de altura, uns bons trinta centímetros a menos do que seu marido grandalhão. Ainda assim, ele fez uma cara amuada e enfiou as mãos nos bolsos.

— Desculpe, amor.

Dei risada.

— E do que você está rindo? — Ela balançou um dedo para mim. — Vá dar um jeito naquela bolinha de pelos ali. Ele fica tentando subir na mesinha de centro que está com a tábua de frios.

Ergui as mãos em rendição.

— Sim, senhora.

Levei os cães para a cozinha e os alimentei, mesmo que isso não fosse impedi-los de ficarem tentando roubar alguma comida.

Um tempinho depois, os primeiros convidados chegaram. Eu tinha chamado doze pessoas, ou melhor, Jenna tinha. Ela disse que era o número perfeito para que a reunião se qualificasse como uma festa, ao mesmo tempo em que não era tanta gente e eu não teria que passar a noite inteira bancando o anfitrião, o que me impediria de passar mais tempo com Georgia. Não discuti, já que ela estava fazendo todo o trabalho, mas as pessoas que compareceriam eram meus amigos, e não dariam a mínima se eu os ignorasse. E era exatamente isso que eu pretendia fazer assim que Georgia chegasse. Aquela mulher tinha mexido muito comigo.

Por volta das oito da noite, quase todo mundo tinha chegado, exceto a pessoa por quem eu estava dando essa festa falsa. Meu celular estava carregando na cozinha, então fui conferir se ela tinha mandado alguma mensagem.

Havia uma chamada que eu perdera por volta das seis e meia e uma mensagem que tinha chegado lá pelas sete.

Georgia: Oi. Só queria conferir se você recebeu o meu recado no correio de voz. Sinto muito por cancelar tão em cima da hora.

Merda.

Acessei meu correio de voz e toquei a mensagem que ela tinha deixado.

"Oi. É a Georgia. Desculpe ligar tão em cima da hora, mas não vou poder ir à sua casa hoje. Eu não estava me sentindo muito bem ontem, e hoje acordei toda dolorida e exausta. Tomei um ibuprofeno há algumas horas na esperança de me sentir melhor, deitei, dormi e acabei de acordar. Eu nunca tiro sonecas, então não esperava apagar por quase três horas. Do contrário, teria te ligado mais cedo. Agora estou com dor de garganta e sentindo um pouco de febre. Me sinto péssima por cancelar justo no seu aniversário, mas não vou poder ir. Me desculpe, Max. Espero que se divirta na sua festa."

Franzi a testa. *Que droga.* Quando li a mensagem, presumi que ela estava me dispensando. Mas ela não parecia estar muito bem, e isso me causou um aperto no peito. Então, decidi retornar sua ligação e me encostei na bancada, esperando ela atender.

No terceiro toque, achei que estava prestes a cair no correio de voz, mas então, ela atendeu. Sua voz parecia estar ainda pior.

— Oi — ela murmurou.

— Você não parece estar muito bem.

— É, não estou mesmo. Minha garganta dói quando engulo e minha cabeça parece estar pesando uns cem quilos. Sinto muito mesmo por não poder ir.

— Tudo bem. Sinto muito por você estar doente.

— Acho que não fico doente há uns dez anos. Não tive sequer um resfriado durante esse tempo. Eu viro uma criançona quando não me sinto bem. Você deve estar me achando uma frouxa. Jogadores de hóquei competem com ossos quebrados e lesões o tempo todo.

— Que nada. Isso é diferente.

Ela deu risada.

— Obrigada por mentir. Como está a festa?

— Legal. O Quatro está sendo o vigarista de sempre. Ele aperfeiçoou o olhar de coitadinho que ganha todas as mulheres. Ele senta aos pés delas e olha para cima até o pegarem no colo e ficarem dizendo o quanto ele é fofo. Então, ele olha para o que quer que estejam comendo como se não comesse há um ano. Em nove a cada dez vezes, alguém grita comigo por não o alimentar o suficiente. Enquanto isso, a tigela de ração dele está cheia na cozinha. Se ele fosse um ser humano, seria um daqueles trambiqueiros que fazem jogos de cartas e arrancam todo o dinheiro de turistas perto da Penn Station.

Georgia riu, mas a risada se transformou em um ataque de tosse.

— Perdão.

— Relaxa.

Ela suspirou.

— Eu estava ansiosa para conhecer o Quatro.

— Ele também estava ansioso para te conhecer. Você vai ter que se redimir com ele.

Pude ouvir o sorriso na sua voz.

— Só com ele? Não com o aniversariante?

— Bom, já que está oferecendo...

Jenna entrou bruscamente na cozinha.

— O serviço de bufê chegou com a comida quente do jantar.

— Espere um segundo, ok? — Cobri o celular com a mão. — Você pode, por favor, dizer a eles que podem entrar? Não vou demorar.

— Claro. Também preciso que você abra mais vinho tinto.

— Tudo bem.

Assim que Jenna fechou a porta da cozinha, afastei a mão do celular.

— Desculpe por isso.

— Parece que você está ocupado. Vou te deixar em paz.

Por mais que eu não quisesse desligar, sabia que deveria.

— Está bem. Eu te ligo amanhã para saber como você está.

— Divirta-se na sua festa, e feliz aniversário, Max.

— Obrigado. Melhoras. Durma um pouco.

Depois que encerrei a chamada, paguei o serviço de bufê e abri mais garrafas de vinho. Tentei me concentrar em algumas conversas, mas não estava conseguindo manter o foco. Então, quando vi Jenna entrando na cozinha com uma bandeja vazia, eu a segui.

— Seria muita babaquice se eu escapulisse da minha própria festa por uma ou duas horas?

— E aonde você iria?

— Para o apartamento da Georgia. Ela não está se sentindo bem.

— Estava mesmo me perguntando por que ela não estava aqui. Você acha que ela está mentindo e quer ir lá para ver se ela está mesmo em casa, ou algo assim?

Neguei com a cabeça.

— Não, eu acredito nela. Pensei em levar uma canja e pastilhas para garganta.

Jenna sorriu.

— Você gosta mesmo dela, hein?

— Eu sei que vou me arrepender de te dizer isso, mas... eu só quis convidar essas pessoas hoje porque ela concordou em vir a uma festa, mas não quer sair comigo.

Seu sorriso ficou ainda maior e ela cantarolou:

— *O Bonitão levou um fo-ra...*

— Por que as pessoas ficam tão felizes com isso?

— Porque é divertido ver você ser tratado como um mero mortal, sabe, como o resto de nós.

Revirei os olhos.

— Você pode segurar a barra por uma hora ou duas? Só continue dando comida e bebida a todo mundo.

Jenna gesticulou.

— Vá.

Curvei-me e beijei sua bochecha.

— Valeu, Jen.

Quando cheguei à porta da cozinha, ela gritou atrás de mim:

— Espere!

Me virei.

— Leve o Quatro com você. As mulheres adoram aquele fofinho.

Talvez eu tenha exagerado.

Comprei tanta coisa no caminho que tive que colocar duas das sacolas que segurava no chão para poder bater à porta do apartamento de Georgia. Decidi não ligar antes, mas estava me arrependendo no momento. A mulher nem queria sair comigo, e ali estava eu aparecendo no prédio dela e checando as caixas de correio como um perseguidor para ver em qual apartamento ela morava. O que pareceu ser uma boa ideia a princípio estava começando a parecer desespero.

Mas foda-se, eu já estava ali e com uma quantidade de remédios suficiente para abrir uma pequena farmácia, então bati à porta.

Após fazer isso, meu coração acelerou como se eu tivesse treze anos e estivesse sozinho no escurinho do cinema com Amy Chase. Mas que porra tinha dado em mim? Eu não sabia direito, mas quando ninguém atendeu à porta de imediato, fiquei ponderando se deveria bater de novo. E se ela estivesse dormindo? Eu não queria acordá-la, se estivesse descansando. No instante em que decidi que voltaria para casa se ela não aparecesse na porta dentro de um minuto, alguém abriu a porta do apartamento ao lado do dela, e Quatro começou a latir como um lunático. Seus berros agudos ecoaram pelo corredor, e o senhor que havia saído de casa se sobressaltou. Levou um susto tão grande que quase caiu. Tentei acalmar meu cão de guarda de três quilos e pedi desculpas.

E então, antes que eu conseguisse fazer Quatro ficar quieto, a porta de Georgia se abriu de repente.

— Max? — Ela franziu as sobrancelhas. — O que você está fazendo aqui?

Abaixei-me e recolhi as sacolas, estendendo-as como uma oferta de paz.

— Eu trouxe uma canja para você. E pastilhas para garganta. E... outras coisinhas.

Ela tocou nos cabelos, que estavam em um coque no topo da sua cabeça.

— Eu estou horrenda.

Georgia estava usando um robe felpudo cor-de-rosa, sem um pingo de maquiagem e óculos enormes de armação preta que estavam tortos em seu rosto. Seus olhos estavam inchados e seu nariz, vermelho, e ainda assim ela estava linda.

Estendi a mão e endireitei seus óculos.

— Você está uma graça.

— Você vai acabar ficando doente.

— Vou arriscar. — Ela parecia um pouco suada, então senti sua testa. — Você está com febre.

— Meu remédio acabou.

— Bem, então que bom que eu vim. Posso entrar?

Seus olhos desceram e encontraram Quatro.

— Ai, meu Deus, ele é a coisa mais fofa que eu já vi!

Dei um soquinho no ar mentalmente. *Bem pensado, Jenna*. Teria que me lembrar de mandar flores para ela depois.

Georgia abriu mais a porta e deu um passo para o lado, com as mãos estendidas.

— Posso pegá-lo no colo? Ou ficar com ele para sempre?

Ou um carro. Acho que devo um carro a Jenna.

Após entrar, observei que seu apartamento era muito bacana, com paredes de tijolos expostos na sala de estar, uma cozinha de tamanho decente com eletrodomésticos de aço inoxidável, teto alto e, como era de se esperar, com arranjos de flores por toda parte. Além disso, o cheiro do ambiente era maravilhoso. Fui até a bancada da cozinha e comecei a desempacotar as coisas que tinha comprado na farmácia. Ao encontrar o ibuprofeno, abri o frasco e peguei dois comprimidos. Em seguida, tomei a liberdade de abrir a geladeira e peguei uma garrafinha de água, retirando a tampa ao voltar para a sala de estar, onde Georgia estava com Quatro em seu colo no sofá.

— Tome — eu disse.

— Obrigada. — Ela engoliu os comprimidos com ajuda da água.

— Está com fome? Eu trouxe canja de galinha.

Georgia balançou a cabeça.

— Não estou com muito apetite hoje. Mas acho que vou me forçar a comer um pouco depois, quando terminar de dar todo o meu amor a esse pequenino aqui.

Ela começou a coçar a cabeça de Quatro, e ele se aconchegou em seu peito. Com a cabeça entre os seios dela, aquela bolinha de pelos olhou bem na minha direção. Eu poderia jurar que ele estava se gabando.

Sim, eu estou com ciúmes, seu merdinha.

Peguei a outra sacola que havia trazido e sentei no sofá ao lado de Georgia.

— Tem uma loja de discos antigos ao lado da farmácia aonde fui. O letreiro na janela dizia que eles também vendiam filmes, mas as opções eram bem poucas. — Coloquei a mão dentro da sacola e tirei de lá dois dos três filmes que tinha comprado. — Esse aqui é mudo, e esse aqui, não. Eu não sabia se você preferia um ou o outro.

Georgia ficou boquiaberta.

— Em preto e branco? Como você sabia que eu adoro filmes antigos?

— Você mencionou na noite em que nos conhecemos.

— Mencionei?

Fiz que sim.

— Acho que foi quando estava me dizendo que não tinha quase nada em comum com o cara do seu encontro às cegas.

— Eu nem me lembro disso.

Dei de ombros.

— Também comprei esse aqui.

Georgia pegou o filme da minha mão, rindo.

— *A Ameaça Fantasma*? Você não disse que esse é o pior de todos os filmes de *Guerra nas Estrelas*?

— E é. Mas comprei na esperança de que me trouxesse sorte de novo. — Balancei as sobrancelhas.

Georgia sorriu.

— Você vai tentar me apalpar? Eu estou doente.

Ergui as mãos.

— Eu não ia, mas se isso for o que as forças dominantes quiserem...

Ela riu e logo em seguida colocou a mão no pescoço.

— Ai... não me faça rir. Dói.

Caramba, o sorriso dela me dava uma sensação esquisita no peito. Será que eu também estava ficando doente?

Georgia ergueu Quatro no ar, sorrindo para o rostinho dele.

— Não dá para acreditar que esse pequenino é seu cachorro. Ele é fofo demais. Deve ser uma graça você andando na rua com ele. Você ao menos percebe as mulheres desmaiando quando passa?

Quando sorri, ela apontou para as minhas bochechas.

— Pode ir guardando isso aí, Yearwood. Eu sou fraca. Exibir essas covinhas é jogo sujo.

— Sim, senhora. — Abri ainda mais meu sorriso, garantindo que aquilo que ela parecia gostar ficasse bem à mostra.

Georgia acariciou a cabeça de Quatro.

— Estou surpresa que a festa tenha acabado tão cedo. Não são nem nove da noite ainda.

Balancei a cabeça.

— Não acabou. Eu só dei uma fugida rápida.

— Você fugiu da sua própria festa de aniversário?

Dei de ombros.

— Tem muita comida e bebida. A maioria nem vai notar que saí.

— Não acredito que você saiu da sua própria festa de aniversário para vir cuidar de mim.

Inclinei-me para ela.

— Posso te contar um segredo?

— O quê?

— Eu só organizei essa festa porque queria que você fosse.

Georgia parou de afagar Quatro.

— Está falando sério?

Assenti.

— Não deu muito certo, não é?

— Eu não consigo te entender, Max Yearwood.

— Como assim?

— Tenho certeza de que se você entrar em um lugar cheio de mulheres lindas e solteiras, pode ficar com praticamente qualquer uma. Então, por que está aqui correndo o risco de ficar doente por alguém que tem uma baita bagagem?

Dei de ombros.

— Não sei. Acho que química é algo que não dá para controlar. Vai me dizer, com toda sinceridade, que não sente nada quando estamos perto um do outro?

— Eu me sinto atraída por você, sim. Já admiti isso.

— Química é mais do que uma atração. Eu quero passar tempo com você, mesmo que seja somente aqui, sentados sem fazer nada.

Ela me analisou. Ainda parecia estar tentando descobrir se aquilo era papo furado. Não sei se ela chegou a alguma conclusão sobre o assunto, porque, de repente, começou a espirrar. Não uma, não duas, mas pelo menos uma dúzia de vezes seguidas. A cada espirro, o amontoado de cabelos castanhos no topo da sua cabeça ricocheteava para frente e para trás. Ela se esticou para a mesinha de centro, pegou uma caixa de lenços e enterrou o rosto em um monte deles até finalmente parar.

— Saúde — eu disse.

— Obrigada. — Ainda com o nariz e a boca cobertos, ela me fitou por cima dos lenços com os olhos marejados. — Ainda está sentindo aquela química?

Sorri.

— Estou achando uma graça o jeito como o seu coque balança para frente e para trás.

Ela riu e assoou o nariz.

— Você já levou tacadas na cabeça além da conta, Bonitão.

— Talvez. — Senti o chamado da mãe natureza, então olhei em volta do apartamento. — Posso usar o seu banheiro?

Georgia apontou para um corredor.

— Claro. Primeira porta à direita.

Após me aliviar e lavar as mãos, virei para procurar uma toalha pequena. Mas a barra onde se costuma colocar uma estava cheia com outra coisa. *Calcinhas fio-dental. De renda.* Duas pretas, duas cor de creme e uma vermelha. Fiquei encarando as peças por mais tempo do que provavelmente era considerado aceitável. Por alguns segundos, cheguei até a me perguntar se ela notaria a falta de alguma. Mas então sequei as mãos na calça e me forcei a sair do banheiro como um ser humano respeitável.

Georgia estava encolhida no sofá e no meio de um bocejo quando voltei para a sala.

— Que tal você tomar um pouquinho de canja enquanto eu coloco um dos filmes que comprei? Depois vou embora, para você descansar.

— Quer tomar um pouco de canja comigo?

Eu não tinha comido nada antes de sair da festa, então aceitei.

— Claro.

Georgia fez menção de levantar, mas ergui minha mão.

— Fique aí. Eu levo para você.

— Obrigada.

Na cozinha, vasculhei os armários até encontrar as tigelas. Depois, dei mais uma procurada para ver se ela tinha bolachas de água e sal. Não tinha, e reparei que seu estoque de comida estava um tanto escasso, no geral.

— Suponho que você não cozinha muito. — Entreguei-lhe uma tigela de canja com uma colher e sentei ao lado dela no sofá. — Os seus armários estão bem vazios.

— É, não tenho o costume. Trabalho até tarde na maioria dos dias, e é uma droga cozinhar para apenas uma pessoa.

— Está insinuando que gostaria de fazer um jantar para mim? Porque se estiver, eu aceito.

Ela riu.

— E você? Costuma cozinhar?

— Agora você quer que eu cozinhe para você? Se decida, mulher.

Seu sorriso aumentou. Eu poderia passar a noite inteira ali respirando seu ar cheio de germes se ela mantivesse aquele sorriso. Nem mesmo sua pele pálida e olhos inchados diminuíram minha vontade de beijá-la. Tive que forçar meus olhos a desviarem e focarem na minha canja.

Quando terminamos de comer, levei as tigelas para a pia e as lavei. A seguir, peguei um dos filmes e olhei em volta.

— Você tem aparelho de DVD?

Ela apontou para o armário sob a TV e meneou a cabeça.

— Ali.

— Ainda bem que você tem um. Não sei por que eu simplesmente presumi que você tinha quando comprei esses filmes. Eu não tenho. Quando quero assistir alguma coisa, alugo na TV.

— Não há muitos filmes dos mais antigos em plataformas de streaming. Sempre tenho que comprar em DVD.

O armário sob a televisão estava lotado de DVD e livros. No topo, havia alguns porta-retratos que eu não tinha notado antes. Agachei-me e peguei um que continha uma foto dela e de Maggie, que deduzi ser do casamento de Maggie, já que ela estava vestida de noiva.

— Você está linda nessa foto.

Georgia abriu um sorriso sugestivo.

— Diferente de como estou agora?

— Que nada. Você continua linda. Mesmo cheia de ranho na cara.

Ela arregalou os olhos e passou a mão na bochecha. Sorri.

— Brincadeira.

Ela estreitou os olhos para mim e balançou a cabeça.

Dei uma olhada nas outras fotos. Em uma delas, ela estava usando uma beca e um capelo ao lado da sua mãe em sua formatura da faculdade. Em outra, estava acompanhada de uma senhora que ela disse ser sua avó, e havia outra de Georgia cortando um laço com uma tesoura grande, que ela disse ser da inauguração do seu primeiro centro de distribuição. Mas o porta-retratos da extremidade estava virado para baixo. Olhei para Georgia após perceber isso.

— Esse aqui caiu?

Ela negou com a cabeça.

— É uma foto minha com Gabriel. Eu a coloquei virada para baixo depois de uma discussão, antes de ele ir para Londres, e acho que simplesmente esqueci que estava aí.

Considerando que ela dissera que ele estava fora há oito meses e não havia poeira no porta-retratos, eu não tinha muita certeza se ela tinha mesmo esquecido. Mas estava curioso em relação a ele, então coloquei a mão sobre o porta-retratos e encontrei o olhar de Georgia.

— Se importa se eu der uma olhada?

Ela fez que não com a cabeça, então virei a foto. Acho que eu não tinha parado para imaginar como seu ex seria, porém ele era exatamente como eu teria esperado. Alto, esguio, boa aparência. Usava óculos de armação casco de tartaruga que o faziam parecer o professor de Literatura que era, e vestia uma camisa de botões com um suéter por cima e calça social. Georgia estava virada de lado, olhando para ele com um sorriso admirado. Fiquei inundado de ciúmes.

Quando olhei para Georgia, encontrei-a me observando. Em vez de colocar o porta-retratos de volta como estava, enfiei-o dentro do armário, no meio de alguns livros. Depois, virei-me e dei uma piscadinha para ela.

— Guardei para você.

Ela sorriu.

— Você é tão prestativo.

Após preparar o aparelho de DVD, peguei o controle remoto e voltei para o sofá. Georgia parecia um pouco melhor, então senti sua testa.

— Acho que a febre baixou.

— Estou me sentindo melhor, na verdade. A canja e o remédio devem ter surtido efeito. Obrigada.

Quatro estava esparramado no colo dela, roncando, enquanto ela passava os dedos em seus pelos. Balancei a cabeça.

— Que folgado.

Durante o filme, nos sentamos lado a lado. Georgia apoiou a cabeça no meu ombro, e em determinado momento, percebi que Quatro não era mais o único roncando ali. Ela também tinha caído no sono. Então, desliguei a TV e tentei me desvencilhar dela sem acordá-la. Mas quando levantei, Quatro começou a se agitar no colo dela, despertando-a.

Peguei-o nos braços.

— Volte a dormir. Eu e minha bola de pelos estamos indo embora.

Ela esfregou os olhos.

— Oh, ok.

— Quer que eu te carregue para o seu quarto?

— Acho que vou dormir aqui mesmo.

Peguei uma almofada que havia caído no chão e a coloquei de volta no sofá. Em seguida, ergui as pernas de Georgia e a acomodei deitada.

Ela posicionou as mãos entre sua bochecha e a almofada e encolheu as pernas, ficando em posição fetal. Inclinei-me para baixo e dei um beijo em sua bochecha.

— Boa noite, linda. Melhoras.

— Obrigada. — Ela fechou os olhos. — E, Max?

— Hum?

— Feliz aniversário. Fico te devendo uma saída à noite para me redimir por estragar a sua festa.

Sorri.

— Essa eu vou cobrar.

Capítulo 6
Max

— Então, tenho duas coisas para falar hoje. — Meu agente, Don Goldman, recostou-se na cadeira e cruzou as mãos atrás da cabeça, com um sorriso convencido. — Você quer primeiro a notícia boa ou a notícia muito, muito boa?

— Surpreenda-me.

— Vamos começar com os patrocínios e subir a partir daí. A ProVita quer estender o contrato de publicidade da bebida Powerade. Também tenho ofertas da Nike, de uma empresa de relógios esportivos e da Remington, que quer colocar essa sua cara feia nos comerciais do barbeador elétrico deles por algum motivo. Juntando tudo, totaliza perto de três milhões e meio.

— Caramba.

— E olha que você está em um time que nem passou para as eliminatórias. Pense no que conseguiria se estivesse em um time vencedor.

— É, que loucura.

— Eu sei que você gosta de conferir os produtos antes de decidir. Então, pedi à Samantha que fizesse um pacotinho com amostras que você pode levar hoje, ou posso pedir que ela envie para a sua casa, se quiser.

— Pode ser.

Don endireitou as costas e juntou as mãos sobre a mesa.

— Agora, vamos falar sobre dinheiro de verdade. Conversamos sobre três números: o mínimo que você aceitaria, o que gostaria de receber e o que ultrapassa todos os seus sonhos. — Ele pegou uma caneta, rabiscou alguns números em um post-it e o deslizou sobre a mesa para mim.

Peguei o papelzinho para conferir se estava vendo certo.

— Está falando sério?

— Contrato de oito anos. Meus parabéns, você está prestes a se tornar um dos dez jogadores mais bem-pagos da *National Hockey League*.

Eu estava esperando uma boa quantia, mas nada perto disso. Não era mais um garoto de vinte e três anos. Contratos aos vinte e nove com uma duração longa assim não vêm muito facilmente.

— Uau. Isso é incrível pra caralho.

Don sorriu.

— Você quer dizer que o seu *agente* é incrível pra caralho.

— Tanto faz. Fique com todo o crédito, se quiser. Por esse dinheiro, sou capaz até de usar uma camiseta com "meu agente é incrível pra caralho" escrito na frente.

Don deu risada.

— Ah, mas eu vou mandar fazer uma dessas, pode acreditar.

— E o exame físico? Tenho que apresentar algo especial nesse aspecto com toda essa grana?

— O de sempre. Exames de sangue, eletrocardiograma e teste de resistência, e um exame físico feito por um ortopedista. — Don estreitou os olhos. — Mas esta não é a primeira vez que me pergunta sobre os exames de saúde. Tem algo que queira me dizer?

Balancei a cabeça e engoli em seco.

— Não.

Ele me olhou bem nos olhos.

— Tem certeza?

— Aham.

— Muito bem, então. Vai demorar um tempinho até fecharmos todos os detalhes, e eles têm que fazer alguns ajustes para se manterem sob o teto salarial. Mas eles querem você, e o número já está certo.

Fiquei ali por um tempo ainda para falar sobre todos os contratos supostamente em andamento com outros agentes. Don adorava falar de negócios, sobretudo porque sua lista de clientes era cheia de figurões importantes, e a maioria dos outros acordos nem se comparava. Mas ele merecia um tapinha nas costas. Ele ralava pra caramba e era muito bom em seu trabalho.

Depois, eu estava a caminho do treino quando meu irmão me ligou.

— E aí, Coroinha? — ele perguntou.

Tate me dera o apelido após um incidente infeliz quando eu tinha seis anos e ele, onze. Meus pais haviam saído à noite, e ele me convenceu de que tínhamos outro irmão que eu nunca conheci, que era apenas um ano mais velho que ele. Disse que esse irmão tinha enlouquecido e morava na cabana que havia no nosso quintal. Eu não sabia, mas havia *mesmo* alguém morando naquela cabana, ou melhor, *algo*: uma família de guaxinins que meu pai tinha descoberto mais cedo naquele dia e não tinha dado destino ainda. Ele havia deixado a porta aberta, na esperança de que, talvez, eles saíssem e fossem embora.

Enfim... quando escureceu, Tate me fez ir para o quintal e trancou a porta, me deixando preso do lado de fora. Comecei a chorar e esmurrar a porta, porque estava com medo de que o irmão que tinha ficado louco viesse me pegar. Em determinado momento, ouvi um barulho alto atrás de mim, e quando me virei, tudo o que pude enxergar foi um par de olhos brilhantes na cabana. Eu pirei, chorando e gritando, mas Tate só me deixou entrar depois que fiquei de joelhos e rezei três Ave-Marias. E, é claro, ele filmou tudo da janela. Quando mostrou o vídeo para meus outros irmãos, ganhei o apelido de Coroinha.

— E aí, cuzão?

— Eu te liguei no seu aniversário, mas você não atendeu.

— Foi mal. Estava assistindo a um filme e coloquei o celular no silencioso. Quatro dormiu, e quando acorda assustado, ele mija. Não queria que mijasse em mim.

— Ah... então o seu cachorro é muito parecido com você quando era pequeno.

— Vá se foder.

Alguém que ouvisse nossa conversa acharia que não nos dávamos bem. Mas Tate e eu éramos muito próximos.

— Você ficou assistindo a um filme no seu aniversário? Caramba, tá ficando velho, hein? Imaginei que não tinha atendido porque estava por aí com alguma maria-patins. Enfim, só liguei para confirmar se o jantar manhã à noite ainda está de pé. Não que eu queira ver essa sua cara de bunda, mas as meninas estão enchendo o meu saco perguntando se o Quatro vem.

— Vamos, sim.

— Ótimo. Te vejo amanhã.

Quando toquei na tela para encerrar a chamada, meu celular vibrou com a chegada de uma mensagem.

Georgia: Oi. Eu queria te agradecer mais uma vez por ontem à noite. Foi muito atencioso da sua parte trazer tudo aquilo para mim.

Digitei uma resposta.

Max: O prazer foi meu. Como está se sentindo hoje?

Georgia: Muito melhor. Não estou mais com febre e minha garganta está quase boa. Minha energia está voltando, então acho até que vou a Home Depot para comprar uma piroca de vedação para consertar minha banheira.

Ergui as sobrancelhas. *Uma piroca de vedação?*

Antes que eu pudesse responder, chegou outra mensagem.

Georgia: Ai, meu Deus. Foi o corretor. Uma pistola de vedação. Eu quis dizer pistola de vedação. Hahaha.

Dei risada e respondi.

Max: Que pena. Eu ia me oferecer para ir até a sua casa levar minha piroca de vedação para ajudar com o que quer que esteja precisando.

Georgia: HAHAHA. Enfim, estou me sentindo muito melhor. Obrigada.

Max: Fico feliz por saber disso.

Georgia: Sinto muito por ter arruinado o seu aniversário.

Isso me deu uma ideia.

Max: Muito mesmo? Quer se redimir comigo?

Os pontinhos começaram a saltar na tela enquanto ela digitava. Então, pararam por um minuto inteiro antes de finalmente voltarem a pular.

Georgia: Acho que não é uma boa ideia responder sim a essa pergunta sem saber o que você tem em mente.

Sorri. *Mulher esperta.*

Max: Nada muito malicioso. Mas eu gostaria de uma companhia amanhã à noite. Tenho um jantar de aniversário para ir, na casa do meu irmão. Sua presença vai evitar que minha cunhada passe metade da noite falando sobre as amigas dela e tentando me juntar com alguma.

Georgia: Hahaha. Jantar de aniversário na casa do seu irmão. Parece inofensivo. Claro, vou, sim. É o mínimo que posso fazer por estragar seu aniversário.

Max: Você pode sair do trabalho às quatro? Vai levar mais ou menos uma hora para chegarmos lá.

Georgia: Acho que posso providenciar isso. Minha chefe é muito legal.

Max: E também tem uma bunda e tanto. ;) Te vejo amanhã.

E eu achando que o meu dia não tinha como ficar melhor.

Capítulo 7
Georgia

— Então, deu tudo certo com a sua piroca de vedação? — Max me lançou um sorriso antes de voltar sua atenção para a estrada.

Eu ri.

— Deu, sim. Mas acho que tenho uma confissão a fazer. Minhas mensagens saem distorcidas, às vezes, porque eu peço à Siri que leia para mim e uso o conversor de voz em texto para responder. É mais rápido por causa da dislexia. Acho que é melhor eu tomar mais cuidado.

Max deu de ombros.

— Que nada, não comigo. Faça o que for mais fácil para você. Imaginei que tivesse sido o corretor. Mas, se alguma vez precisar de uma piroca de vedação, pode contar comigo.

Sorri.

— Vou me lembrar disso.

— Como é, afinal? Ter dislexia?

— É frustrante, às vezes. Você já ficou muito bêbado e tentou ler alguma coisa? Não dá para entender direito o que está escrito, então você estreita os olhos para o papel, mas também fica cambaleando, e não consegue focar o suficiente para entender as palavras. Parece um monte de símbolos que não fazem muito sentido.

— Isso é uma pergunta capciosa para avaliar o meu caráter?

Franzi as sobrancelhas.

— Não.

— Então a resposta é sim.

Eu ri.

— Bom, ler é mais ou menos assim, para mim.

— Isso não parece ter te impedido de fazer muita coisa.

Balancei a cabeça.

— De certa forma, acho que até me ajudou. Me ensinou a ter uma ética de trabalho ainda jovem.

Max deu seta e pegou a saída seguinte: a Via Expressa Van Wyck.

— Hum... aonde estamos indo?

Ele abriu um sorriso de orelha a orelha.

— Eu te disse. Para um jantar na casa do meu irmão.

Olhei em volta.

— O seu irmão mora *no aeroporto*?

Max chegara ao meu apartamento em um Porsche conversível preto e lustroso, com Quatro em uma caixa de transporte de animais no banco de trás. Ele dissera que levaria mais ou menos uma hora para chegarmos à casa do seu irmão, então eu havia presumido que ele morava em Westchester ou Long Island.

— Eu tenho treino amanhã às oito. Prometo que não vou fazer você ficar fora até tarde.

— Mas aonde estamos indo?

— Você vai ver.

Passamos por uma dezena de placas codificadas por cores para todos os diferentes terminais do aeroporto JFK, mas Max não parou em nenhum deles. Em vez disso, seguiu para uma área que parecia industrial, uma combinação de hangares de aviões e prédios comerciais. Após alguns quarteirões, ele parou em um estacionamento.

— Já chegamos? — Olhei para a placa pendurada no prédio. — O que é Empire?

Ele abriu um sorriso malicioso.

— Isso está te enlouquecendo, não é?

Um homem usando calça cáqui e camisa polo saiu do prédio. Ele veio andando diretamente até o carro de Max e abriu a porta do motorista.

— Boa tarde, sr. Yearwood. Estamos prontos para o senhor.

Max desligou a ignição e jogou as chaves para o homem.

— Obrigado, Joe. — Ele saiu do carro, veio até o lado do passageiro e abriu a porta, estendendo uma mão para me ajudar a sair. Em seguida, pegou o cachorro no banco de trás.

— Esqueci de mencionar que o meu irmão mora em Boston? Empire é uma empresa de jatinhos particulares.

— Você tem um jatinho particular?

Ele balançou a cabeça.

— Eu não, mas o proprietário do meu time, sim. Ele nos deixa usar sempre que precisamos.

Max manteve minha mão na sua depois de me ajudar a descer do carro. Ele entrelaçou nossos dedos e andamos de mãos dadas até a porta.

— Eu nunca estive em um jatinho particular. Então, estou impressionada — eu disse. — Mas ainda não vou transar com você.

— Então, acho que é melhor eu pedir para tirarem as pétalas de rosas da cama que tem nos fundos, não é?

Parei de andar.

— Está brincando, né?

Max piscou para mim.

— Claro que sim. O voo até Boston dura apenas quarenta minutos. Vou precisar de muito mais tempo que isso quando conseguir levar você para a cama.

Um carro preto nos esperava na pista quando pousamos. Entramos nele e o motorista nos conduziu em direção ao centro de Boston. Meia hora depois, estacionamos no meio-fio de um bairro residencial muito bacana que ficava nos arredores do Rio Charles, em uma área chamada Back Bay.

— Chegamos?

Max meneou a cabeça confirmando e apontou para uma linda casa antiga.

— Lembra que te contei que o meu irmão mais velho teve que me tirar da cadeia quando me meti em problemas por fazer apostas durante a faculdade?

— Sim.

— Bom, acho que não mencionei que, depois disso, Tate ficou comigo por alguns dias. Na noite que deveria ser a última da estadia dele, nós fomos a um bar local e ele conheceu uma garota chamada Cassidy. Eles se deram bem logo de cara, então ele acabou cancelando o voo e ficou por mais três semanas. Ele é programador, então pode trabalhar de qualquer lugar. Quando finalmente voltou para Washington, ficou somente duas semanas antes de arrumar as coisas e se mudar para Boston. Eles são casados há sete anos e têm três filhas.

— São as meninas que adotaram o Quatro?

— Aham. Katie é alérgica a cachorros, mas a mãe dela a enche de anti-histamínicos quando eu venho, assim as meninas podem pelo menos vê-lo de vez em quando.

Balancei a cabeça.

— Ainda não consigo acreditar que você me trouxe de jatinho particular para um jantar em Boston.

Max sorriu.

— Está brava?

— Não. Você transforma tudo em uma aventura. Mas é um pouco estranho viajar para conhecer a família de um cara se mal acabei de conhecê-lo.

— Não vai parecer tão estranho se você parar de pensar que vai conhecer a família do cara que acabou de conhecer e começar a encarar como conhecer a família do cara com quem você vai ficar o verão inteiro.

Dei risada.

— Tão seguro de si.

— É preciso jogar as coisas para o Universo para aumentar as chances de acontecerem.

Através da minha visão periférica, percebi um movimento na porta da frente da casa do irmão de Max. Uma mulher saiu de lá e sorriu, acenando para nós. Max dissera que seu irmão era mais velho, mas essa mulher parecia ter idade suficiente para ser mãe dele. Bom, quem era eu para julgar, certo?

— É a sua cunhada?

— Não. Tem mais uma coisa sobre o jantar de hoje que esqueci de mencionar.

Max parecia um pouco nervoso, o que também me deixou nervosa.

— Ai, Deus. O que mais pode ser?

Ele olhou para a casa do irmão por cima do meu ombro e, em seguida, partiu para a artilharia pesada: sorriu e exibiu suas covinhas, como um garotinho que acabou de ser flagrado com a mão dentro do pote de biscoitos.

— Minha mãe também está na cidade. E todos os meus irmãos e suas respectivas esposas.

Um tempinho depois, a esposa de Tate, Cassidy, e eu estávamos sozinhas na cozinha.

— Você quer beber alguma coisa? — ela ofereceu. — Tenho certeza de que seria uma boa, depois de conhecer a família inteira.

— Ah, graças a Deus — eu disse, brincando. Bom, mais ou menos. — Estou a trinta segundos de invadir o seu banheiro em busca de algum perfume ou enxaguante bucal e virar tudo direto do frasco.

Ela deu risada e pegou duas taças de vinho.

— A família Yearwood é... intensa.

Suspirei.

— Eu não fazia ideia de que ia conhecer a família inteira. Só fiquei sabendo cinco minutos atrás, quando estávamos no carro.

Cassidy sorriu.

— É compreensível. Mas nós sabíamos que você viria. Sabe por quê? — Ela encheu duas taças e me entregou uma.

— Obrigada. Estou com um pouco de medo de perguntar como vocês sabiam.

— Porque Max nos ligou às *seis da manhã* um dia desses para nos falar sobre você.

Eu estava tomando um gole de vinho e acabei me engasgando.

— O quê?

— Aham. — Ela assentiu. — Seis e quinze, na verdade. Não me entenda mal, ele sabe que estamos acordado, mas não costuma ligar uma hora dessas. Na verdade, ele nem costuma ligar. É sempre o Tate que tem que rastreá-lo para saber como ele está. — Cassidy apontou para mim com sua taça de vinho. — Além disso, você é a primeira mulher que ele traz aqui.

Eu não sabia como reagir àquilo. Então, fiquei calada e bebi mais vinho.

— Os homens Yearwood são como árvores grandes — ela continuou. — Você não consegue derrubá-los facilmente, mas quando eles caem aos seus pés, não há nada que os levante. — Sua voz suavizou. — São bons homens. Isso eu posso garantir. Leais até o fim e honestos ao extremo. Dizem que se você quiser saber como um homem irá tratar sua esposa, deve observar como ele trata a mãe. Esses garotos não se atrevem nem mesmo a falar palavrão perto de Rose, porque ela não gosta de linguagem obscena.

De repente, a porta da cozinha se abriu bruscamente, e dois homens enormes entraram rolando. Literalmente rolando. Max e seu irmão Tate estavam no chão, lutando feito dois adolescentes.

Cassidy apontou para eles, totalmente tranquila como se a cena fosse algo normal.

— O irmão que conseguir prender todos os outros em um mata-leão primeiro se livra de lavar a louça. Há alguns anos, eles destruíram minha árvore de Natal bem na véspera. De alguma forma, conseguiram quebrá-la no meio e estilhaçar boa parte dos enfeites. Eu tenho três garotinhas que acordam junto com o sol para irem correndo ver os presentes que o Papai Noel deixou debaixo da árvore. Então, eu os obriguei a saírem para comprar uma árvore nova e ver se conseguiriam encontrar novos enfeites para que as crianças não ficassem arrasadas na manhã seguinte. A maioria das lojas já estava fechada àquela altura, e a única opção aberta era a Lalique. Conhece essa marca?

— Sim, eles vendem vasos de cristal caros e vasilhas elegantes, não é?

Cassidy confirmou.

— Essa mesma. Mas parece que também vendem enfeites de colecionador durante as festas de fim de ano. Max comprou todo o estoque restante. Quase morri quando vi o recibo. Ele gastou vinte e sete mil dólares em enfeites para que a árvore ficasse decorada. E nem foi ele que derrubou a anterior.

Arregalei os olhos.

Cassidy assentiu.

— Eu te disse. Eles são *intensos*.

Alguns minutos depois, Max conseguiu virar seu irmão e o prendeu em um mata-leão. Tate estava começando a ficar vermelho quando a sra. Yearwood entrou na cozinha e gritou com eles. Os dois pararam, ofegantes, e Max apontou para o irmão.

— Esse valeu. Você teria pedido penico se a *sua mamãezinha* não tivesse vindo te salvar.

— Nem a pau, Coroinha.

A sra. Yearwood revirou os olhos.

— Vocês *dois* vão lavar a louça por serem uns idiotas.

Ali de pé na cozinha assistindo àquelas travessuras, me dei conta de algo estranho. Eu deveria estar surtando porque um homem com quem eu nem estava saindo me levou em um voo para Boston para conhecer sua família inteira. Entretanto, ali estava eu na casa deles há uns quinze minutos e, em vez de estar nervosa ou ansiosa, senti um calor no meu peito.

Max se aproximou e envolveu meu pescoço com seu braço enorme. Inclinou-se para mim e sussurrou:

— Você está bem?

Sorri para ele.

— É, acho que estou.

O jantar com a família Yearwood foi um dos eventos mais divertidos que eu já participara na vida. Os irmãos discutiram, a mãe deles contou histórias constrangedoras, e gargalhamos incontáveis vezes. Depois, levantei para ajudar a limpar a mesa. Uma das cadeiras estava diante de um prato que ninguém tinha usado. Presumi que alguém chegaria atrasado para o jantar.

— Quer que eu deixe esse prato aqui? — perguntei à sra. Yearwood. — Falta alguém chegar para jantar?

Ela olhou para Max brevemente antes de sorrir para mim.

— Pode retirar, querida. Esse é o lugar de Austin, meu penúltimo filho. Ele faleceu há anos, mas gosto de incluí-lo nos jantares de família quando estamos todos juntos. Quando o jantar é na minha casa durante as festas de fim de ano, costumo convidar uma pessoa necessitada da minha igreja para comer no lugar dele. Em outras vezes, deixamos a cadeira vazia.

Engoli em seco.

— Nossa. Isso é... muito lindo.

Ela sorriu.

— Fico feliz que pense assim. Alguns dos meus filhos passaram um bom tempo achando que isso era esquisito. Mas mudaram de ideia depois de todos esses anos. Agora, eles gostam de ficar pegando no meu pé dizendo que coloco um prato só para o meu filho e não para o pai deles, então eu claramente gostava mais dele.

Após a mesa do jantar estar limpa e os pratos estarem na lava-louças, Cassidy sugeriu que fôssemos sentar no deque dos fundos e acender a lareira. A noite estava linda, dando indícios de que o calor estava perto de chegar.

Tate acendeu o fogo e as mulheres formaram um semicírculo em volta da lareira enquanto os irmãos foram para o gramado dar arremessos com uma bola de futebol americano. Mas a brincadeira, que começou de maneira leve, logo se intensificou e eles começaram a derrubar uns aos outros e rolar pelo gramado.

A sra. Yearwood balançou a cabeça.

— Eles ainda agem como se tivessem doze anos.

— A diferença é que agora eles ficam machucados e cheios de dores por uma semana depois dessas brincadeiras — Cassidy disse. — Tate nunca vai admitir isso, mas ele teve que ir a um quiropata depois das travessuras deles na Páscoa.

Outra esposa se manifestou.

— Lucas teve que usar joelheira por um mês.

Com uma risada, outra esposa falou:

— Will deslocou o cotovelo no Natal. O único que não fica todo arrebentado depois de uma reunião de família é o Max. Ele é mais novo e vive levando pancadas por profissão.

— Por falar em profissão — Cassidy começou. — Vocês sabiam que a Georgia é dona da empresa que fabrica as flores lindas que estão sempre no centro da minha mesa de jantar? As que Max me mandou há alguns meses que duram um ano?

— Sério? Foi assim que vocês se conheceram?

Neguei com a cabeça.

— Não, ele mandou as flores bem antes de nos conhecermos.

— Como vocês se conheceram? — a sra. Yearwood perguntou.

— Bom... foi meio que em um encontro às cegas.

Uma das esposas soltou uma risada descrente.

— Sério? Max foi a um encontro às cegas? Nós estamos sempre tentando juntá-lo com alguém e ele se recusa a nos deixar bancar os cupidos.

— Bom, Max não era a pessoa que eu ia conhecer. Ele só fingiu ser, até que o cara com quem eu realmente havia marcado apareceu e estragou o disfarce dele.

Todas riram.

— Isso, sim, tem mais a cara do nosso Max — Cassidy disse.

O som de corpos colidindo e homens grunhindo fez com que a atenção de todo mundo se desviasse para o gramado novamente. Dois dos irmãos estavam deitados no chão enquanto Max e Tate comemoravam com um toca aqui. Eles estavam brincando há uns dez ou quinze minutos, mas estavam completamente suados e com as roupas cheias de manchas de grama. Max ergueu a bainha da camisa e limpou suor da testa, e de repente, senti um calor me rodear.

Caramba. Que corpo. Acho que eu nunca tinha visto um abdômen assim ao vivo. A maioria dos homens com que eu estivera tinha uma boa forma física. Mas havia uma baita diferença entre uma boa forma física e *aquilo*. Cada músculo do torso de Max era tão definido que ele parecia ter sido esculpido à mão. Peguei-me imaginando como seria arranhar cada gominho com minhas unhas e observar seu rosto para ver sua reação. Aquilo me deixou de boca seca. Sem pensar, passei a língua pelo lábio inferior, e para minha sorte, Max escolheu justo aquele momento para olhar para mim. Um sorriso malicioso se espalhou em seu rosto lindo, e me perguntei se era possível ele saber exatamente no que eu estava pensando. Tentei agir de maneira casual e sorri, desviando o olhar em seguida. Mas algo me dizia que eu tinha falhado miseravelmente.

Uma hora depois, já estávamos nos preparando para ir embora. Fui ao banheiro antes da jornada para casa, e quando saí, Max e sua mãe estavam sozinhos na cozinha. Eles não me ouviram chegar.

— Eu gostei muito dela. Por favor, me diga que ela sabe.

— Podemos falar sobre isso outra hora, mãe?

Ela franziu a testa.

— Max...

Ele ergueu o rosto e me viu.

— Aí está ela. Foi muito bom te ver, mãe. Eu te ligo semana que vem.

— Está bem. — Ela sorriu e virou-se para mim. — Você é um sopro de ar fresco. Espero vê-la novamente em breve.

— Igualmente.

Ela me abraçou e, em seguida, levei quinze minutos para me despedir de todo mundo. O coitado do Max teve que praticamente arrancar o Quatro das mãos das suas sobrinhas. Ele acalmou as lágrimas incessantes da garotinha mais velha prometendo que traria o cãozinho novamente quando estivesse na cidade para seu próximo jogo.

Assim que entramos no carro, respirei fundo e soltei uma respiração audível. Max sorriu.

— Foi tão ruim assim?

— Não, não... eu me diverti. Foi só... um pouco assustador com tantas pessoas. Como sou filha única, minhas reuniões de família costumam ser somente minha mãe e eu. Ela tem uma irmã que mora no Arizona, e nós a vemos uma vez a cada dois anos, mais ou menos. Mas se bem que, por um instante, fiquei preocupada com o choro das suas sobrinhas por causa do Quatro. Que bom que você vai poder trazê-lo quando vier para o jogo.

— Eu vou acabar sendo multado por colocá-lo escondido no jatinho. Mas prefiro isso a lágrimas. Graças a Deus eu só tive irmãos, porque não aguento ver garotas chorarem. Keri, a mulher que namorei por um ano e meio algum tempo atrás, chorou quando eu disse que queria terminar o relacionamento. Dei meu carro a ela.

Dei risada, mas Max, não.

— Ai, meu Deus. Você está brincando, não está?

Ele fez que não com a cabeça e deu de ombros.

— Isso a fez parar de chorar.

— Nossa. Ok... bom, vou manter isso em mente caso eu tenha que pesar para conseguir algo de você.

Max me olhou com ternura. Ele acariciou minha bochecha com os nós dos dedos.

— Acredite, você nunca vai ter que penar para conseguir algo de mim.

Um calor inundou a boca do meu estômago. Senti uma vontade muito forte de apoiar a cabeça no ombro dele, então foi o que fiz. Ficamos em silêncio durante a maior parte do caminho até o aeroporto, mas não foi desconfortável, e sim agradável. Assim que embarcamos no jatinho que nos aguardava, Max e eu nos sentamos de frente um para o outro.

Seus olhos pousaram no meu tornozelo, onde havia um grande hematoma na parte interior.

— Como você se machucou?

— Eu, hã, saí correndo do chuveiro para anotar uma coisa em que pensei enquanto lavava o cabelo e escorreguei na volta. Minha perna bateu na lateral da banheira. Também estou com um hematoma no quadril.

Max achou graça.

— Você sai correndo do chuveiro com frequência?

Suspirei.

— Na verdade, sim. Não sei por quê, mas acabo pensando em coisas que esqueci de fazer no trabalho quando estou tomando banho. Posso ficar uma hora sentada à minha mesa e nada. Mas no instante em que estou toda ensaboada, as coisas começam a surgir na minha mente. Isso não acontece com você?

— Não. Coloco música para tocar e aproveito o tempo ocioso.

— É, não sou muito boa nisso.

Max sorriu.

— Mas, e aí, minha mãe e minhas cunhadas te contaram histórias sobre como sou horrível enquanto estavam no deque?

— Como a vez em que você e seus irmãos quebraram a árvore de Natal de Cassidy enquanto lutavam?

Max baixou a cabeça.

— Foi um acidente. Nós compramos uma nova para ela, mesmo que fosse bem sem graça porque era o que restava na véspera de Natal. Aquele ano foi um caos. Ela também te contou sobre os presentes roubados?

Franzi a testa.

— Alguém roubou presentes?

Ele fez que sim.

— Desde que minha mãe começou a se envolver bastante na igreja, ela leva estranhos para casa durante as festas de fim de ano. Costuma ser quando ela nos recebe na casa dela em Washington, e geralmente são pessoas que a igreja dela conhece. Mas, há alguns anos, começamos a comemorar o Natal na casa de Tate e Cassidy, porque eles são os únicos que têm filhos. Mamãe foi a uma igreja local que ficava perto da casa deles na manhã da véspera de Natal e voltou com uma mulher que tinha acabado de conhecer. Não quero ser escroto, mas a mulher parecia uma viciada em drogas. Ela ficava coçando os braços o tempo todo e não olhava nos olhos de quem falava com ela. Mas minha mãe a tinha convidado para o jantar, então todos foram educados. Depois que terminamos de comer, meus irmãos e eu fomos para a garagem para organizar alguns brinquedos que as meninas iam ganhar de Natal, e as mulheres ficaram limpando a mesa e fazendo outras coisas. Quando terminamos, voltamos para dentro de casa e perguntamos onde estava a mulher. Ela tinha ido embora, mas não havia se despedido de ninguém. E então, Cassidy notou que metade dos brinquedos sob a árvore tinha sumido.

— Nãããooo.

Max assentiu.

— Às vezes minha mãe confia demais em qualquer um. É ótimo ela ter essa boa vontade em ajudar pessoas menos favorecidas, mas precisa tomar mais cuidado.

— Sim, com certeza. O envolvimento dela com a igreja é algo recente?

— Ela sempre foi religiosa. Fomos criados católicos e frequentamos aulas de religião quando menores, e a mamãe sempre ia à igreja aos domingos. Mas, dez anos atrás, ela começou a ir todos os dias e fazer trabalho voluntário e tal.

— Aconteceu alguma coisa que a fez recorrer à igreja? — Assim que fiz a pergunta, me dei conta de que não tinha sido educado da minha parte.

Max virou o rosto para a janela e assentiu.

— Começou quando meu irmão Austin morreu. Ele só tinha vinte e um anos.

— Ai, meu Deus, eu sinto muito.

Max continuou a olhar pela janela.

— Ele tinha um aneurisma da aorta abdominal. Nós dois estudávamos na Universidade de Boston. Ele estava um ano à minha frente. Tínhamos somente treze meses de diferença de idade.

Eu não fazia ideia do que dizer, então segurei sua mão e a apertei. Estava mesmo pensando sobre a conversa que ouvira entre Max e sua mãe. Acho que agora entendia sobre o que ele não queria falar. Permanecemos calados durante o restante do voo, só que, dessa vez, o silêncio não foi muito confortável.

No carro, a caminho do meu apartamento, engatamos uma conversa leve. Mas o clima estava diferente. Então, quando paramos em frente ao meu prédio e Max estacionou, senti-me compelida a dizer alguma coisa.

— Max?

Esperei ele me olhar para continuar a falar.

— Me desculpe se me excedi e levei nossa conversa para uma direção que estragou sua noite.

Ele balançou a cabeça.

— Você não fez isso. Desculpe se te fiz sentir assim. Às vezes, fico perdido em pensamentos, só isso.

O som do meu celular vibrando na bolsa interrompeu a conversa. Eu não pretendia atender, mas peguei o aparelho para ver quem era e mandar a chamada para o correio de voz. O nome *Gabriel* brilhou na tela. Após rejeitar a ligação, ergui o olhar, e a expressão de Max me disse que ele também tinha visto o nome.

Ele abriu um sorriso triste.

— Está tarde. Vou te levar lá dentro com o Quatro.

Diferente da última vez, Max não segurou minha mão ao caminharmos até o meu prédio. Ele estava segurando o Quatro, mas eu sentia que esse não era o único motivo que justificava a distância entre nós. Quando chegamos ao elevador, não apertei o botão. Em vez disso, virei-me para ele.

— Eu me diverti bastante. Obrigada por ter me levado.

Max curvou-se e colocou Quatro no chão. Quando ficou de pé novamente, pegou minha mão.

— Olha, Georgia. Vou ser bem direto mais uma vez. Eu adoraria passar o verão com você. Depois da semana que vem, não terei mais jogos nem viagens para fazer. Tirando ter que me manter em forma e procurar algum lugar para morar só em agosto, não tenho plano nenhum. A gente pode se divertir. Sem compromisso. Entendo que você tem alguns assuntos mal resolvidos, mas sabe que irei embora em alguns meses. Para mim, isso simplifica bastante as coisas. — Ele ergueu as mãos. — Mas não vou mais forçar. Caso mude de ideia, tem o meu número. É só dizer que sim.

Meu rosto murchou.

110 Proposta de Verão

— Não podemos ser apenas amigos?

Os olhos de Max desceram pelo meu corpo, acariciando cada curva sem pressa ao voltarem para o meu rosto.

— Amizade entre duas pessoas do sexo oposto não dá certo quando um dos dois quer tirar a roupa do outro. Pode ser algo escroto de se dizer, mas é a verdade. — Ele pressionou o botão para chamar o elevador. Devia estar ali parado, porque as portas se abriram no mesmo instante. Max levou minha mão aos seus lábios e beijou o dorso. — Espero que você me ligue.

Engoli em seco e assenti. Mas assim que entrei no elevador, uma sensação pesada tomou conta de mim. A ideia de nunca mais ver Max me deu um pânico, então quando as portas começaram a se fechar, enfiei a mão no meio para impedi-las no último segundo.

— Max, espere!

Ele ergueu o olhar para mim e eu dei um passo à frente, segurando as portas abertas.

— Eu nunca faço nada sem passar uma eternidade ponderando todos os prós e contras. — Balancei a cabeça. — E não sei direito o que é melhor para nós dois, mas tenho certeza de que nunca mais nos vermos não é uma opção. Podemos... ir devagar?

Max abriu um sorriso enorme.

— Eu gosto de ir devagar.

Dei risada.

— Você entendeu o que eu quis dizer.

Ele assentiu e pegou minha mão.

— Podemos ir à velocidade que te deixar mais confortável.

Inspirei fundo e expirei.

— Ok.

Ele ergueu uma sobrancelha.

— Ok?

Confirmei com a cabeça.

— Eu aceito. Vamos passar o verão juntos.

Max me puxou pela mão que estava segurando e eu trombei em seu corpo, chocando-me no que parecia uma parede.

— Ai... — eu disse, rindo. Espalmei as mãos em seu peito, dando dois tapinhas leves. — Isso dói. É tão duro.

— Ah, mal posso esperar para te mostrar o que é realmente duro. Agora, me dê aqui essa boca. Eu disse que concordo em ir devagar, mas vou perder a cabeça se não puder ter ao menos uma provinha.

Não tive chance de responder antes de seus lábios colidirem com os meus. Max me apertou com força contra seu corpo rígido, me deixando de pernas bambas. Eu sentia uma intensidade na maneira como Max me olhava desde o momento em que nos conhecemos, mas esse beijo... era outro nível. Ele lambeu meus lábios e incentivou minha boca a se abrir enquanto uma mão enorme subia até meu pescoço e o envolvia. Nunca tinha sido segurada assim por outro homem. Era um gesto desesperado, voraz, com a dose certa de dominância. Minhas mãos se infiltraram em seus cabelos e ele me ergueu no colo, andando até minhas costas encostarem em uma parede. Perdi toda a noção de onde estávamos quando senti sua ereção pressionar minha barriga.

Oh, Deus.

Ficamos envolvidos um no outro por um tempo interminável, nos agarrando e trocando amassos como dois adolescentes cheios de tesão. Max usou meu cabelo para puxar minha cabeça para trás e chupou a linha do meu pulso, que devia estar pulsando freneticamente. Quando nos separamos para buscar fôlego, ele apoiou a testa na minha e usou seu polegar para limpar meu lábio inferior.

— Eu sabia.

Eu mal conseguia formular palavras e fiquei grata por ele não ter me colocado no chão ainda, porque minhas pernas pareciam gelatina.

— O quê?

— Mágica, linda — ele disse. — Nós vamos fazer mágica.

Abri um sorriso tão largo que achei que meu rosto fosse rasgar.

— Você... gostaria de subir comigo e ficar um tempinho?

Max colocou minhas mãos para trás do meu corpo e as segurou em uma só das suas.

— Eu adoraria subir. Mas você provavelmente nunca conseguiria me fazer ir embora, e eu tenho treino amanhã de manhã. Além disso... — Ele se pressionou mais contra mim, e senti sua ereção cutucar meu quadril. — Meu cérebro entende o que é ir devagar, mas meu corpo não está captando bem o recado. Vamos jantar na sexta-feira à noite. Me deixe te levar a um encontro de verdade.

Assenti.

— Eu adoraria.

Max apertou o botão do elevador novamente, e as portas se abriram no mesmo instante. Ele se curvou e roçou seus lábios nos meus mais uma vez.

— Eu nem fui embora ainda e já estou ansioso para te ver de novo.

Entrei no elevador com o coração palpitante e sorri, balançando a cabeça.

— Sem compromisso, não é?

Ele piscou.

— O único compromisso que posso fazer é te amarrar na minha cama.

Tudo parecia perfeito. *Perfeito demais*. Quando as portas se fecharam, senti um suor formigar nas minhas palmas. Esfreguei-as uma na outra e fechei os olhos com força por um momento. Não havia motivo para algo dar errado. Não é?

Capítulo 8

Max

Dez anos antes

— Hã... o que você está fazendo?

Dei de ombros sem me virar.

— O que parece que estou fazendo?

— Parece que está enchendo uma garrafa de dois litros com leite do dispensador de leite que deveria ser para colocar no café.

— Não tem nenhum aviso dizendo que há um limite. — Ergui meu copo de café vazio. — Eu paguei por um café.

Quando o leite chegou ao gargalo da garrafa de plástico, afastei-a do dispensador e fechei com a tampa. Me virei, esperando ver uma das moças que trabalhavam ali usando um uniforme da cantina, mas, em vez disso, meus olhos pousaram em uma loira linda que eu nunca vira antes. Ela parecia ser alguns anos mais velha que eu. Olhei em volta para ver se a pessoa que tinha me chamado a atenção por causa do leite podia ter se afastado, mas não... não havia ninguém por perto além dela. Ela estava com os pés apoiados na cadeira diante de si, e fiquei intrigado quando olhei para seu tornozelo.

— O que aconteceu aí? — Gesticulei para sua perna. Havia mais ou menos uma dúzia de picolés coloridos presos em volta do seu tornozelo com fita isolante.

— Torci meu tornozelo jogando vôlei. Está começando a inchar, e ninguém tem uma bolsa de gelo por aqui. Então, era isso ou cervejas. Picolés são mais gelados e, além disso, Andrea vai me deixar devolvê-los se eu os mantiver fechados.

— Andrea?

Ela ergueu o queixo na direção da operadora de caixa.

— A mulher para quem você entregou um dólar pelo seu copo vazio de café para justificar o roubo de dois litros de leite.

Dei risada.

— Você é uma defensora de regras quando se trata de mim, mas, ainda assim, está roubando gelo.

— Não estou roubando. Eu paguei pelos picolés. Vou devolvê-los ilesos quando terminar.

— Mas eles não estarão mais congelados, certo?

— Provavelmente não.

— Certo. Então, você está roubando gelo. A faculdade vai ter que pagar pela energia elétrica necessária para congelá-los mais uma vez.

Ela revirou os olhos.

— Tanto faz.

— Vamos fazer o seguinte: que tal você devolvê-los enquanto ainda estão congelados para evitar se tornar uma ladra? Tenho um monte de bolsas de gelo no meu dormitório. Posso te dar algumas para fazer uma compressa adequada no seu tornozelo.

— Por que você tem tantas bolsas de gelo?

— Estou no time de hóquei. Sempre preciso fazer compressa em alguma parte do corpo.

— Você não está só tentando me atrair para o seu quarto, né?

Dei risada.

— Vou buscar para você. Pode esperar aqui.

Ela inclinou a cabeça para o lado.

— Por que você faria isso?

— Porque inchaços precisam de compressas de gelo e... — Dei de ombros. — Você é gata.

Ela sorriu, ficando tímida de repente.

— Ok. Obrigada.

Ergui meu queixo.

— Qual é o seu nome?

— Teagan Kelly. E o seu?

— Max Yearwood. Voltarei em alguns minutos, Teagan Kelly.

Fui correndo até meu quarto, peguei algumas compressas frias instantâneas e uma caixa de cereal Cheerios, e voltei para a cantina. Teagan ainda estava sentada no mesmo lugar, mas tinha removido os picolés do tornozelo e agora estava tentando desgrudar as embalagens da fita.

Ela olhou para as coisas que eu segurava.

— Para que é essa caixa de Cheerios?

— Café da manhã.

— Mas cadê o seu leite?

Abri um sorriso largo e ergui o copo vazio de café que tinha comprado mais cedo, apontando para a máquina. Minha bela garrafa de dois litros cheia de leite tinha ficado na geladeira do meu dormitório.

Teagan deu risada.

— Que curso você faz, Max?

— Matemática.

Ela ergueu as sobrancelhas de uma vez.

— Sério?

— Por que você parece tão surpresa?

— Não sei. Só não parece combinar muito com hóquei.

— Ah. — Assenti. — O estereótipo do atleta burro.

— Não foi o que eu quis dizer.

— Então você esperava que eu fosse burro porque sou bonitão?

Ela riu.

— Desculpe. Acho que eu meio que estava te rotulando.

Dei de ombros.

— Tudo bem. Vou deixar essa passar. Que curso você faz? Ginástica rítmica? Sério, você é muito gata.

Pousei tudo o que carregava, exceto por uma das compressas, e comecei a bater a bolsa de plástico contra a mesa para ativar o gelo. A parte interior fez um estalo e começou a inchar. Depois que terminei de preparar a segunda compressa, apontei para o pé de Teagan.

— Posso dar uma olhada?

— Estou no terceiro ano de Medicina. Posso ir ao hospital para examinar meu pé depois. Acabei de começar a cumprir turnos no pronto-socorro e fico de pé por horas. Só queria manter o inchaço sob controle antes de ter que ir daqui a pouco.

Ergui as sobrancelhas.

— Você está no terceiro ano de Medicina e o plano de tratamento que escolheu foi colocar picolés com fita isolante no pé?

— Cala a boca. Era o que tinha disponível.

— Posso dar uma olhada mesmo assim?

Ela suspirou.

— Claro. Por que não?

Quinze anos jogando hóquei, com médicos examinando todos os meus ossos golpeados, contribuíram para que eu ficasse muito bom em adivinhar a extensão de uma lesão. Coloquei a mão no osso do seu tornozelo e pressionei.

— Isso dói?

— Não muito.

Deslizei a mão para a parte macia do seu tornozelo e pressionei novamente.

— E isso?

— Ai! Isso, é bem aí que dói.

— Sente alguma dormência ou formigamento?

Ela balançou a cabeça.

— Não. Só está dolorido onde você tocou.

Assenti.

— Ótimo. Não deve estar quebrado. Você sentiria no osso, se estivesse. Aposto meu dinheiro que foi apenas uma contusão.

— Seu dinheiro? Você acabou de comprar um copo vazio para roubar leite. Espero que não se sinta ofendido se eu disser que não coloco muita fé nessa sua declaração.

— Bem observado. — Estendi as compressas para ela. — Cadê a sua meia? É melhor calçá-la e colocar as compressas dentro. Funciona muito melhor do que fita isolante.

Teagan curvou-se e pegou sua mochila do chão. Ela encontrou a meia, calçou e colocou as compressas de gelo dentro. Enquanto eu observava, meu estômago roncou, então rasguei o topo da caixa de cereal, enchi meu fiel copo de café e completei com leite do dispensador antes de pegar uma colher bem grande do meu bolso de trás e sentar de frente para ela.

Ela deu risada.

— Você trouxe o seu próprio utensílio, mas leite não?

Enfiei uma colherada generosa de cereal na boca e falei com ela cheia:

— As colheres daqui são pequenas demais.

— Ah, entendi. — Ela assenti. — Você prefere uma pá.

— Acabei de queimar duas mil e quinhentas calorias no treino. Estou morrendo de fome. — Apontei para a coleção colorida de picolés sobre a mesa. — É melhor você se apressar e devolvê-los, senão vou acabar comendo-os em seguida.

Quando terminei meu primeiro copo de Cheerios, imediatamente servi mais uma porção.

— Você vai comer a caixa inteira?

— Você quer um pouco?

— Não.

Dei de ombros.

— Então, provavelmente sim.

Teagan riu. Ela achou que eu estava brincando, mas, na maioria das vezes, eu comia a caixa inteira de uma vez. Eu adorava Cheerios.

— Então, você é bom? — ela questionou.

— Sou bom em praticamente qualquer coisa, então você vai ter que ser mais específica.

Ela revirou os olhos.

— No hóquei. Quer dizer, se costuma sofrer tantas lesões que consegue saber se um osso está quebrado, isso deve significar que você não é, certo?

Sorri.

— Você não sabe merda nenhuma sobre hóquei, né?

— Não exatamente.

— Lesões fazem parte do jogo. Se você não está fazendo compressa de gelo em alguma parte do corpo, não está jogando o suficiente. Eu sou o capitão do time.

— Você é veterano?

— Calouro.

— Não sabia que calouros eram escolhidos para serem capitães.

— Geralmente, não são mesmo.

Teagan inclinou a cabeça.

— Devo ficar impressionada?

— Que nada. Tem muitas outras coisas sobre mim para você se impressionar.

— Tipo o quê?

— Que tal você sair comigo e eu te mostrar?

Ela riu.

— Sutil, Capitão Yearwood.

— Então, isso é um sim?

— Quantos anos você tem?

— Dezenove. Por quê?

— Eu tenho vinte e quatro.

Dei de ombros.

— E daí? Isso não me incomoda. Te incomoda?

Ela tocou o lábio com um dedo.

— Não tenho certeza. Se eu aceitasse sair com você, aonde iríamos? Você me chamar para *"sair com você"* é um código para uma ficada no seu dormitório? Ou quer mesmo me levar para sair?

— Eu te levo para onde você quiser. — Ergui meu copo de cereais. — Mas não gosto muito de comer O Toasties, então seja razoável.

— O Toasties?

Vi Keeland

— Sim, você sabe, aquela réplica barata. Eu como muito Cheerios, e se eu ficar liso, vou ter que comer esse negócio, e tem gosto de papelão.

Teagan abriu um sorriso de orelha a orelha.

— Que pena que as pessoas não colocam Cheerios no café e não tem uma máquina de cereais que você possa assaltar, não é?

Terminei meu segundo copo de cereal e bebi todo o leite restante antes de me servir com o cereal pela terceira vez. Olhei em volta da cantina vazia.

— Não tem máquina de Cheerios, mas deve ter um dispensador de sarcasmo em algum lugar por aqui, já que você está cheia disso.

Teagan tentou esconder seu sorriso.

— Que tal uma festa com os seus amigos?

— Para um encontro?

Ela confirmou com a cabeça.

— Eu não frequento mais tantas festas. Mas acho que dá para dizer muito sobre uma pessoa a partir das companhias dela. Além disso, é barato, e você vai poder continuar comprando os seus preciosos Cheerios. Então, por que não uma festa? Isso vai me ajudar a descobrir se nossa diferença de idade é apenas um número ou uma diferença de maturidade.

Merda. A maioria dos meus amigos eram idiotas imaturos. Uma festa não era uma boa ideia.

Teagan percebeu minha expressão nada animada e arqueou uma sobrancelha.

— A menos que não queira que eu conheça os seus amigos por alguma razão...

Parecia que ela estava me desafiando a dizer sim. Eu tinha dezenove anos e jogava hóquei, o que significava que nunca me deparava com um desafio que não gostasse. Então, sorri.

— Que tal sábado à noite?

Capítulo 9
Georgia

Passei a manhã seguinte fazendo listas, ponderando a decisão que eu já havia tomado e contado ao Max na noite anterior. Minha mania obsessiva de analisar demais não parava depois que eu chegava a uma conclusão; significava apenas que eu saía da fase de decidir como lidar com uma situação e entrava na fase de me perguntar se tinha feito a escolha errada. Não era algo que eu conseguia parar. O problema era que... estava muito difícil ver qualquer outro desfecho que não envolvesse eu sair magoada no fim do verão.

Entretanto, uma das inúmeras vantagens de contratar minha melhor amiga para trabalhar comigo era que isso incluía ter uma terapeuta sempre que eu precisasse. Maggie entrou no meu escritório às onze da manhã, presumindo que iríamos revisar os gráficos mais recentes nos quais ela vinha trabalhando para uma nova campanha publicitária, mas ela não ia ter a chance de me mostrar sequer uma página do que havia trazido.

Pronta para colocar a mão na massa, ela empurrou uma pilha de papéis de dez centímetros de espessura sobre a minha mesa e, ao erguer o olhar, encontrou as linhas tensas na minha testa franzida.

— Não se preocupe. Não vai demorar muito. São apenas alguns conceitos, mas fiz colorações diferentes em cada um, por isso são tantas páginas.

— Eu disse ao Max que vou transar com ele.

Maggie piscou algumas vezes.

— Pode repetir?

Massageei minhas têmporas.

— Ele tem um cachorrinho peludo muito fofo, se ajoelha para brincar com as três sobrinhas pequenas e limpa aquela testa suada e idiota com a bainha da camisa, e por baixo, tem um abdômen trincado. É horrível.

Maggie franziu as sobrancelhas.

— É, parece mesmo. Eu gosto de homens que chutam cachorrinhos, são malvados com crianças e têm barrigas molengas de cerveja.

Escondi o rosto nas mãos.

— Ele também me faz rir, tipo, o tempo todo, e leva canja de galinha para mim quando estou doente. Canja de galinha! *E drogas!*

— Agora me perdi, amiga. Ele levou crack para você? Por isso está tão chateada?

Balancei a cabeça.

— O que vou fazer quando o Gabriel voltar, Mags?

— Ah... — Ela assentiu, como se tudo fizesse sentido pela primeira vez. — Você está com medo de se apaixonar pelo Max e as coisas ficarem complicadas quando o sr. Eu-Quero-Um-Relacionamento-Aberto voltar para a sua vida.

— Eu amo o Gabriel, Maggie. Sei que você tem suas dúvidas desde que ele aprontou, mas eu disse sim quando ele me pediu para passar o resto da minha vida com ele. Você sabe que nunca me precipito e só ajo quando tenho certeza de qual caminho quero seguir. Ano passado, eu tinha certeza absoluta de que queria acordar ao lado dele todos os dias e formar uma família. Pensei e repensei se era o momento certo para mim, se Gabriel estava pronto e se era mesmo o homem da minha vida. Eu não tinha dúvida alguma.

Maggie me analisou por um momento antes de se inclinar para frente na cadeira.

— O que está realmente te fazendo pirar? O fato de que vai ser difícil se despedir do Max quando o momento chegar, ou de que você pode *não querer* que as coisas terminem, o que significaria que a decisão que tomou de dizer sim ao Gabriel um ano atrás pode não ter sido a decisão certa?

Massageei as têmporas.

— Estou com dor de cabeça.

— É porque está muito tensa. — Ela sorriu. — Aposto que sexo com o Max daria um jeito nisso. Algo me diz que você vai ficar molinha, molinha quando aquele homem te pegar de jeito.

Suspirei.

— Nunca transei com uma pessoa sem estar em um relacionamento com ela.

— Eu sei, querida. — Maggie estendeu a mão sobre a mesa e deu tapinhas leves no dorso da minha. — Mas não se preocupe, eu já fiz isso o suficiente por nós duas. Então, esse é um assunto com o qual posso ajudar.

Abri um sorriso triste.

— Quando estou com Max, fico tão envolvida nele que não penso em mais nada. Mas, no instante em que ele vai embora, toda a culpa e as dúvidas se manifestam. Sinto como se estivesse traindo o Gabriel.

— Ok, vamos começar pela parte simples. Você não está traindo o Gabriel. Aquele filho da mãe está na Inglaterra comendo britânicas. Foi ele que forçou essa situação. Não tem como você trair uma pessoa sem estar em um relacionamento com ela.

— Eu sei que, tecnicamente, não estaria traindo, mas meu coração ainda sente que sim.

Maggie balançou a cabeça.

— Nossa, dá para sentir a tensão emanando de você. Está fazendo eu me sentir estressada só por estarmos no mesmo ambiente. Acho que precisa colocar em prática aquela meditação que aprendeu há um tempinho para poder relaxar, e talvez as coisas fiquem mais claras.

— Eu meditei! Por uma hora hoje de manhã. Foi por isso que cheguei atrasada.

Maggie arqueou uma sobrancelha.

— Então esta é você calma?

Respirei fundo e soltei um suspiro pesado.

— Não sei o que fazer.

— Lembra-se de quando voltou daquele retiro de meditação? Você me contou que participou de umas sessões para pessoas que pensam demais e disse que sugeriram a implementação de algumas regras para deixar as tomadas de decisões menos estressantes.

Assenti.

— Chamavam de as seis serenidades.

— Quais eram?

— Hum... tinha uma sigla. Como era mesmo? — Toquei meu lábio inferior com um dedo. — Ah, já sei. EPEPUP. E era de espontaneidade, para tentar ser mais espontâneo. P era de prazo. Eles sugeriam que se determinasse um prazo para tomar as decisões e seguir em frente. Trinta segundos para coisas pequenas, como o que vai comer no almoço. Trinta minutos para decisões maiores, e até o final do dia para as decisões mais importantes. O E era de exercício, que já é autoexplicativo. P era de presente, para exercitar a presença no agora e não ficar olhando para o passado. U era de ubhaya padangusthasana, que é uma posição de yoga que se pode fazer quando está sob muita pressão, porque ajuda a equilibrar e centralizar o seu núcleo, e o último, P, era de pessoas. Eles sugerem que a gente se associe somente com pessoas que não pensam demais quando estivermos com dificuldades.

— Ok... bom, eu não me lembrava de nada disso, e me distraí completamente durante metade dessa explicação, mas as partes que ouvi pareciam ser úteis, como a de estabelecer um prazo. Tenho certeza de que você encara essa como uma decisão muito importante, então talvez seja uma boa ideia se dar até o final do dia para decidir, sem olhar para trás. Ou topa, ou não topa. Se topar, permaneça no presente. Não pense no Gabriel. Ele não está aqui e não faz parte desse momento. E eu definitivamente acho que você deveria usar mais a espontaneidade. Se decidir dizer sim a Max, comprometa-se a se divertir com ele e experimentar coisas novas. Se não, você e eu faremos alguns planos. Eu sempre quis pular de paraquedas de um avião.

Sorri.

— Não sei sobre a parte do avião, mas acho que as outras coisas são um bom conselho.

— Você sempre toma ótimas decisões, mas, às vezes, as circunstâncias mudam. Precisa se descontrair e ser capaz de dançar conforme a música. Não tem problema sair por aí e se divertir sem saber o que será do amanhã.

Relutantemente, assenti.

Maggie recostou-se em sua cadeira e pousou os braços nas laterais.

— Olhe só para mim. Eu que sou a normal agora.

Soltei uma risadinha pelo nariz.

— Calma aí. Você ainda está transando com o advogado do Aaron?

— Transamos em uma sala de reuniões da firma dele, logo antes do Aaron chegar para mais uma reunião de acordo. Ele sentou bem no lugar onde minha bunda nua esteve menos de dez minutos antes. Tenho quase certeza de que, se ele tivesse prestado atenção, teria reconhecido a marca da minha nádega no tampo de vidro da mesa.

— Nada mais a declarar.

Maggie respirou fundo.

— Muito bem. Você está pronta para começar? Nosso prazo com a gráfica está bem apertado.

— Sim, claro.

Duas horas depois, finalizamos a nova campanha de marketing e Maggie se levantou para voltar para seu escritório. Quando ela chegou à porta, eu a chamei.

— Mags?

Ela virou para mim.

— Sim?

— Obrigada por me acalmar.

— O prazer foi meu. — Ela me deu uma piscadinha. — Agora só te devo mais um milhão por todas as vezes que você me ajudou. Voltarei à tarde para ouvir sua decisão.

Minha reunião com o fornecedor atrasou, então quando finalmente voltei para o escritório, as pessoas já estavam encerrando o expediente e indo embora. Ellie, minha assistente, estava vestindo o casaco quando passei por sua mesa.

— Oi, Georgia. Chegou uma encomenda para você e deixei no seu escritório.

— Ah, ok. Obrigada.

— E fiz um compilado resumido de todas as suas mensagens em um e-mail. Nada parecia urgente, mas depois você dá uma olhada.

— Obrigada, Ellie. Tenha uma boa noite.

Eu esperava ver uma caixa de papelão na minha mesa, como

costumam ser entregues amostras ou algo da Amazon. Fiquei surpresa ao encontrar uma sacolinha branca decorada com laços. Curiosa, nem tirei meu casaco ou me sentei antes de abri-la.

Dentro, havia uma caixinha de plástico com um conjunto de bloquinho e caneta. Ao inspecionar com mais atenção, percebi que os dois continham ventosas. Eu não sabia direito o que era aquilo. Algum tipo de amostra enviada em uma sacola bonitinha por um fornecedor? Havia um envelope, então eu o abri e retirei o cartão.

> *Georgia,*
> *É à prova d'água. Chega de escorregar e cair no banheiro.*
> *Ansioso por sexta à noite.*
>
> *Beijos,*
> *Max*

Aff, esse Max. Ele tinha mesmo que ser tão maravilhoso? Por mais que um presente como esse entrasse na lista de prós, também havia um motivo para colocá-lo na lista de contras. Qualquer homem que separasse um tempo do seu dia para encontrar um bloquinho e uma caneta resistentes à água para mim era uma pessoa a quem eu poderia me apegar. Agora, se a sacolinha contivesse uma camisola de renda preta, pareceria algo mais seguro. Isso sim seria um presente que gritava *"é só um caso de verão"*.

Então, sentei à minha mesa, fitando o nada durante a meia hora seguinte, fazendo o que eu fazia de melhor: analisando e pensando demais. Por fim, uma batida à porta interrompeu meus pensamentos.

Maggie ergueu duas garrafinhas de vinho, daquelas que se recebe em viagens de avião.

— Hora da decisão. Vou considerar que você não tomou uma ainda, ou melhor, que não se conformou com a que disse ao Max que já tinha tomado. Então, estou aqui para arrancar o curativo de uma vez. O vinho vai ajudar a entorpecer a ardência.

Ela sentou em uma das cadeiras que ficavam do outro lado da minha mesa, tirou a tampa de uma das garrafinhas e entregou uma para mim. Maggie ergueu sua bebida para brindarmos.

— À sorte de poder estar em um lindo escritório com a minha melhor amiga, cujo maior estresse no momento é decidir se vai ou não transar com um jogador de hóquei gostoso.

Dei risada.

— Valeu. Quando você diz assim, parece um tanto ridículo o quanto isso está me dando ansiedade. Principalmente depois disto... — Empurrei a sacolinha para o outro lado da mesa e expliquei o presente enquanto ela dava uma olhada.

Maggie colocou uma mão no pé da barriga.

— Tenho quase certeza de que meus ovários palpitaram. Você ainda tem aquela foto dele sem camisa que enviei do celular dele? Talvez isso ajude a fazer com que a sensação desça mais um pouquinho, *bem onde eu preciso*.

Soltei uma risadinha pelo nariz. Mesmo que fosse estressante, compartilhar tudo com Maggie ao menos deixava mais divertido.

— Então, garota, qual vai ser? — Ela olhou para seu relógio. — São seis e meia. Eu diria que já passou do fim do expediente. Você vai embarcar em um verão inesquecível ou aumentar seu estoque de brinquedos movidos a pilha?

Fechei os olhos. Meu cérebro ainda me dizia para manter distância de Max Yearwood. Porém, meu corpo dizia que eu deveria ir ao psiquiatra. Mas, em grande parte, eu tinha me saído muito bem ao usar o cérebro e tomar decisões lógicas até hoje, não tinha? Se bem que não com Gabriel.

Então, talvez estivesse na hora de seguir o conselho de Maggie e me divertir sem saber o que esperar do amanhã...

Meu celular vibrou na mesa, interrompendo meus pensamentos. Peguei-o para ver quem tinha me mandado mensagem.

Max.

Sincronismo perfeito.

Ele tinha mandado uma selfie no avião. Estava com uma pequena mochila no colo, com a cabecinha de Quatro espreitando no topo enquanto se inclinava para frente com um dedo sobre os lábios, fazendo o gesto de *shhh*. Suas covinhas estavam totalmente à mostra. Foi impossível não sorrir.

Virei a tela para mostrar a Maggie.

— Ele está levando o Quatro escondido no avião do time para Boston, para que as sobrinhas dele que moram lá possam vê-lo.

Ela pegou o celular e fitou a tela, balançando a cabeça.

— Eu queria que você tomasse essa decisão por conta própria. Mas estou sentindo que você vai amarelar. Então, vou te dar a minha opinião. Eu já te direcionei para o caminho errado alguma vez?

Neguei com a cabeça.

— Aceite, Georgia. Ele conhece a situação. Vocês dois estão entrando nessa com todas as cartas na mesa. Não tenho a menor dúvida de que você vai se divertir horrores com esse homem, mas de repente você também terá a oportunidade de aprender algumas coisas sobre si mesma.

Respirei fundo, peguei minha garrafinha de vinho e virei tudo em um só gole.

— Está bem. Eu vou aceitar. Esse vai ser um verão muito interessante.

Proposta de Verão

Capítulo 10
Georgia

Eu estava nervosa. *E atrasada.*

À tarde, Max havia me mandado uma mensagem dizendo que tinha ficado preso em um ensaio fotográfico de um patrocinador e que teria que me encontrar no restaurante para o nosso compromisso. Ele tentou insistir em mandar um carro para me buscar, mas o convenci de que era mais rápido pegar o metrô com o trânsito do fim do dia de sexta-feira. Entretanto, a caminhada de um quarteirão e meio da estação até o restaurante com os saltos altos que eu estava usando me fez desejar ter aceitado a oferta. Mas a expressão de Max conforme eu me aproximava do restaurante fez com que a dor causada pela tira que estava fincada no meu mindinho valesse a pena.

Deus, ele está tão lindo. Max usava uma calça social preta e uma camisa social branca. Mas, pela forma como as peças se ajustavam ao seu corpo, suspeitei de que tivessem sido feitas especialmente para ele. Porém, não eram somente suas roupas perfeitamente sob medida e sua estatura grande que o faziam se destacar. Sua postura era tão dominante e confiante, com as pernas separadas, ombros alinhados e uma das mãos enfiada casualmente no bolso da calça. Diferente de toda e qualquer pessoa que estivesse esperando por algo ou alguém hoje em dia, ele não estava mexendo no celular ou com fones de ouvido. Estava apenas ali de pé, esperando e olhando em volta, e quando me viu, seus lábios se curvaram em um sorriso. Ele observou cada passo meu atentamente.

— Oi — eu disse. — Desculpe os minutos de atraso.

Ele me olhou de cima a baixo.

— Você está maravilhosa. Enquanto eu te olhava vindo pela rua, estava tentando decidir se quero te exibir ou te cobrir com o meu casaco para que ninguém mais olhe para você.

Sorri.

— E?

— Eu quero te exibir. Mas talvez rosne caso alguém fique olhando por mais tempo do que é considerado educado.

Dei risada.

— Você também está muito lindo. Mas tenho certeza de que meu rosnado não é tão assustador quanto o seu. — Apontei para a porta. — Vamos entrar?

Max deu um passo à frente e me envolveu firmemente pela cintura com um braço, subindo a outra mão para envolver meu pescoço pela frente.

— Não. Quero um beijo primeiro. Venha cá.

Antes que eu pudesse responder, seus lábios estavam nos meus. Sua língua mergulhou na minha boca, e senti as batidas frenéticas do meu coração contra seu peito rígido. Ele me beijou como se fôssemos as únicas pessoas no mundo, mesmo ali no meio de uma rua de Manhattan, como se *precisasse* me beijar, não apenas quisesse. Eu não me lembrava da última vez em que fora recebida com um beijo tão cheio de paixão. Na verdade, nem tinha certeza se isso já tinha acontecido antes. Por mais brega que soasse, aquele homem me deixava de pernas bambas.

Antes de me soltar, Max capturou e puxou meu lábio inferior com os dentes, causando uma sensação bem no meio das minhas pernas. Ele usou o polegar para limpar logo abaixo do meu lábio e, em seguida, pigarreou.

— É melhor entrarmos antes que eu nos faça ir para a cadeia.

Proposta de Verão

Por dentro, o restaurante era escuro. Seguimos a hostess por um corredor comprido até chegarmos a outra porta. Max estendeu uma mão para que eu passasse primeiro, e fiquei surpresa quando vi que se tratava de um pequeno pátio. Havia uma árvore grande no centro, decorada com fios de luzinhas cintilantes pendurados na copa que iluminavam a área. Vasos de plantas com bambus bem altos criavam áreas de jantar individuais e reservadas.

A hostess no conduziu até uma delas e estendeu a mão.

— Nosso cardápio de vinhos e drinques especiais está sobre a mesa. — Ela apontou para uma lanterna alta que ficava a alguns passos de distância. — Se sentirem frio, basta avisar ao garçom e pedir para ligar o aquecedor. Em alguns minutos, ele virá para anotar o que vão querer beber.

— Obrigado.

Max puxou uma cadeira para mim.

— Isso é tão inusitado — comentei. — Eu não fazia ideia de que havia um espaço ao ar livre quando entramos. É tão lindo. Estou feliz por ter vindo.

— Você pensou em não vir?

Eu não tinha a intenção de revelar que tivera um momento de dúvida, então tentei jogar meu comentário para debaixo do tapete. Balancei a cabeça.

— Eu não teria te deixado plantado.

Ele inclinou a cabeça.

— Mas você *pensou* em não vir?

Ótimo. Dois minutos de encontro e eu já tinha enfiado os pés pelas mãos.

— Eu sempre questiono tudo, fico pesando prós e contras. É minha natureza. O problema não é você.

— Parece bem exaustivo.

Sorri.

— E é. Estou tentando melhorar isso.

— Eu sou exatamente o oposto. Costumo seguir meu instinto e nem sempre penso direito antes de fazer algo. — Ele piscou para mim. — Estou tentando melhorar isso. Mas agora quero ouvir os seus prós e contras. Estou curioso para saber o que conspirou a meu favor.

O garçom veio até nós e eu sequer tinha pegado o cardápio de bebidas. Olhei para Max.

— Você vai beber alguma coisa?

Ele pegou o cardápio e entregou para mim.

— Não tenho treino amanhã. Escolha uma garrafa.

Examinei as opções e escolhi um vinho tinto encorpado. Quando o garçom se afastou, Max me olhou com expectativa.

— O que foi?

— Você ia me falar sobre a sua análise de prós e contras.

— Você só quer ouvir todos os prós para massagear o seu ego.

Max sorriu.

— Normalmente, isso seria verdade. Mas, quando se trata de você, estou mais curioso para saber os contras. Se eu não souber o que está quebrado, não tenho como consertar.

O garçom voltou para servir o vinho. Após provarmos, ele encheu nossas taças e nos entregou o cardápio do jantar.

— Nenhum contra se tratava de você, na verdade. O problema sou eu. Eu nunca tive um relacionamento sem compromisso, e não tenho certeza se sei como fazer isso. — Tomei um gole do vinho. — Você disse que já ficou casualmente com outras pessoas. Como dá para manter as coisas simples?

Max deu de ombros.

— Acho que sendo diretos e honestos quanto ao que queremos.

— Ok. — Olhei nos olhos dele. — Me diga o que quer de mim.

Max pegou sua taça de vinho e bebeu um pouco. Seus olhos desviaram para os meus lábios por um segundo.

— Vou acabar levando um tapa.

Dei risada.

— Não vai. Prometo.

Ele se inclinou para frente, diminuindo o volume da voz.

— Eu quero te jogar na minha cama usando mais nada além dessas sandálias e te chupar até você implorar.

Engoli em seco.

— Eu não imploro.

Um sorriso perverso se espalhou pelo rosto dele.

— Então você ainda não foi bem chupada.

Senti meu rosto enrubescer, então peguei meu vinho de novo. Mas o brilho no olhar de Max demonstrava que ele sabia exatamente o que estava fazendo.

Pigarreei.

— Então, é isso? O que você quer de mim, no caso? Só sexo?

— Eu gosto de você, Georgia. Gosto muito da sua companhia. — Seus olhos percorreram meu rosto. — Parece que quem precisa das coisas definidas aqui é você. Então, que tal me dizer o que *você* quer?

Ruborizei novamente.

— O que você disse parecia muito bom.

Max deu risada.

— O que mais você quer, Georgia? Porque tenho a sensação de que eu poderia te espantar muito facilmente e nem saber por quê.

— Eu só quero me divertir. Me sentir livre, eu acho. Fazer coisas que tenho adiado e aproveitar o verão.

Ele assentiu.

— Também quero me divertir. Mas me conte que tipo de coisas você tem adiado.

— Lembra que, na noite em que nos conhecemos, eu mencionei que tinha uma lista de coisas que estava adiando e sair com outras pessoas era a primeira delas? E por isso me forcei a ir a um encontro às cegas, mesmo que não quisesse?

— Sim.

— Bom, eu de fato tenho uma lista. Não é uma lista de desejos com coisas loucas, como pular de paraquedas, nem nada tão empolgante assim. São coisas que eu gostaria de priorizar além do trabalho e diminuir minha mania de analisar demais. Nos últimos quatro anos, trabalhei de setenta a oitenta horas por semana, e o ponto alto da minha semana era ir a um jantar mais tarde na sexta-feira à noite. Há alguns meses, contratei um diretor de operações, então agora posso delegar mais e trabalhar menos. Quero me desconectar mais, ir a uma boate tarde da noite, fazer algum voluntariado, tirar férias aqui na cidade mesmo. Moro aqui desde que nasci e nunca fui à Estátua da Liberdade ou andei pela Ponte do Brooklyn. Ah, e também coloquei na lista que quero tingir meu cabelo de ruivo. — Dei de ombros. — Eu adoro cabelo ruivo e sempre quis experimentar.

— Ruiva, hein? — Max sorriu. — Acho que você ficaria a maior gata.

Retribuí o sorriso.

— Obrigada.

Ele passou um dedo pelo topo da sua taça de vinho.

— Que tal nós cumprirmos a sua lista juntos?

— Sério? Você quer ir à Estátua da Liberdade comigo?

Proposta de Verão

Max deu de ombros.

— Claro. Por que não?

— Você é mesmo tão despreocupado assim?

Ele riu.

— Se sou despreocupado, não sei, mas topo uma aventura com você.

— Uma aventura, hein? — *Deus, por que não posso enxergar as coisas com essa simplicidade?*

Mordi meu lábio inferior. Max inclinou-se para frente e usou seu polegar para libertá-lo.

— Não pense demais. Só diga sim.

Respirei fundo.

— Eu sei que você propôs passarmos o verão juntos. Mas podemos só ver no que pode dar? É menos intimidador se for... sei lá... *menos*, eu acho.

— Como quiser.

Assenti, nervosa.

— Ok. Que se dane. Vamos cumprir a minha lista.

— *Maravilha*. — Ele prendeu meu pescoço em sua mão e me puxou para um beijo. — Essa deve ser a primeira vez desde que eu era criança que fico feliz com o fim da temporada de hóquei.

O garçom nos interrompeu para anotar os pedidos, mas, mais uma vez, eu nem tinha analisado o cardápio. Então, pedimos mais um minuto e rapidamente decidimos pedir dois pratos e dividi-los. Depois, mudei o rumo da conversa para algo que não me fizesse surtar tanto com o que eu tinha acabado de topar... *de novo*.

— Então, como foi a sessão de fotos hoje? Era para alguma revista esportiva ou algo assim?

— Propaganda de cueca. — Max balançou a cabeça. — Liguei para o meu agente quando saí de lá e disse a ele que era a última vez que eu faria uma dessas.

— Por quê?

— Eles queriam que eu usasse uma cinta de velcro em volta das minhas partes. Não só do pau, mas das bolas também.

Dei risada.

— Como assim?

— Parece que é uma coisa que modelos de roupas íntimas usam para deixar o pacote mais proeminente. — Ele balançou a cabeça. — Me neguei a fazer isso.

Cobri meu sorriso com a mão.

— Ai, meu Deus. O que disseram quando você se recusou?

Ele deu de ombros.

— Tiraram as fotos mesmo assim. Minhas partes estão muito bem, obrigado.

— Quando essa propaganda vai sair? Agora estou curiosa para ver.

— Disseram que vão enviar as provas para o meu agente em alguns dias. É ele que negocia os direitos de aprovação. Mas se você quiser dar uma olhada nas minhas partes antes disso...

Dei risada.

— Perguntei por motivos comerciais. Se as suas fotos ficarem boas, talvez possamos fazê-lo segurar algumas flores usando uma cueuinha branca. Eu teria que conferir a mercadoria antes de decidir, é claro.

Max me lançou uma piscadinha.

— Quando quiser, linda.

Bebi o restante do meu vinho.

— Então, por quanto tempo um jogador de hóquei joga profissionalmente, no geral? Eu sei que jogadores de futebol americano

Proposta de Verão

devem se aposentar bem cedo, por causa do alarde que todo mundo faz pelo Tom Brady ter passado dos quarenta e ainda estar jogando.

— Em média, a idade para aposentadoria na NHL é por volta dos vinte e nove anos.

— Vinte e nove? Mas essa é a sua idade.

— Nem me lembre.

— É muito novo ainda.

— Não é por escolha. O hóquei é bastante brutal para o corpo. Com tantas lesões e articulações e ligamentos cedendo, muitos caras são forçados a se aposentar mais cedo do que gostariam. Mas já tiveram algumas dezenas de caras que jogaram até depois dos quarenta. Gordie Howe jogou até os cinquenta e dois anos, mas isso definitivamente não é o comum.

— E depois? Se aos trinta o jogador já está aposentado, o que ele faz depois?

— Alguns continuam no ramo, sendo treinadores, fazendo transmissões em programas esportivos, atuando na área fitness, essas coisas. Alguns vão para o ramo das vendas. Se tiverem um nome muito conhecido, muitas portas são abertas para a empresa que eles representam. Muitos deles, na verdade, compram negócios. Eles sabem que as chances de se aposentarem cedo são bem altas, então guardam dinheiro e investem em um negócio assim que penduram os patins. Conheço caras que são donos de academias, concessionárias, restaurantes, um pouco de tudo.

— O que você acha que vai fazer?

— Eu gostaria de permanecer dentro do esporte de alguma forma. Mas também gostaria de abrir um pequeno negócio. Meu irmão Austin era um marceneiro muito talentoso, como o meu pai, que era carpinteiro. Você se lembra de um produto chamado Lincoln Logs?

— Acho que sim. Eram lenhas que vinham em um balde que podiam ser usadas para construir pequenas cabanas de madeira, não é?

— Sim, essas mesmo. Meu irmão adorava isso quando era criança. Ele era obcecado por construção. Quando tinha uns dez anos, ele e o meu pai construíram várias cabaninhas dessas juntos em tamanho real. Eram bem grandes, e meus irmãos e eu usávamos para construir fortes e outras coisas no quintal. Austin queria transformar isso em um negócio. Durante dois anos antes de ir para a faculdade, ele aperfeiçoou um conjunto de lenhas maciças e fez um livro ilustrado com cinquenta estruturas diferentes que eram possíveis serem construídas usando apenas um conjunto de pedaços de madeira interconectados, como um balanço, um forte e até mesmo uma casinha de dois andares. A maioria das crianças adora montar, então essa seria uma maneira de ensiná-las a construir suas próprias coisas. Quando terminarem, também terão algo com o que brincar. E assim que enjoarem do que tiverem construído, podem desmontar e fazer outra coisa.

— Que ideia legal.

Max assentiu.

— Austin era inteligente. Ele cursava duas graduações: Arquitetura e Engenharia arquitetônica. Eu tenho os protótipos e ilustrações que ele criou. Ele não pôde ver suas ideias ganharem vida, então espero poder dar continuidade por ele.

— Uau. Eu acho incrível você querer honrar a memória dele transformando suas ideias em realidade.

O garçom apareceu para servir nosso jantar. Pedimos peixe grelhado e risoto à milanesa com aspargos e camarão. Salivei ao observar os pratos serem dispostos sobre a mesa. Max dividiu os pratos e me entregou um.

— Isso parece delicioso — eu disse. — E também me lembra de mais uma coisa na minha lista. Preciso encontrar algum hobby que envolva um exercício que eu goste de fazer, porque odeio ir à academia. Corro para me manter em forma e como tudo o que quero, mas adoraria encontrar algo que eu realmente goste. Maggie começou a fazer escaladas indoor e adora. Acho que isso não faz muito o meu estilo, mas deve existir alguma coisa que eu possa praticar que queime calorias e seja mais divertido do que correr.

— Eu conheço algumas formas muito prazerosas de queimar calorias. — Max balançou as sobrancelhas.

Dei risada.

— Eu acabei pedindo por essa, não foi?

— Com certeza. Mas, falando sério, isso é muito a minha praia. Estou sempre disposto a experimentar novos exercícios físicos. Vou te dizer uma coisa, mas você não pode rir.

— O quê?

— Na rua onde moro, tem um lugar que oferece aulas de yoga aérea, daquele tipo em que as pessoas se penduram no que parecem ser lençóis suspensos no teto. Fico pensando em experimentar toda vez que passo em frente e vejo pela janela.

— E por que não experimenta?

Max deu de ombros.

— Porque eu provavelmente vou fazer papel de bobo. Sou forte, mas não sou um cara muito flexível. Além disso, a última coisa de que eu precisaria era que os caras do meu time ficassem sabendo. Eles nunca mais largariam do meu pé. Um dos jogadores tem uma filha que frequenta aulas de balé entre mãe e filha. A esposa dele ficou gripada logo antes do ensaio final para o recital que iriam apresentar. Yuri substituiu a esposa para que a filha pudesse ensaiar no palco. Algumas fotos vazaram, e o time inteiro chegou no treino usando tutus na segunda-feira, inclusive eu. Somos um bando de babacas sacanas. Até hoje, o apelido de Yuri Volkov é Pé de Valsa.

Dei risada.

— Acho que Bonitão é melhor do que Pé de Valsa.

Durante as horas seguintes, acabamos com a garrafa de vinho e dividimos uma sobremesa. Max estava assinando o recibo do cartão de crédito quando senti meu celular vibrar na bolsa. Tinha uma ligação perdida de Maggie, mas também vi notificações de mensagens suas, então desbloqueei a tela para ver se estava tudo bem.

A primeira devia ter sido enviada alguns minutos antes de eu chegar.

Maggie: Só conferindo se você não amarelou.

Uma hora depois, outra mensagem chegou.

Maggie: Acho bom que você esteja curtindo o encontro e não apenas me ignorando enquanto assiste a algum filme idiota em preto e branco comendo um pote de sorvete de chocolate e nozes.

Maggie: Hummm agora eu quero muito um sorvete de chocolate e nozes. Valeu, amiga.

A próxima dizia o seguinte:

Maggie: Ok, agora estou começando a ficar preocupada. Faz quase três horas e nada de você me responder. Você só passa tanto tempo assim sem checar o celular quando está dormindo. É melhor que não esteja dormindo. Eu tinha tantas expectativas para hoje! Devo me preocupar? E se o sr. Jogador Delícia era, no fim das contas, um assassino com um machado e você está agora deitada no chão com o pescoço degolado em algum lugar? Seria uma droga. Para mim. Não quero ter que arranjar uma nova amiga. Então, me mande mensagem para avisar se ainda está viva quando ler isso.

A última mensagem tinha chegado dez minutos antes.

Maggie: Terra para Georgia... responde, garota.

— Droga — murmurei.

— Está tudo bem? — Max perguntou.

— Sim. Só preciso responder a Maggie. Ela mandou mensagens perguntando como eu estava e não respondi de imediato, então ela está preocupada. — Balancei a cabeça. — Eu não tinha me tocado de que estamos aqui há quase três horas e meia. É raro eu passar tanto tempo assim sem checar meu celular.

Max sorriu.

— Isso é bom. Você disse que queria se desconectar mais.

— É. Acho que vai demorar um tempinho para algumas pessoas se acostumarem com isso.

Mandei uma mensagem para Maggie, informando que eu estava bem e ainda estava no encontro com Max. Ela respondeu dez segundos após eu apertar em enviar.

Maggie: Ah, que ótimo! Sente nesse homem sem dó.

Sorri e guardei meu celular de volta na bolsa.

— Você deveria fazer o que ela disse.

Achei que ele não conseguia ver a tela.

— Por que diz isso?

Ele apontou para minha boca.

— Deu para ver o seu sorrisinho safado quando leu a última mensagem.

Dei risada.

— Você é muito perceptivo, e minha melhor amiga tem uma mente suja.

— Eu sabia que tinha gostado dela por algum motivo. Está pronta para ir?

— Claro.

Max se levantou e ofereceu a mão para me ajudar a ficar de pé. Ele não a soltou depois. Em vez disso, a usou para me puxar para perto.

— Não quero que a noite acabe agora. Mas tenho que passar no meu apartamento para levar os cães para passear. Eu estava atrasado e vim para cá direto da sessão de fotos. Podemos ficar por lá, ou posso passear com eles bem rápido para irmos a algum lugar beber alguma coisa. O que você quiser. Só não vá embora agora.

Eu também não queria que a noite acabasse, e tinha passado tempo suficiente com Max para me sentir confortável com a ideia de ir para seu apartamento. Então, meneei a cabeça.

— Podemos ir para o seu apartamento. Eu só... gostaria de continuar indo devagar.

Ele beijou minha testa.

— Entendido. Serei um perfeito cavalheiro até você estar pronta. E quando estiver... tudo pode acontecer.

Se eu desconfiava de que Max estava mentindo sobre seus cães precisarem passear só para me atrair para seu apartamento, esse pensamento desapareceu no instante em que as portas do elevador se abriram, diretamente em seu apartamento. Assim que saímos, Quatro entrou correndo no elevador parado. E o cachorro maior, que deduzi ser Fred, ficou correndo em círculos bem em frente.

— Você quer esperar aqui? — Max olhou para a minha sandália. —

Elas não parecem ter sido feitas para passear com cachorros. E eu tenho que dar uma volta completa no quarteirão, senão eles ficam enlouquecidos a noite toda. Não vai levar mais do que quinze minutos. — Ele foi até uma mesa redonda na antessala e abriu uma gaveta, retirando de lá duas coleiras.

— Não tem medo que eu saia xeretando tudo se me deixar aqui sozinha?

Max sorriu.

— Fique à vontade. Eu guardo os chicotes e algemas na gaveta ao lado da cama, se quiser dar uma olhada.

Ele estava brincando. Não estava?

Max deu risada. Ele se inclinou e tocou seus lábios nos meus em um beijo leve.

— Estou brincando. Mas pode ficar à vontade para olhar. Não ligo. Sinta-se em casa.

— Obrigada.

Depois que Max e os cachorros entraram no elevador e as portas se fecharam, me virei para dar uma olhada pelo apartamento. A alguns passos da antessala de mármore, havia uma sala de estar gigantesca.

— *Puta merda* — murmurei ao entrar.

Eu não morava em um apartamento pequeno típico de Nova York, mas, ainda assim, meu apartamento inteiro cabia naquela sala de estar. Janelas do piso ao teto serviam de obras de arte, exibindo as cidade iluminada lá fora. Fui dar uma conferida na vista. Max morava na West 57th, então diante de mim estava a cidade reluzente, mas à esquerda, ficava o rio. Era uma noite clara, e uma lua cheia formava um reflexo pela extensão da água. Absolutamente estonteante. Eu poderia ficar a noite inteira ali admirando a vista, mas forcei-me a me afastar para poder ver o restante do lugar antes de Max voltar. É claro que eu queria bisbilhotar um pouco.

A sala de estar era aberta para a cozinha, que era equipada com eletrodomésticos com tecnologia de ponta, uma cafeteira embutida e uma adega com porta de vidro. No outro lado do cômodo, havia um corredor comprido que levava a algumas portas, incluindo um banheiro bem espaçoso e um escritório. No fim dele, ficava o quarto principal. Acendi a luz e me deparei com uma cama linda e masculina de madeira esculpida, elevada em uma plataforma para que fosse possível desfrutar da janela enorme com vista para o Central Park. Fiquei no vão da porta, porque não queria invadir sua privacidade, mesmo que ele tivesse dito que eu podia ficar à vontade. Mas notei que havia uma pilha de livros na mesa de cabeceira. De forma geral, o apartamento não era nada do que eu esperava. Tinha um ar de maturidade, não de um apartamento de solteirão como eu havia imaginado.

Quando Max voltou, eu estava novamente na sala de estar, curtindo a vista. Os cães correram diretamente para suas tigelas de água, enquanto ele se aproximou por trás de mim e envolveu minha cintura com os braços, dando um beijo no meu ombro.

— Você deu uma conferida na minha mesa de cabeceira para se certificar de que não tinham chicotes lá?

Me virei em seus braços e passei os dedos no seu cabelo.

— Quem disse que não curto isso? Talvez eu esteja decepcionada por não ter encontrado nenhum.

Os olhos de Max faiscaram.

— Então acho que você não olhou meu closet.

Arregalei os olhos, e ele riu.

— Brincadeira.

Quatro e Fred terminaram de beber água e vieram sentar aos nossos pés. Quatro esfregou seu focinho molhado na minha perna, como um gato.

— Eles não estavam muito interessados em mim quando chegamos, então nem pude cumprimentá-los. — Abaixei-me e peguei Quatro, afagando sua cabecinha com as unhas enquanto usava a outra mão para acariciar Fred. — Oi, Fred. Eu sou a Georgia. É um prazer conhecê-lo.

Fred se aproximou e lambeu minha bochecha. Dei risada.

— Ah, estou vendo que você puxou ao seu pai na hora de conquistar mulheres.

Max sorriu.

— O que gostaria de beber?

— Uma taça de vinho, se você for beber também.

Enquanto Max abria uma garrafa, passei um tempinho com os cachorros. Após servir duas taças, ele arremessou uma bola no corredor e Fred saiu correndo.

Levantei com Quatro nos braços.

— Poxa, e eu aqui achando que estava ganhando a confiança dele. Basta ver uma bolinha e ele perde o interesse.

Entrei na cozinha, e Max estendeu os braços.

— Vamos, bolinha de pelos, você também. É a minha vez. — Ele colocou Quatro no chão e o subornou com um biscoito antes de me entregar a taça de vinho.

— Ainda bem que não fui passear com vocês. — Ergui um dos meus pés, ficando numa pose de flamingo, e massageei meus dedos. — A tira dessa sandália é afiada e parece estar tentando rasgar o meu dedinho.

Max pousou sua taça de vinho e tirou a minha da minha mão, colocando-a sobre a bancada.

— Me deixe tirar para você. — Ele me pegou pela cintura e me ergueu, me colocando sobre a bancada da cozinha, e em seguida pegou meu pé e abriu a fivela da sandália. — São sexy pra cacete. Mas prefiro que você fique confortável aqui.

Por alguma razão, adorei vê-lo tirando minhas sandálias. Era um gesto doce, mas talvez também fosse um prenúncio sobre as outras peças de roupa que ele tiraria de mim em um futuro próximo.

Respirei fundo para recuperar o foco.

— Seu apartamento é completamente diferente do que imaginei.

— É mesmo? O que você esperava?

Balancei a cabeça.

— Não sei bem. Você é um atleta, então acho que imaginei uma TV de tela grande e talvez um cômodo com uma bancada de trabalho e equipamentos de ginástica. Acho que estava esperando um apartamento de solteirão.

Max ergueu o pé que tinha acabado de libertar da sandália e deu um beijo na marca vermelha que o atravessava antes de pegar o outro.

— Dois anos atrás, você teria acertado. Eu tinha uma apartamento em Chelsea que era basicamente uma versão mais bacana de uma república. Outros dois jogadores moravam no mesmo prédio, e quando eu não abria a porta, eles a derrubavam. Tive que colocar uma porta nova quatro vezes.

Dei risada.

— O que te fez querer se mudar?

Ele deu de ombros.

— Não sei. Acho que cresci. Queria poder chegar em casa e relaxar. Passo o dia inteiro jogando pesado. Ir para casa e encontrar um lugar pacífico se tornou importante. Mas, se bem que... eu ainda tenho uma TV de tela grande. Fique aí. Vou te mostrar.

Ele terminou de tirar minha outra sandália e foi à sala de estar para pegar um controle remoto. Quando pressionou um botão, a parede de janelas começou a desaparecer conforme uma persiana descia diante dela. Assim que terminou, Max apertou outro botão e um painel que eu não tinha notado no teto da sala de estar se abriu, revelando um projetor.

— É uma persiana blecaute e tela de projeção em uma só — ele disse. — Tem cinco metros e meio de comprimento. Parece que você está dentro do jogo quando assiste nela.

— Uau. — Eu ri. — Agora parece mais com o que imaginei.

Max voltou até onde eu estava, ainda sentada na bancada. Ele separou meus joelhos devagar e ficou entre eles.

— Tem uma academia no prédio, então me livrei do meu quarto extra que ficava cheio de pesos, e conto com o serviço de uma diarista que mantém a geladeira abastecida e a limpeza em dia para que o lugar não pareça um apartamento de solteirão. Então, você não estava errada. Eu só escondo melhor, agora que estou mais velho.

Com a persiana cobrindo a janela, o ambiente ficou escuro. A única luz vinha da antessala, deixando o momento mais íntimo. Max afastou meu cabelos para trás e se inclinou para beijar meu pescoço.

— Tudo bem? — sussurrou.

Fiz que sim com a cabeça.

Ele percorreu minha pele com o nariz desde o queixo até a clavícula, subindo com beijos molhados em seguida e soltando um gemido.

— Porra, você tem um cheiro tão bom. É melhor irmos sentar na sala antes que eu me meta em encrenca.

Eu queria muito ficar bem ali, com os lábios dele na minha pele, mas considerando que fui eu que pedi para irmos devagar, não parecia justo fazer isso. Então, assenti e Max me tirou de cima da bancada, colocando-me no chão. Ele segurou minha mão e me guiou para o sofá, onde colocou uma almofada em uma das extremidades e gesticulou para que eu me sentasse recostada ali. Quando o fiz, ele ergueu minhas pernas e pousou meus pés em seu colo, começando a massagear a sola do meu pé com os polegares.

Meus olhos quase reviraram por completo.

— Ai, meu Deus. Isso é tão bom.

— Depois de passar por tantos fisioterapeutas e massoterapeutas ao longo dos anos, acho que aprendi uma coisinha ou duas.

Ele massageou o peito do meu pé com os nós dos dedos, e apoiei a cabeça para trás por alguns minutos.

Quando abri os olhos, encontrei Max me observando.

— O que foi?

Ele balançou a cabeça.

— Nada. Eu só gosto de ficar olhando para o seu rosto quando está relaxada.

— Talvez seja melhor você tirar uma foto para registrar. Dizem por aí que isso não acontece com muita frequência.

— Nós vamos dar um jeito nisso durante o verão. Eu garanto.

Sorri.

— Então, sobre esse negócio de ir devagar... de que velocidade estamos falando?

Dei risada.

— Está perguntando porque quer ultrapassar qualquer que seja o limite que eu estabelecer?

Ele sorriu de orelha a orelha.

— E se fizermos de conta que estamos no ensino médio, estudando no seu quarto com a porta aberta porque sua mãe está no andar de baixo?

Soltei um risinho.

— O que isso significa?

— Significa que a gente pode dar uns amassos, mas não posso ir longe demais porque sua mãe está lá embaixo na sala.

— Acho que nossas experiências no ensino médio não foram exatamente as mesmas.

Max curvou o dedo.

— Venha cá.

— Onde?

Ele deu tapinhas no colo.

— Bem aqui. Um esfrega-esfrega também vale.

Era absolutamente impossível resistir ao sorriso dele. Então, quando estendeu a mão para mim, eu a segurei e segui seu pedido, montando no seu colo. Ele sorriu.

— Suba um pouquinho mais a bunda.

Fiz o que ele disse e senti um volume proeminente entre minhas pernas. Max fechou os olhos.

— Ah, isso. Muito melhor.

— Você é louco.

Ele colocou um dedo nos lábios.

— Shhh. Sua mãe pode ouvir.

Durante os trinta minutos seguintes, ficamos dando uns amassos no sofá como dois adolescentes com tesão. Em determinado momento, ele começou a movimentar meus quadris para frente e para trás sobre o que já tinha se tornado uma ereção completa. Eu estava tão excitada e a fricção era tão gostosa que passei a achar que ia gozar a qualquer momento, então dei uma recuada. Max grunhiu.

— O que foi? Ouviu sua mãe vindo?

— Não, mas achei que ia acabar... você sabe.

Ele ergueu uma sobrancelha.

— E teria sido tão ruim assim?

— Só estou tentando ser justa.

— Não se preocupe em ser justa comigo. Pode pegar o que quiser. Não vamos contar pontos.

As coisas se acalmaram depois disso. Provavelmente porque eu tinha saído do colo dele e não estava mais me esfregando no seu pau. Conversamos por bastante tempo, sem interrupções desconfortáveis por falta de assunto. Então, eu disse que precisava ir embora. Max chamou um Uber e insistiu em descer comigo para fazer contato visual com o motorista. Ele só faltou ameaçar machucá-lo se não me levasse para casa em segurança.

Max abriu a porta do carro e beijou minha testa.

— Eu te ligo amanhã.

— Ok.

— E não se esqueça de me mandar a lista.

— Lista?

— As coisas que você vinha adiando e quer fazer nesse verão.

— Ah, é mesmo. Vou te mandar, mas aí você deveria acrescentar algumas coisas também.

Ele se aproximou e sussurrou no meu ouvido:

— Sem problemas. Mas a lista do que quero fazer nesse verão é bem curta: *estar com você.*

Capítulo 11
Max

Três dias depois do nosso encontro, Georgia finalmente me mandou por mensagem a lista de coisas que queria fazer no verão. A maior parte eram as coisas que ela já tinha me falado:

Me desconectar mais

Ser mais espontânea

Tingir meu cabelo de ruivo

Fazer trabalho voluntário

Ver o nascer do sol no Highline

Ir a uma boate tarde da noite

Ficar fora a noite inteira

Tirar férias na cidade e ver os pontos turísticos de Nova York que nunca vi

Sair do trabalho às cinco todos os dias

Tirar duas semanas inteiras de férias

E também tinham as coisas que ela não tinha chegado a mencionar:

Superar meu medo de falar em público

Fazer o teste genético 23andMe e aprender sobre os meus ancestrais

O item sobre medo de falar em público me surpreendeu. Mas todo o resto era basicamente o que eu esperava. Em vez de responder com uma mensagem, liguei.

Georgia atendeu no primeiro toque.

— Então, quando podemos começar?

— Nossa, como você está ansioso — ela me repreendeu. — Deve estar louco para ver a Estátua da Liberdade.

Dei risada.

— Aham, é isso mesmo.

— Não sei. Acho que podemos começar qualquer dia.

— Ok. Daqui a uma semana, então. Essa semana vai ser uma loucura, mas o meu último jogo vai ser no sábado à tarde e, então, serei um homem livre. Você pode ficar livre também?

— Na segunda-feira?

— Não. Pelas próximas duas semanas. Você tem o item *"tirar duas semanas inteiras de férias"* na sua lista. Por que não começar por aí?

— Hummm... não sei se é uma boa ideia, Max.

— Por que não?

— Bom, meu novo diretor de operações começou há apenas alguns meses, nós temos muitas coisas acontecendo e...

Eu a interrompi.

— Já houve algum momento desde que você abriu a empresa em que não teve muitas coisas acontecendo?

— Não, mas...

— Nós ficaremos aqui na cidade enquanto você estiver de folga. Se alguma coisa der errado, vai poder voltar voando para o escritório na hora.

— Não sei, Max...

— Eu me encarrego de todos os planos. Prometo que você vai se divertir.

Ela suspirou.

— Tudo bem. Mas não pode ficar bravo se eu precisar voltar para o escritório.

— Combinado.

— Não acredito que estou concordando com isso. Mas acho que é melhor eu desligar, já que terei que ficar no escritório até meia-noite pelos próximos dias para me preparar para tirar duas semanas inteiras de férias.

— Vou te deixar ir fazer o que precisa. Mas o meu último jogo vai ser no sábado à tarde. Vai ser aqui. Você vai?

— Sim, eu adoraria.

— Vou enviar os ingressos para o seu escritório.

— Obrigada, Max.

Após encerrarmos a ligação, fiquei pensando no que poderia planejar para as próximas duas semanas. Não tinha ainda muita certeza de todos os detalhes, mas de uma coisa eu sabia: férias na cidade precisavam de um hotel.

A segunda-feira pareceu demorar uma eternidade para chegar. No sábado, Georgia foi ao meu jogo como havia prometido. Mas não ficou por muito tempo depois, já que tinha que voltar para o escritório e finalizar algumas coisas antes de começar sua folga. Eu estava sentindo que ela devia estar surtando, mas tinha planos para ajudá-la a aliviar isso o máximo possível.

Cheguei ao seu prédio ao meio-dia e subi para ajudá-la com a mala.

— Oi. — Sua testa estava franzida, cheia de linhas de preocupação. — Não terminei de fazer a mala. Não faço ideia do que levar, já que você não quer me contar quais são os nossos planos ou onde vamos ficar.

— Basta levar roupas confortáveis. Talvez algo mais arrumado para sair à noite, vez ou outra.

— Você não pode dizer apenas "algo mais arrumado para sair à noite" para uma mulher. Precisamos de mais do que isso. Vamos a um lugar chique? Casual? Vai ser preciso andar? Temos sapatos de salto alto que são feitos para serem retirados logo na entrada e outros que servem para andar por alguns quarteirões. Mas se for mais do que isso, posso precisar de sapatilhas. — Ela balançou a cabeça. — Droga. Não peguei sapatilhas. Só tênis. Ah, e isso me lembra de perguntar: vamos fazer algum tipo de exercício? Porque coloquei leggings e roupas casuais desse tipo, mas não são leggings que eu usaria para me exercitar. Para isso, prefiro as do tipo que absorvem umidade. Ah, devo levar toalhas? E capa de chuva? Você está levando guarda-chuva? Droga. Não peguei nenhum elástico de cabelo...

Ela estava à beira de um colapso. Então, a interrompi:

— Georgia...

Seus olhos encontraram os meus.

Pousei as mãos nos seus ombros.

— Se você esquecer alguma coisa, a gente pode comprar. Vamos ficar na cidade, não é como se estivéssemos a caminho da floresta selvagem onde estaríamos fodidos se você esquecesse o repelente de ursos. Ou, se não quiser comprar, podemos voltar aqui e pegar o que você precisar, se esse for o caso. Respire fundo.

Ela fez o que eu disse, mas saiu andando dois segundos depois.

Eu a segui até seu quarto. Quando vi todas as pilhas de coisas em cima da cama, fiquei preocupado de verdade. Devia ter algumas centenas de cabides cheios de coisas.

— Você não está pretendendo levar tudo isso, né?

Ela negou com a cabeça.

— Eu não estava conseguindo encontrar um suéter verde que queria levar, então tirei metade das coisas do meu closet.

Jesus, isso é só a metade?

— Você encontrou o suéter?

— Acho que devo ter emprestado à Maggie.

— Quer passar na casa dela e pegar?

— Talvez essa não seja uma boa ideia.

Ergui as sobrancelhas.

— Só porque você não está com o seu suéter?

Georgia evitou fazer contato visual comigo e começou a vasculhar as pilhas em sua cama. Após remexer em algumas coisas por um tempo, ela soltou um longo suspiro e olhou para mim.

— Estou nervosa.

Eu não teria conseguido evitar meu sorriso mesmo se tivesse tentado.

— Sério? Nem reparei.

Ela pegou uma blusa do topo de uma das pilhas de roupas e jogou em mim. Agarrei a peça e a coloquei de volta na cama. Em seguida, afastei uma das pilhas e sentei na cama, estendendo a mão para ela.

— Venha cá.

Ela hesitou, mas acabou colocando a mão na minha, e aproveitei para puxá-la para o meu colo.

— Fale comigo. — Georgia baixou o olhar, e coloquei uma mecha de cabelo atrás da sua orelha. — O que está te deixando nervosa?

— Tudo.

Assenti.

— Ok. Vamos resolver uma coisa de cada vez. Me conte tudo o que está te fazendo pirar.

— Ficar fora do trabalho.

— Você está levando o laptop e o celular, certo?

— Sim.

Dei de ombros.

— Então, se acontecer algum problema, eles terão como entrar em contato com você. E nós estaremos bem aqui na cidade, então pode voltar se surgir algo importante. Você sai do escritório para reuniões às vezes, não é?

— Sim, mas é diferente.

— Por quê?

— Não sei. Só sei que é. São duas semanas, não uma tarde.

— Certo. Então, o que está te incomodando é a quantidade de tempo. Que tal diminuirmos nossas férias de duas semanas para dois dias? Você pode decidir depois desse tempo se precisa voltar para casa ou se quer continuar com nossa estadia.

— Mas... você disse que fez planos.

— Posso mudá-los, se for preciso.

— Sério?

Fiz que sim com a cabeça.

— Sem problemas. Mas fique sabendo que você não é a única competitiva aqui. Vou fazer tudo o que puder para fazer você se divertir tanto que não vai querer voltar.

Pela primeira vez, um sorriso surgiu em meio ao estresse em seu rosto.

— Tudo bem.

— Mais alguma coisa?

Ela olhou para baixo e começou a retorcer os dedos.

— Estou nervosa... em relação a nós.

Toquei seu queixo e ergui seu rosto para que nossos olhos se encontrassem.

— Eu reservei dois quartos. São conjugados. Não há pressão alguma.

— Sério?

Assenti.

— Sério.

Ela relaxou os ombros e soltou a respiração.

— Ok.

Sorri.

— Estamos indo muito bem. O que mais está te deixando nervosa?

— Essas eram as coisas principais.

— Não foi tão ruim assim.

— Para você... — Ela riu.

— Sabe o que vai te fazer se sentir melhor ainda?

— O quê?

Deslizei a mão das suas costas até a nuca e puxei-a para mim.

— Me cumprimentar com um beijo.

Georgia afundou-se em mim. Pude sentir o suspiro percorrer seu corpo, levando embora toda a tensão conforme ela abria a boca e recebia minha língua. Quando finalmente nos separamos, eu já tinha quase esquecido meu nome. Então, se ela tivesse sentido ao menos metade do que senti, meu trabalho estava feito e ela ficaria bem.

Toquei sua bochecha.

— Está melhor?

Ela fez que sim.

— Eu deveria ter te ligado ontem à noite para vir fazer isso. Talvez eu tivesse dormido melhor.

— Bom, vou estar na porta ao lado se começar a se sentir estressada hoje à noite. — Olhei em volta do quarto. — Quer terminar de arrumar suas coisas?

— Sim. Só preciso de uns minutinhos. Vou me trocar também. Que tal você ir tomar um café enquanto termino?

Vinte minutos depois, Georgia saiu do quarto puxando uma mala. Estava usando uma calça jeans justa e uma camiseta dos Wolverines.

— O que achou? — Ela afastou os cabelos para as costas e esticou os braços para que eu pudesse ver a logo completa na frente.

— Belos peitos — consegui dizer com o rosto sério.

Ela deu risada e apontou.

— Estou te mostrando a camiseta dos Wolverines. Comprei depois do jogo no sábado.

— Estou brincando. Eu adorei.

Ela se virou e me mostrou as costas, erguendo seus cabelos compridos. Agora, *isso* eu não estava esperando. Nem sabia que faziam camisetas com a logo do time na frente e o meu nome e número nas costas. Mas, porra, adorei como ficou nela.

— *Nossa...* — Minha mente começou imediatamente imaginar como ela ficaria usando só isso e nada mais, só a camiseta com o meu nome em suas costas e suas pernas compridas e sensuais à mostra.

Georgia voltou a ficar de frente para mim. No instante em que encontrou meu rosto, estreitou os olhos.

— O que está se passando nessa sua cabecinha, hein?

Abri um sorriso sugestivo e me aproximei dela.

— Você não vai querer saber. Eu acabei de te ajudar a se acalmar. — Peguei a mala da sua mão. — Tem mais alguma outra mala?

— Enfiei tudo dentro de uma só. Talvez eu volte em alguns dias, de qualquer forma, não é?

— Claro.

Mas não se eu puder fazer algo a respeito.

Proposta de Verão

Capítulo 12
Georgia

Max me surpreendeu com um dia inteiro planejado.

Quando finalmente saímos do meu apartamento, um carro nos esperava no meio-fio. O veículo nos levou para o Hotel Four Seasons no centro da cidade, onde entregamos nossas malas ao concierge e dissemos a ele que voltaríamos depois para fazer o check-in. Em seguida, fomos para o Battery Park para pegar o barco até a Estátua da Liberdade. Ficamos no deque, absorvendo o lindo dia de primavera do corrimão enquanto atravessávamos o Hudson River.

— Você já visitou a Estátua da Liberdade ou esteve na Ellis Island? — perguntei.

— Sim, com o meu irmão Austin quando estávamos na faculdade. Era o meu primeiro ano e tinha um jogo amistoso aqui na cidade. Ele veio comigo e ficamos por mais alguns dias depois disso. Austin se amarrava muito em prédios e história, por isso quis vir. — Max olhou em direção à água com uma expressão reflexiva e sorriu. — Levei uma bofetada enquanto estávamos esperando para entrar na estátua.

— Do Austin?

Max negou com a cabeça.

— Não, de uma mulher que estava um pouco à nossa frente na fila. Eu era um idiota naquela época, e sempre dava uma bela conferida em qualquer coisa com pernas. Gesticulei para uma mulher que tinha uma bunda bonita, querendo que Austin também olhasse. Ele não concordou comigo, então ficamos debatendo um pouco o assunto. Achei que estava falando baixo, mas aparentemente Austin falou mais alto do que pretendia ao explicar como a bunda dela não era simétrica.

Cobri minha boca.

— Ai, meu Deus.

Ele assentiu.

— Pois é. Ela nos ouviu e deduziu que estávamos falando dela, mas não deixou transparecer até chegarmos ao pedestal. Então, ela se aproximou e perguntou qual dos dois era o pervertido. Eu levantei a mão, e ela me deu um tapa na cara. Fomos abordados por um segurança e a mulher contou que estava sendo assediada por nós, e ele nos mandou embora. Então não chegamos a subir até o topo.

Dei risada.

— Bom, espero que você consiga não olhar para onde não deve e que não sejamos expulsos hoje. Cruze os dedos e torça para conseguir chegar ao topo.

Max envolveu minha cintura com os braços.

— Não tenho interesse em olhar para mais nada.

— Aposto que você diz isso para todas as mulheres. — Sorri.

O rosto de Max ficou sério.

— Você sabe que não estou saindo com mais ninguém, certo?

Eu nem tinha pensado nisso. Acho que juntando toda a minha carga de trabalho e o cronograma dos seus treinos e jogos, nunca me passou pela cabeça que algum de nós teria tempo de sair com outra pessoa. Mas, agora, Max estava livre durante o verão. E, tecnicamente, eu ainda estava em um relacionamento, então isso não parecia justo.

— Você poderia, se quisesse...

Max franziu a testa.

— Eu não quero.

— Mas ainda estou em um relacionamento.

— Eu sei. Mas ele não está aqui. E você só vai vê-lo bem depois que o verão terminar, então é mais fácil não ficar pensando nisso. — Suas sobrancelhas se uniram. — Você pretende sair com outras pessoas nesse verão?

— De jeito nenhum. Nunca saí com mais de uma pessoa ao mesmo tempo, nem mesmo antes de conhecer o Gabriel, quando era solteira. Para mim, sair com alguém sempre foi como experimentar sapatos. Você experimenta um de cada vez para ver qual é o melhor e mais confortável, mas se calçar um sapato diferente em cada pé, nunca vai saber se algum deles é bom.

Max sorriu.

— Então está decidido. Nosso verão será somente isso: *nosso* verão.

— Tem certeza?

Ele sustentou meu olhar.

— Absoluta.

— Está bem.

O barco aportou no cais da Liberty Island. Após desembarcarmos, a fila para entrar na estátua estava bem comprida, então Max e eu passeamos por ali um pouco, caminhando pelo pavimento. Max segurou minha mão, e esse gesto simples significou muito para mim. Mesmo com todas as histórias autodepreciativos que ele havia contado, como ter falado sobre a bunda de uma mulher, ou revelar aos amigos que tinha conseguido chegar à segunda base com um garota no cinema, tudo indicava que ele seria um bom namorado. Ele era atencioso e gentil. O fato de estamos ali provava isso. Um homem com sua aparência e fama não precisava se esforçar muito para levar uma mulher para a cama. Então, quando nos aproximamos de uma árvore enorme, puxei seu braço e nos levei para atrás dela, envolvi seu pescoço com as mãos, fiquei nas pontas dos pés e juntei meus lábios aos dele.

Max sorriu quando interrompemos o beijo.

— Por que isso?

Dei de ombros.

— Só porque você é você. Por ter me feito tirar essas férias, por não querer sair com outras mulheres nesse verão e... — Sorri. — Também porque você é muito gostoso e me deu vontade de te beijar.

As covinhas de Max se acentuaram.

— Continue. Meu ego tem levado uma surra ultimamente. Precisei me arrastar por uma morena aí para que ela quisesse ao menos sair comigo.

Dei risada.

— Vamos. É melhor irmos. Acho que nossos ingressos têm prazo de validade.

O resto da tarde foi muito divertido. Subimos trezentos e cinquenta e quatro degraus abarrotados de pessoas para chegar até a coroa, e isso foi um lembrete do quanto eu precisava voltar a me exercitar. Mas a vista no topo fez tudo valer a pena. Depois disso, fomos para Ellis Island, onde consegui encontrar o nome do meu tataravô em uma lista de passageiros de cem anos atrás. Quando finalmente pegamos o barco de volta e um Uber para o hotel, já eram seis horas.

Surpreendendo um total de zero pessoas, a jovem recepcionista reconheceu Max e deu em cima dele. Ela só recebeu somente o cartão de crédito dele quando estendi o meu também.

— Você tem que me deixar pagar — eu disse a ele. — Tenho certeza de que custou uma fortuna.

— Você vai ficar ofendida se eu insistir?

— Ofendida? Não. Mas você não é obrigado a pagar tudo.

— Não sinto como se fosse uma obrigação. Fico feliz em fazer isso. Então, pode deixar comigo.

Hesitei.

— Você sabe que posso pagar, né? Posso não ter um apartamento grande e chique como o seu, mas ganho muito bem.

Max sorriu.

— Eu acho sexy pra cacete você ganhar bem. Mas, mesmo assim, quero arcar com tudo. Ok?

Como eu poderia dizer não com ele falando essas coisas?

— Ok.

Após fazermos o check-in, um funcionário do hotel nos levou até nossos quartos, que ficavam no último andar. Ele destrancou a porta que ficava entre as suítes e nos disse que, em alguns minutos, receberíamos champanhe e frutas de cortesia. Os dois quartos tinham um terraço com vista para a cidade, e Max e eu fomos para o dele admirar a paisagem.

Alguém bateu à porta da minha suíte.

— Eu abro — Max disse. — Deve ser o champanhe. Faz parte do pacote da hospedagem desse quarto.

— Ok.

Fiquei no terraço, desfrutando daquele finzinho de dia ensolarado, enquanto o funcionário entrava com um carrinho no quarto. Quando ouvi o estalo da rolha, voltei para dentro.

— Esse som tem um efeito pavloviano[1] em mim.

Max serviu duas taças e me entregou uma antes de erguer a sua em um brinde.

---

1   Experimento do médico Ivan Pavlov sobre o condicionamento de animais, que os fazia ter certas reações ao toque da sineta, em um reflexo condicionado. (N.E.)

— A usar sapatos iguais.

Demorei alguns segundos para me lembrar da nossa conversa de mais cedo. Sorri e, de muito bom grado, toquei minha taça na dele.

— Sou uma garota de sorte. Meus sapatos são muito lindos.

Max piscou para mim.

— Então, está pronta para os nossos grandes planos desta noite?

— Grandes planos? Espero que esteja se referindo a ficar de molho naquela banheira gigantesca que vi no banheiro.

— Não. Melhor ainda.

— Não sei o que pode ser melhor do que isso depois de passar o dia inteiro andando por aí.

Max checou seu relógio.

— Bem, você vai descobrir daqui a uns quinze minutos. Então, beba logo.

— Quinze minutos? Preciso tomar um banho antes de irmos a qualquer lugar.

— Para isso, não vai precisar.

— O que vamos fazer?

Ele me deu um beijo na testa.

— Você vai descobrir já, já. Vou ligar a TV na ESPN por alguns minutos antes de irmos, para ver o que estão dizendo sobre as negociações que estão rolando.

— Tudo bem. — Ele saiu pela porta conjugada e gritei atrás dele: — Espere! O que devo vestir?

— Fique com a roupa que está usando mesmo.

— Sério?

— Sim. — Ele balançou as sobrancelhas. — Você não vai precisar das suas roupas por muito tempo para o que planejei, de qualquer forma.

170 Proposta de Verão

Eu não tinha prestado atenção ao botão que Max havia pressionado, mas quando paramos no terceiro andar e ele colocou a mão na parte baixa das minhas costas para me guiar, balancei a cabeça.

— O saguão não fica nesse andar, Max.

— Eu sei. — Ele me deu um empurrãozinho para continuar andando. — Não vamos para o saguão.

— Aonde vamos, então?

A resposta ficou clara quando nos afastamos mais alguns passos do elevador: *The Four Seasons Spa*.

— Ai, meu Deus, você reservou massagens para nós?

— Sim. E uma coisinha extra para você.

— O quê?

Ele abriu a porta.

— Você vai ver.

Lá dentro, a moça bonita da recepção fez uma expressão de quem não conseguia acreditar no que estava vendo e ruborizou ao dar uma boa checada no homem ao meu lado. Ela pousou a mão sobre o coração.

— Sr. Yearwood. Me desculpe, não podemos fazer alarde quando recebemos celebridades, mas eu sou muito fã de hóquei. Cresci em Minnesota.

— Ah, é? Eu fiz o ensino médio em St. Paul, na Mounds Park Academy.

— Eu sei! — Ela deu um gritinho. — Eu sou de Bloomington. Fica a uns vinte minutos de distância.

Tive que me esforçar muito para não revirar os olhos. Eu tinha quase certeza de que ela não tinha sequer notado que eu estava ali.

— Temos duas massagens marcadas. — Max gesticulou para mim. — Eu não sabia qual tipo ela ia querer. Você por acaso teria uma lista dos diferentes tipos que oferecem para que ela possa dar uma olhada?

— É claro. — A mulher pegou uma espécie de cardápio grande e o estendeu para mim, ainda piscando sedutoramente para Max.

— Além disso — ele falou. — Ela tem outro serviço marcado após a massagem. Mas não sabe o que é. Então, eu agradeceria se você pudesse manter segredo por enquanto.

— Ah, que legal! Claro, não se preocupe. — Ela apontou para trás por cima do ombro. — Vou avisar aos massagistas que vocês estão aqui, e isso lhes dará alguns minutos para escolherem as massagens.

— Obrigado.

A srta. Apaixonadinha saiu andando por um corredor, e Max e eu nos sentamos na área de espera a alguns passos da recepção.

— Ela era simpática — ele comentou.

Dessa vez, não pude me conter e revirei os olhos.

— Quer apostar quanto que ela vai te pedir um autógrafo no peito quando voltar?

Max pareceu se divertir.

— Estou notando uma pontinha de ciúmes, srta. Delaney?

— *Pfff*. Não.

O sorriso dele aumentou.

— Não se preocupe. Ela não faz o meu tipo.

Fitei o cardápio e murmurei:

— Eu não estava preocupada.

Após cerca de um minuto, Max perguntou:

— E então, o que acha?

— Sobre o quê?

Ele apontou para o cardápio na minha mão.

— Qual massagem você vai querer? Eu pensei em reservar uma de casal, mas não sabia como você se sentiria com isso. Então, pedi duas particulares.

Mais uma vez, sua consideração me amoleceu por dentro.

— Obrigada. Acho que vou querer a profunda. E você?

— Também escolhi essa.

A moça retornou.

— Os massagistas já estão vindo.

— Obrigado.

— A propósito... — Inclinei a cabeça e baixei voz. — Você disse que ela não faz o seu tipo. Qual é o seu tipo, geralmente?

Max deu de ombros.

— Acho que não costumo ter um tipo. Mas posso te dizer o que gosto muito em uma mulher.

— Ok...

Ele se inclinou para mim e colocou uma mão enorme na minha nuca, puxando-me para seus lábios.

— Você. Você é o que eu gosto muito em uma mulher.

Boa resposta.

— Sr. Yearwood? Srta. Delaney? — a mulher da recepção chamou. Do lado dela, havia outra mulher usando um uniforme branco. — Esta é a Cynthia. Desculpem, eu não perguntei se vocês preferiam um massagista homem ou uma mulher. Temos os dois disponíveis.

Max deu de ombros.

— Tanto faz. Não me importo.

— Nem eu.

Nesse momento, um rapaz chegou à recepção; um *muito* bonito, por sinal. Ele tinha uma beleza diferente da de Max, mas, ainda assim, era lindo à sua maneira. Alto, esguio, mas musculoso, arrumadinho... ele meio que me lembrava uma versão mais jovem de Gabriel.

— Este é o Marcus — a recepcionista disse. — Ele será o outro massagista de vocês hoje.

Marcus enfiou as mãos nos bolsos e ficou se balançando para frente e para trás nos calcanhares.

— Qual de vocês será a minha vítima? — Ele sorriu, exibindo covinhas.

Não eram tão atraentes quanto as de Max, mas ainda assim eram adoráveis.

Max fez uma carranca. Ele me olhou de relance e ergueu a mão rapidamente.

— Eu. Eu serei a sua vítima.

— Por aqui — Marcus instruiu. — Cynthia e eu vamos levá-los aos seus vestiários.

Ao seguirmos os dois, me aproximei de Max e sussurrei com um sorriso:

— E se eu quisesse o Marcus?

— Sem chance, linda.

Ergui uma sobrancelha.

— Quem está com ciúmes agora?

— Eu. Mas, pelo menos, eu admito. Se ainda não pude colocar as mãos no seu corpo, aquele sujeito também não vai. — Quando chegamos aos vestiários, ele se curvou para mim e deu um beijo leve nos meus lábios. — Aproveite a massagem. Você vai ter outro tratamento depois deste. Te encontro quando terminar.

— Ok.

— Vocês trabalham até bem tarde, não é? — comentei com Kara, a cabeleireira.

Depois da massagem maravilhosa, tomei um banho no vestiário e fui levada até o salão de beleza, que estava completamente vazio, exceto por nós duas.

— Na verdade, nós fechamos há uns vinte minutos.

— Oh, me desculpe. Eu não sabia disso. Cynthia me trouxe para cá depois que terminamos a massagem. — Comecei a levantar, mas Kara colocou uma mão no meu ombro.

— Seu namorado tomou providências especiais para que eu ficasse até mais tarde. — Ela sorriu para mim pelo espelho. — Não se preocupe. Ele fez o meu tempo valer muito a pena. Além disso, acho que fechamos muito cedo. As pessoas nessa cidade só saem lá pelas onze da noite. Se ficássemos abertos até mais tarde, receberíamos pessoas mais jovens, como você. Costumamos atender uma clientela mais velha.

— Bem, obrigada por ficar.

Posicionando-se atrás da cadeira, ela mexeu um pouco nos meus cabelos.

— Então, qual tom de ruivo iremos fazer?

— Ruivo? Pensei que eu estava aqui para fazer uma escova.

A mulher franziu as sobrancelhas.

— Eu sou colorista. Você estava marcada para tingir o cabelo e fazer escova. Estava escrito nas anotações que você queria ficar ruiva. Anotaram errado?

— Não. — Balancei a cabeça. — Não erraram, não. Isso parece mesmo uma coisa que o Max faria.

— Você não queria tingir o cabelo?

— Sim, eu quero experimentar ficar ruiva. Só não sabia que faria isso hoje. Eu mencionei para a pessoa que marcou o horário que sempre quis ficar ruiva.

Ela mexeu nas minhas mechas para lá e para cá mais um pouco.

— Acho que um ruivo cairia muito bem em você. Em que tom estava pensando? Tipo Lindsay Lohan, Nicole Kidman ou Amy Adams com algumas luzes douradas?

— Na verdade, eu tenho uma foto no meu celular. Vou procurar aqui. — Levei alguns minutos para localizar a foto, porque era muito antiga. Chequei a data no topo antes de virar a tela para Kara. — Nossa, faz três anos que tirei essa foto. Acho que quero fazer isso há mais tempo do que pensava.

— Às vezes, demora um pouco para puxarmos o gatilho e fazermos uma mudança radical assim. — Ela apontou para o celular. — Mas essa é exatamente a cor que eu teria recomendado de acordo com o seu tom de pele. Um castanho-avermelhado bem vivo. Vai ficar lindo e muito natural com os seus olhos verdes.

Kara olhou para mim. Ela devia ter percebido o nervosismo no meu rosto.

— Vamos fazer assim: que tal uma cor semipermanente? Não vou usar amônia, então a cor não vai penetrar a sua fibra capilar. Isso vai te dar chance de ver se você realmente gosta sem ter que passar pelo trabalho de tentar recriar a sua cor natural, se quiser. Vai sair com as lavagens entre quatro e seis semanas. Se odiar muito, posso te recomendar alguns xampus de uso intensivo que tiram a cor mais rápido com lavagens extras no decorrer dos próximos dias.

Assenti.

— Parece perfeito.

— Ok. — Ela sorriu. — Vou só dar uma secada rapidinho e depois preparar a mistura para podermos começar.

— Obrigada.

Ela me devolveu o celular e foi nesse momento que me dei conta de que era a primeira vez que eu o pegava desde que Max me buscara pela manhã. Ele tinha conseguido realizar quatro coisas da minha lista em um dia: começar minhas férias na cidade, ficar ruiva, ver a Estátua da Liberdade e me desconectar mais. Minha tendência natural era começar a rolar a tela, mas, de alguma forma, consegui resistir à tentação e dei apenas uma conferida nas chamadas perdidas para me certificar de que nem Maggie, nem meu diretor de operações haviam ligado. Em seguida, guardei o aparelho de volta na bolsa.

Depois que a cabeleireira começou a aplicar a coloração, senti minha empolgação crescer enquanto observava.

— Então, o seu namorado parece ser um cara muito legal — Kara comentou. — Ele te surpreendeu com uma massagem e a coloração capilar que você apenas mencionou que queria.

— Ele é.

— Há quanto tempo vocês estão juntos?

— É recente. Nos conhecemos há apenas três ou quatro semanas.

— Está falando sério? Ele tem um irmão? Acho que a coisa mais legal que um cara que eu tinha acabado de conhecer já fez por mim foi me trazer chocolates. E olha que tenho alergia a chocolate.

Sorri.

— É, o Max é maravilhoso.

Quarenta minutos mais tarde, a coloração estava pronta, e Kara começou a fazer escova nos meus cabelos. Eu já estava adorando e mal podia esperar para vê-lo completamente seco. Max entrou no salão quando ela estava quase terminando. Ele ficou a alguns passos de distância, mas ainda pude vê-lo pelo espelho.

Kara encontrou meu olhar pelo reflexo no espelho e apontou para trás por cima do ombro.

— Esse deve ser o Max, certo? — Fiz que sim com a cabeça e ela se virou para ele. — Termino em cinco minutos.

— Sem pressa.

Depois que terminou a escova, ela pegou um babyliss e fez algumas ondas antes de girar minha cadeira de frente para Max.

— E então, o que achou?

Ele exibiu as covinhas.

— Ficou incrível. Ela já era linda antes, mas, caramba... gostei bastante.

Kara sorriu para mim.

— Ele tem razão. E você, Georgia?

— Adorei. Confesso que fiquei muito nervosa quando você começou, mas estou muito feliz por ter ido em frente. — Sorri para cada um deles. — Obrigada, aos dois, por me incentivarem a finalmente fazer isso.

Quando subimos para os quartos, parei Max antes de entrarmos.

— Fazia muito tempo que eu não me divertia tanto. Você é tão atencioso e generoso, Max.

— Disponha, mas não fiz muita coisa além de algumas ligações.

— Pode até ter sido, mas você presta atenção e se importa em me deixar feliz, e isso significa muito para mim.

Max me fitou intensamente antes de assentir.

— Como foi a massagem? — perguntei.

— Maravilhosa. Fiquei um tempo na sauna depois. Mas estou morrendo de fome. Você quer sair para comer ou pedir no quarto?

O dia tinha sido bem longo, e eu não estava a fim de dividir Max.

— Você se importa se pedirmos no quarto?

Ele sorriu.

— Nem um pouco. Estava torcendo para você dizer isso.

Ele abriu a porta e entramos no seu quarto. Passamos um tempinho olhando o cardápio e, então, Max fez o pedido ao serviço de quarto por telefone. Enquanto ele fazia isso, servi duas taças de champanhe e coloquei uma ao lado dele antes de ir até o meu quarto para dar uma olhada no meu novo visual sob as luzes brilhantes do banheiro.

Eu estava tão diferente, mas não tinha tanta certeza de que a mudança havia sido apenas no meu cabelo. Havia um sorriso enorme no meu rosto, meus olhos pareciam estar brilhando mais do que o normal e minha pele reluzia. A felicidade que vi no meu reflexo não vinha somente dos meus lábios.

— Vou tomar um banho — Max gritou de algum lugar atrás de mim.

— Ok!

— O serviço de quarto disse que vão trazer o jantar em cerca de meia hora. Não vou demorar mais do que quinze minutos. — Ele entrou no banheiro e inclinou a cabeça, com um sorriso divertido. — Por que está sorrindo assim?

— Por nada. — Dei risada. — Acho que só estou feliz.

— Que bom.

Virei de frente para ele.

— Sabia que não chequei meus recados e mensagens no celular desde que você chegou ao meu apartamento hoje de manhã?

— Sério?

Assenti.

— Quando eu estava no salão, olhei bem rapidinho para verificar se tinha algum recado do trabalho. Sei que Maggie me ligaria se surgisse alguma coisa urgente. Mas hoje é dia útil e não chequei meu e-mail, nem minhas mensagens.

— Passamos a maior parte do dia fora, mas por que você não fez isso enquanto estava fazendo o cabelo?

Dei de ombros.

— Não sei. Acho que não queria estourar a bolha em que parecemos estar.

— Só que... isso aqui é a realidade. Estamos a apenas alguns quilômetros de distância dos nossos apartamentos, e nem saímos da cidade.

Isso era verdade, mas, por alguma razão, aquele dia parecia ter sido mágico.

Max sustentou meu olhar por mais um minuto e, então, deu batidinhas no batente da porta com os nós dos dedos.

— Bom, fico feliz por você ter se desconectado. Vou tomar uma chuveirada. Volto já.

Decidi me trocar enquanto Max estava no banho. Estava com a mesma roupa que vestira pela manhã e queria colocar algo confortável, mas também ficar bonita. Então, escolhi minha calça legging Lululemon favorita e uma blusa simples que era macia, mas ficava justa e acentuava minhas curvas. Ela tinha um decote em formato de U, e o sutiã meia-taça com bojo que coloquei por baixo fazia meus seios parecerem maiores. A porta que ligava os dois quartos ficara aberta desde que chegamos, então, quando alguém bateu à porta de Max, pude ouvir. Fazia somente uns dez ou quinze minutos que pedimos, mas imaginei que fosse o serviço de quarto. Deparei-me com um funcionário uniformizado ao abrir a porta, mas ele não estava com um carrinho de comida. Ele estendeu uma carteira preta de couro.

— Sra. Yearwood?

— Não, mas se estiver procurando o Max, ele está no banho.

O rapaz assentiu.

180 Proposta de Verão

— Isso aqui foi encontrado no spa. A carteira de motorista e o cartão de crédito do sr. Yearwood estão dentro dela.

— Ah. Sim, nós voltamos há pouco tempo de lá. — Recebi a carteira. — Muito obrigada. Vou entregar a ele.

O rapaz se virou para ir embora, mas o detive.

— Ah, espere um segundo.

Imaginei que Max faria isso, então abri sua carteira e peguei uma gorjeta para o funcionário.

— Obrigado.

Quando eu estava prestes a voltar para o meu quarto, Max abriu a porta do banheiro. Ele usava somente uma toalha branca e felpuda em volta da cintura esguia, e uma nuvem de vapor o rodeava. Meus olhos pousaram diretamente em seus músculos peitorais, que eram perfeitamente esculpidos, e duas gotinhas de água sortudas escorreram em direção ao abdômen de tanquinho. Não consegui evitar e acompanhei-as com o olhar até alcançarem a linha de chegada, que parecia ser algum ponto no meio daqueles músculos sensuais em V da sua pélvis.

Após um tempo certamente maior do que deveria ter sido, pisquei algumas vezes para sair do transe e pigarreei.

— Hã... — Mas, por Deus do céu, eu não conseguia lembrar o que ia dizer ou mesmo por que estava no quarto dele.

— Estava... me procurando? — Max ergueu uma sobrancelha, com um sorrisinho.

Tentei olhar para qualquer lugar que não fosse seu corpo fantástico. Porém, ele estava tão *bem ali* e totalmente lindo. Parecia um desperdício não desfrutar da vista. Além disso, acho que ele não se importaria. Contudo, enquanto eu estava ocupada tentando encontrar um lugar seguro para pousar meu olhar, vi a carteira de couro na minha mão.

— Ah! — Eu a ergui. — O spa mandou a sua carteira. Você deve ter deixado lá. Por isso vim ao seu quarto. Ouvi a batida à porta.

— Poxa, e eu aqui achando que você tinha vindo ajudar a me secar.

— Hã... a comida virá em breve.

Max se aproximou. Ele roçou os nós dos dedos no meu pescoço.

— A gente podia ignorar, e eu poderia comer outra coisa.

Minha nossa.

A suíte espaçosa pareceu ter encolhido de repente enquanto Max me observava. Eu queria *muito* arrancar aquela toalha dele. Mas, então, ouvimos mais uma batida à porta.

Balancei a cabeça e pigarreei.

— Eu atendo. Deve ser o jantar.

Max abriu um sorriso desanimado.

— Que pena. Minha ideia parecia bem melhor.

Capítulo 13
Max

— Se eu soubesse que o jantar seria tão chique assim, teria me vestido um pouco melhor — eu disse ao sair do banheiro, usando uma calça de moletom e uma camiseta.

— Até que gostei do que você estava usando antes. — Georgia sorriu.

— Ah, é? — Apontei para o banheiro com o polegar. — Seria um prazer me trocar de novo.

Ela riu.

— Tenho certeza de que sim. Mas, anda, vamos comer. Eu não tinha me dado conta do quanto estava com fome até ver a comida. Parece deliciosa, e olha que linda essa mesa! Porcelana, prata, cristal... é mais requintado do que a maioria dos restaurantes. — Georgia apontou para o meio da mesa. — Trouxeram até velas.

Havia uma pequena caixa de fósforos ao lado delas. Me aproximei e peguei.

— Se importa se eu acendê-las e diminuir as luzes?

— Não, acho que seria perfeito.

Georgia ficava linda iluminada somente pelas chamas das velas. Eu havia pedido duas garrafas de vinho, então servi duas taças para nós e me sentei. Ela pediu ravióli e eu, bife, mas acabamos dividindo nossos pratos novamente.

— Eu sei que disse isso mais cedo, mas me diverti muito hoje — ela falou. — Obrigada mais uma vez por ter planejado tudo. Ainda não consigo acreditar que meu cabelo está ruivo.

— Também me diverti. Mas, considerando que foi muito prazeroso para mim quando fui ao seu apartamento enquanto você estava doente, tenho quase certeza de que gosto mais da companhia do que dos planos.

Ela sorriu.

— Posso te perguntar uma coisa?

Dei de ombros.

— O que quiser.

Georgia balançou a cabeça.

— Por que raios você está solteiro? Quero dizer, você é atencioso, gentil, engraçado e claramente fica muito gostoso de toalha branca.

Sorri.

— Obrigado. Mas nem sempre sou tão atencioso. Na verdade, já fui acusado de ser o oposto em mais de uma ocasião. Minha última namorada disse que eu a fazia se sentir negligenciada, como se ela nunca fosse prioridade. Esse provavelmente foi o maior problema que tivemos durante o tempo em que estivemos juntos.

— Sério?

Assenti.

— Você... sempre foi assim com ela? Ou as coisas foram esfriando aos poucos?

— Não tenho certeza. Não acho que eu era muito diferente no começo. Mas talvez ela tenha uma opinião diferente se você perguntar a ela o que deu errado.

Georgia ficou em silêncio por um instante. Dava para ver que ela queria dizer alguma coisa.

— No que está pensando agora? — indaguei.

Ela sacudiu a cabeça.

— Você é muito bom em me interpretar. Estava pensando, será que as coisas mudaram depois que, sabe... vocês transaram?

Balancei a cabeça negativamente.

— Nós transamos no primeiro encontro, então acho que não. Está com medo de que, se transarmos, você vai acordar no dia seguinte e se deparar com um cara totalmente diferente?

— Acho que só estou tentando desvendar qual é o porém. Como você pode ser tão maravilhoso e estar solteiro?

Olhei nos olhos dela.

— Talvez eu não tenha encontrado a mulher certa ainda.

Georgia mordiscou o lábio inferior. Fiquei louco para mordê-lo também.

— No que mais você está pensando agora, Georgia?

— Sinceramente?

— Claro.

Ela pegou sua taça e bebeu metade do vinho antes de respirar fundo e responder.

— Eu não quero voltar para o meu quarto esta noite. Quero muito ficar com você, Max.

— Tem certeza?

Ela assentiu.

— Absoluta.

— Então venha cá.

Georgia sorriu.

— Mas você não terminou o seu jantar.

— Tem razão. — Joguei meu guardanapo na mesa, me levantei e curvei um dedo, chamando-a. — Eu nem comecei ainda.

Suas palavras foram ousadas, porém eu ainda podia identificar a hesitação no rosto de Georgia conforme ela caminhava até o meu lado da mesa. Então, pensei que seria melhor abrandar um pouco o ritmo das coisas.

— Você quer levar o vinho para a saca...

Georgia colidiu contra mim, pulando em mim e envolvendo meu corpo com seus membros como um coala. Cambaleei um pouco para trás. Ela esmagou os lábios nos meus.

— Não quero vinho. — Suspirou. — Só você.

Eu estava esperando que ela desse um passo de formiguinha que me indicasse que estava pronta, mas isso... porra, isso era muito melhor. Não havia nada mais sexy do que o momento em que uma mulher decidia pegar para si aquilo que sabia que queria.

— Você teve todo esse trabalho pedindo vinho e arrumando um jantar romântico à luz de velas, e eu aqui te atacando — ela disse. — Você nem conseguiu terminar de comer.

— Sem problema, linda. Fico feliz em usar todo esse romantismo para te foder. — Fiquei de joelhos. — E estou prestes a comer até terminar...

Cinco minutos antes, eu estava perfeitamente conformado em ir devagar, mas agora mal podia esperar para colocar a boca nela. Tirei sua legging e praticamente rasguei sua calcinha fio-dental. Coloquei-a deitada na cama e puxei sua bunda até a beirada, salivando ao ver sua boceta. Era quase toda depilada, exceto por uma linha fina de pelos, e quando separei bem suas pernas, seu cheiro feminino me fez querer cair de boca e nunca mais parar.

Georgia arqueou as costas conforme eu a lambia, correndo a língua para cima e para baixo e provocando seu clitóris em movimentos circulares. Quando ela gemeu, qualquer esperança de ir devagar saiu pela janela.

Tocá-la somente com a língua não era suficiente, eu precisava enterrar o rosto inteiro ali, minhas bochechas, queixo, nariz e língua. Ela começou a se contorcer enquanto gemia, então subi uma mão para segurá-la no lugar, enquanto usava a outra para penetrá-la com dois dedos.

— Ah... Max... *ah!*

Ela era apertada; seus músculos interiores prenderam meus dedos, e ela gemia meu nome sem parar. Quanto mais ela lamuriava, mais rápido eu movia os dedos. Georgia colocou as mãos no meu cabelo, puxando os fios e arranhando meu couro cabeludo com as unhas. Quando sua voz começou a ficar fraca e eu soube que ela estava à beira do orgasmo, chupei seu clitóris com mais força até senti-la pulsando ao redor dos meus dedos. Depois disso, seu corpo ficou mole e ela libertou meu cabelo do seu aperto mortal.

Limpei meu rosto com o dorso da mão e me arrastei até ficar por cima dela. Estava duro pra caralho, excitado de uma maneira que não ficava há eras, e ela não tinha sequer encostado um dedo em mim ainda.

— Nossa. — Sua boca formou um sorriso bobo enquanto ela abria os olhos aos poucos. — Agora eu me sinto uma idiota.

Franzi as sobrancelhas.

— Por quê?

— Por ter feito você esperar quando podia estar fazendo *isso* há um mês!

Dei risada.

— Vou ter que recuperar o tempo perdido.

— Posso te contar um segredo?

— O quê?

— Estou louca para te ver pelado. Desde a noite em que nos conhecemos, na verdade.

Eu ri.

— Acho que posso providenciar isso.

Ela balançou a cabeça.

— Não, tipo... eu quero ao menos um minuto inteiro para admirar.

Dei um beijo nos seus lábios.

— Quer que eu acenda as luzes para o show?

Ela arregalou os olhos e abriu um sorriso enorme.

— Seria maravilhoso.

Para ser sincero, se essa mulher quisesse que eu cacarejasse como uma galinha, eu obedeceria. Então, juntei todos os travesseiros em uma só pilha e a arrastei pela cama até acomodá-la neles.

— Confortável para o seu show?

Ela sorriu e confirmou balançando a cabeça.

Estendi a mão até a mesa de cabeceira e acendi a luz antes de me levantar da cama. Assim que nós dois estivéssemos pelados, eu não ia querer perder tempo, então fui até minha mala e peguei uma fileira de camisinhas da caixa que tinha trazido. Sim, eu era um cara cheio de esperança. Joguei-as ao lado dela e posicionei-me ao pé da cama para começar meu strip-tease, começando ao colocar a mão para trás para puxar a camiseta pela cabeça.

Georgia esfregou as mãos.

— Uhuuu! Queria ter dinheiro aqui para enfiar na sua calça.

— Seria um desperdício. Não vou ficar de calça por muito tempo.

Puxei minha calça de moletom para baixo, desvencilhei-a dos meus pés e chutei-a para o lado. Agora que estava somente de cueca boxer, ergui o olhar e vi que o sorriso brincalhão de Georgia tinha sido substituído por algo que eu podia reconhecer muito bem: desejo. Ela engoliu em seco e meus olhos desceram para seu pescoço. Eu adorava envolvê-lo com as mãos, mas também mal podia esperar para estar dentro dela. Seu olhar desceu até o contorno do meu pau, então o segurei por cima da cueca e deslizei a mão para cima e para baixo algumas vezes. Quando ela lambeu os lábios, dei uma apertada bem firme antes de prender os polegares no cós e me curvar para tirar minha última peça de roupa.

Quando fiquei de pé, meu pau deu uma balançada ao ficar completamente ereto, cheio de orgulho e pronto para a ação. Até eu me impressionei um pouco com aquela apresentação. Mas a expressão de Georgia foi impagável. Ela arregalou os olhos e colocou uma mão na boca, falando com ela coberta:

— Ai, meu Deus. Isso tem cara de que machuca.

Envolvi-o na mão e bombeei uma vez para compor o cenário.

— Talvez você precise olhar mais de perto.

Ela respirou fundo e assentiu.

— Sim, por favor.

Puxei-a até o meio da cama e fiquei por cima dela, com uma perna em cada lado do seu corpo. Baixei a cabeça e chupei um dos mamilos intumescidos até ela começar a se contorcer. Passei para o outro, chupando sem parar até ela enterrar as unhas nas minhas costas e choramingar.

— Por favor... Max, eu quero você.

Peguei a fileira de camisinhas, destaquei uma e me protegi em tempo recorde. Em seguida, pairei sobre ela, tomando sua boca em um beijo antes de me afastar um pouco para poder observar seu rosto ao mergulhar nela.

Porra, linda pra caralho. Nossos olhares se prenderam e impulsionei a pélvis para frente, aos pouquinhos, sentindo-a se esticar ao meu redor. Ela era apertada pra cacete e eu não queria machucá-la, então penetrei apenas alguns centímetros antes de recuar. Na vez seguinte, empurrei um pouco mais. Foi uma tortura fazer devagar assim, ao mesmo tempo em que era uma dor extasiante. Quando estava finalmente enterrado bem fundo nela, meus braços começaram a tremer.

— Você está bem? — grunhi.

Ela sorriu.

— Muito.

Georgia ergueu as pernas e envolveu minha cintura, permitindo que eu a penetrasse ainda mais fundo. Meus olhos reviraram quando minhas bolas bateram em sua bunda.

— Porra — grunhi. — Você é tão gostosa.

Georgia colocou a mão na minha nuca e me puxou para um beijo antes de levar seus lábios até minha orelha.

— Não seja gentil. Me deixe dolorida amanhã.

Isso ela não precisava pedir duas vezes. Parei de me conter, fodendo-a bem fundo e com força, sem mais um resquício de controle. Georgia ergueu os quadris para sincronizar com minhas estocadas, e continuamos assim até o som dos nossos corpos suados se chocando se tornar o pano de fundo dos nossos gemidos.

— *Max*! — Georgia choramingou.

Ela se contraiu ao meu redor e começou a pulsar, sugando cada gota restante de autocontrole do meu corpo. Segurei o máximo que pude, querendo fazer seu ápice durar o máximo possível. Quando os músculos do seu rosto começaram a relaxar e suas pernas caíram da minha cintura, finalmente me liberei.

Depois, senti a necessidade de desabar. Mas jogar meus quase cem quilos em cima dela poderia sufocá-la, então rolei de costas, trazendo-a comigo.

Ela soltou um gritinho ao mudarmos de posição de repente, mas exibia um sorriso ao se aconchegar na curva do meu pescoço. Aninhei-a em meus braços e dei um beijo no topo da sua cabeça.

— Agora estou me sentindo um pouco mal.

— Por quê?

— Porque eu te disse que tinha feito um monte de planos para nós, mas, depois disso, você não vai conseguir me fazer sair desse quarto de hotel.

Georgia deu risadinhas.

— Acho que não vou me importar nem um pouco.

Eu poderia ficar viciado nisso, sem dúvidas.

Georgia estava com a cabeça deitada no meu peito, aconchegada em cima de mim, enquanto eu acariciava seus cabelos. Tínhamos acabado de transar pela terceira vez em doze horas, dessa vez com ela por cima, me cavalgando devagar enquanto o sol nascia e feixes de luz dourada passavam por seu lindo rosto.

— Preciso fazer xixi — ela disse. — Mas estou com muita preguiça de levantar. Esse é um dos meus superpoderes, sabia? Consigo segurar por horas, mesmo com vontade.

— Por que você faria isso?

Ela deu ombros.

— Às vezes fico muito ocupada no trabalho e não quero parar o que estou fazendo.

— Você consegue segurar se eu fizer isso? — Deslizei a mão para sua cintura e fiz cócegas.

— Meu Deus! Não! Pare! — Ela gargalhou. — Não faça isso!

Dei risada. Mas caso cócegas fossem a kryptonita do seu superpoder, obedeci e parei.

Georgia ergueu a cabeça e a apoiou em seu punho no topo do meu peito.

— Qual foi o máximo de vezes que você já transou em um dia?

Dei de ombros.

— Não faço ideia. Três, talvez quatro, no máximo. E você?

Seus olhos dançaram.

— Só duas. Então, já superamos meu recorde patético. Mas podemos superar o seu!

Soltei uma gargalhada.

— Finalmente a sua necessidade incessante de competir caiu em um desafio com uma causa nobre. A que horas nós começamos ontem à noite?

— Não sei bem... acho que por volta das nove.

— Que horas são agora?

— Seis e meia. Então, temos mais catorze horas e meia para fazer mais uma vez. Acha que dá conta?

— Uma vez? Que tipo de fracote você acha que eu sou? Temos que arrebentar esse recorde, não superá-lo.

Ela abriu um sorriso largo.

— Tá bom, então!

— Já que estamos nesse assunto, acho que nunca recebi mais do que seis boquetes em um dia.

Ela deu um tapa na minha barriga e riu.

— Acho que você vai manter esse recorde. Mas é melhor eu ir ao banheiro, senão vamos começar uma nova competição: quantas vezes já fizeram xixi em você. — Georgia se levantou e puxou o lençol que estava nos cobrindo para enrolar em torno do seu corpo.

Enquanto ela estava no banheiro, peguei duas garrafinhas de água do frigobar e comecei a olhar o cardápio do serviço de quarto. Toda aquela ação me deixou com uma baita fome. Sentei na cama e estava começando a anotar mentalmente tudo o que eu pretendia pedir quando um celular vibrou na mesa de cabeceira. Por hábito, eu o peguei. Mas bastou uma olhada no nome exibido na tela para confirmar que não era o meu. *Gabriel.*

Devia ser a primeira vez desde a noite anterior que meu pau murchou completamente. Quando Georgia voltou para o quarto, ergui o aparelho.

— Seu celular está tocando.

Ela o pegou, leu o nome na tela e franziu a testa.

Inclinei minha cabeça.

— Não vai atender?

— Não.

— Por que não?

— Hã... porque seria indelicado da minha parte.

— E seria porque nós dois estamos pelados ou porque sua boceta ainda está dolorida de sentar em mim há poucos minutos? Não sei bem qual é a etiqueta adequada nessa situação.

Georgia torceu os lábios.

— Aff. Não precisa ser um babaca por isso.

No momento, senti que precisava, sim. Então, me levantei da cama.

— Vou tomar um banho. Você pode atender a ligação, se quiser.

Nem precisei chegar ao fim do banho para me dar conta do quanto tinha sido cretino com ela. Fiquei com ciúmes, simples assim, e descontei nela sem que tivesse feito nada de errado. Então, assim que terminei de me secar, fui pedir desculpas.

Georgia não estava mais no meu quarto, mas seu celular ainda estava plugado no carregador sobre a mesa de cabeceira, exatamente como eu havia deixado. Fui até o quarto conjugado e a encontrei olhando pela janela.

Me aproximei por trás dela e beijei seu ombro.

— Me desculpe. Fui um escroto com você.

Ela ficou de frente para mim e seu rosto suavizou um pouco.

— Fui sincera sobre a minha relação com Gabriel.

— Eu sei que sim. — Balancei a cabeça. — Só fiquei com ciúmes. Talvez não devesse ficar, mas aconteceu. O problema sou eu, mas acabei descontando em você, e isso foi muito errado. Então, peço desculpas. — Segurei sua mão. — Me perdoa por ser um babaca ciumento?

Ela abriu um sorriso triste.

— Sim.

— Obrigado. — Sorri de orelha a orelha. — Porque quero muito ganhar aquela competição. Fiquei sabendo que o prêmio é mais sexo ainda.

Ela acabou cedendo e soltou uma risada.

— Você é um idiota.

— Sou. Mas você gosta de mim mesmo assim. Então, o que isso diz sobre você?

Georgia revirou os olhos.

Ergui sua mão até meus lábios e beijei os nós dos seus dedos.

— Posso te perguntar uma coisa?

— O quê?

— Você quer ligar para ele?

— Eu não liguei.

— Não foi isso que perguntei. Perguntei se você *quer* ligar para ele. Tipo, você sente que precisa falar com ele?

Ela balançou a cabeça.

— Não.

— Você fala com ele todos os dias?

— Não, não falo. Assim que ele foi embora, nos falávamos a cada

194   Proposta de Verão

dois ou três dias. Mas agora, essa frequência mudou para uma vez por semana ou a cada semana e meia.

Assenti.

— Você vai contar a ele que está saindo com alguém?

— Não sei ainda. Sinceramente, ele nunca perguntou. Mesmo quando estávamos em Paris e eu perguntei, ele não me perguntou. Acho que simplesmente presume que não estou, ou talvez não queira saber. Não tenho certeza. — Quando permaneci calado, ela acrescentou: — Você se sentiria melhor se eu contasse?

A verdade era que não fazia a menor diferença se ele soubesse. Eu tinha ciúmes porque ele a tivera, e de certa forma ainda a tinha, e eu não. Não de verdade, pelo menos. Além disso, eu não queria complicar as coisas ainda mais para ela.

— Não, não acho que isso faria eu me sentir melhor. Não faça nada por minha causa. Faça o que achar que é melhor para você.

Georgia assentiu.

— Está com fome? — perguntei.

— Faminta.

Dei um puxão leve no seu cabelo.

— Vamos voltar para o outro quarto e dar uma olhada no cardápio. Vou pedir comida para nós.

Após tomarmos café da manhã, Georgia disse que precisava ver como estavam as coisas no escritório e tomar um banho, então eu lhe dei um pouco de privacidade e fui à academia do hotel. Quando retornei, pude ouvi-la conversando no quarto ao lado. Ela não tinha fechado a porta que ligava os dois cômodos.

— Ai, meu Deus, Maggie. — Ela riu. — Não faça isso. Quantos anos ele tem?

Silêncio.

— Tenho certeza de que você pode encontrar um homem que aguenta mais de uma vez em uma noite que pôde votar na última eleição.

Silêncio.

Ela riu novamente.

— Ah, ele aguenta, com certeza. Para ser sincera, é completamente diferente do que era com Gabriel, e nem posso colocar toda a culpa no Gabriel. Mesmo quando estávamos no começo do relacionamento, eu não o desejava da mesma forma que desejo Max. Não consigo explicar, mas nossa química sexual é muito maior do que qualquer outra que já tive.

Silêncio.

— Tudo bem. Obrigada por segurar as pontas. Fico feliz por estar tudo nos conformes. Mas você sabe que uma parte de mim fica um pouco triste por saber que não precisam tanto de mim quanto eu pensava.

Silêncio.

— Ok. Obrigada, Mags. Te amo.

Esperei um minuto antes de entrar no seu quarto. Estava com dois cafés que tinha pegado no saguão do hotel. Estendi um dos copos para ela.

— Café latte.

— Hummm... meu favorito. Eu te disse isso?

Confirmei balançando a cabeça.

Ela me olhou de cima a baixo.

— Você já tomou banho?

— Lá embaixo mesmo, depois que terminei de malhar.

Georgia fez um beicinho.

— Eu estava ansiosa para te ver todo suado e depois só de toalha pós-banho.

Puxei-a para mim e baixei a cabeça para correr o nariz por seu pescoço.

— Posso ficar todo suado de novo, com todo prazer.

— Vou te cobrar isso, mas só depois. Fiz planos para nós. Você tinha algo planejado para hoje? Vai ser só por uma ou duas horas, mas temos que ir a um lugar à uma da tarde.

— Se for perto daqui, eu gostaria de passar no Garden por alguns minutos para ver como está meu amigo Otto. A saúde dele não está das melhores e não o vejo há algumas semanas.

— Oh, sinto muito pelo seu amigo. Podemos fazer isso, sim.

Assenti.

— Ótimo. Então, quais são os seus planos?

Ela sorriu.

— Você vai ver.

— Beleza. Diferente de você, eu gosto de surpresas. Então não vou ficar tentando descobrir o que é ou pedindo dicas. — Dei um beijo nela. — Está tudo bem no escritório?

— Sim. Bom, tirando o fato de que Maggie está pensando em seduzir um cara de dezenove anos.

— O que aconteceu com o advogado do ex dela?

— Eles finalizaram tudo na última reunião e todos os termos do divórcio já estão em acordo. Não há mais risco de Aaron flagrar os dois, então acho que ela ficou entediada. Além disso, parece que o rapaz de dezenove anos é irmão caçula da vizinha dela, a mesma que era sua amiga e transou com o marido dela. Então, essa é uma forma nova e empolgante de se vingar deles.

— Me lembre de nunca pisar na bola com a Maggie.

— Melhor mesmo. — Ela riu. — Então, o lugar aonde vamos fica um pouco distante a pé, mas o dia está bem agradável e o Garden fica no caminho. Podemos passar lá para ver seu amigo e depois, se tivermos tempo, eu adoraria passar na minha loja que fica lá perto. Foi a primeira que abri. Gosto de fazer uma visita de vez em quando. Você se importa se sairmos um pouco mais cedo para fazer as duas coisas?

— Nem um pouco. Eu adoraria ver a sua loja. Só precisamos estar de volta ao hotel às sete.

— Ah, tudo bem. Temos planos para esta noite?

— Só eu por cima de você, você por cima de mim. Nós temos que quebrar aquele recorde.

Georgia mordiscou o lábio inferior.

— A gente podia... aumentar essa conta com uma rapidinha antes de irmos.

— Ah, é? — Sorri. — Qual foi o menor tempo que você já demorou para gozar?

Os olhos de Georgia se iluminaram.

— Não sei. Mas tenho certeza de que podemos chegar a um novo recorde.

Eu a ergui nos braços e joguei-a por cima do meu ombro.

— Ah, pode apostar que sim.

Capítulo 14
Georgia

— Aqui costumava ser a sala de preparação, onde mergulhávamos as flores e as colocávamos no processo de preservação. — Apontei para uma área que agora continha um espaço de refrigeração de uma parede à outra. — Tínhamos mesas dobráveis que comprei em bazares enfileiradas contra aquela parede, e colocávamos sacos plásticos espessos estendidos sobre caixas de papelão amassadas debaixo delas para aparar qualquer substância química que pingasse. Agora, tenho máquinas enormes e refinadas construídas sob medida para fazer o que eu fazia à mão.

Eu estava mostrando a Max uma das minhas lojas. Na época em que começamos, essa foi a minha primeira expansão: transferir a Eternity Roses do meu apartamento para aquela loja.

— Onde as máquinas ficam agora?

— Nos nossos centros de produção. Tenho um em Jersey City e outro na costa oeste. As flores não são mais produzidas aqui. Esses refrigeradores servem apenas para regular a umidade e manter as unidades pré-prontas em uma temperatura ideal. Vendemos as peças em estoque nas lojas e recebemos pedidos personalizados de clientes. Novas entregas chegam do centro de distribuição todos os dias, e os pedidos feitos on-line, que são a maioria, são processados no depósito que for mais próximo do endereço de entrega.

— Uau. Você realmente fez um pequeno negócio se tornar grandioso.

— Fizemos, sim. Não fui só eu. Maggie ajudou bastante. Quando comecei, ela trabalhava como gerente de marketing em uma empresa de cosméticos. Passei muito tempo ser ter dinheiro suficiente para pagar um salário a ela, mas transferi vinte e cinco por cento das ações para ela como compensação. É claro que havia o risco de ser o mesmo que nada, né? Mas, no fim das contas, quando tive condições de pagar um salário, ela pediu demissão do outro emprego para trabalhar comigo em tempo integral. Foi um risco que ela decidiu correr, e fico feliz que tenha valido a pena. — Olhei em volta e sorri. — Tivemos muitos momentos bons aqui, mesmo quando as coisas deram uma guinada e trabalhávamos dezoito horas por dia. — Dei risada, me lembrando das merdas que costumávamos fazer. — Certa tarde, recebemos um cliente que fez dois pedidos. Perguntei quanto ele gostaria de gastar no primeiro pedido, e ele respondeu que não havia limite, só queria que fosse um arranjo bem elegante. Quando perguntei a cor de rosas, ele disse que eu poderia escolher a que mais gostava. Eu disse a ele que preferia um mix de cores vibrantes e intensas que me faziam sorrir. Ele disse que era disso que precisava, porque a mulher para quem iria mandá-las não estava muito contente quando ele a deixou mais cedo. Ainda me lembro que o nome da mulher era Amanda, mas ele nos contou que a tinha chamado de Chloe sem querer em um momento inoportuno. Quando chegamos à parte do cartão, ele o preencheu e eu vi que ele tinha escrito "Me desculpe, Amanda". Sugeri que, se ele tinha deixado a namorada achando que ele pensava em outra pessoa, talvez seu bilhete devesse explicitar que esse não era o caso. Achei que ele mudaria para algo mais romântico, mas o cara reescreveu o cartão com "Me desculpe por hoje, Amanda. Não consigo parar de pensar em você naquela camisola vermelha". — Balancei a cabeça, percebendo que me lembrava até mesmo da aparência do homem.

"Continuando, ele me passou o endereço da Amanda, e quando terminou, eu ia quase me esquecendo de que ele queria mandar dois arranjos. Quando perguntei, ele disse que segundo era para a Chloe. Ele escolheu o arranjo mais barato que vendíamos e em somente uma cor.

Sabe o que ele escreveu no cartão?"

— O quê?

— "Feliz dez anos de casamento, Chloe."

— Merda. — Max deu uma risada. — Eu estava desconfiando de que ia dar nisso.

— O sujeito não teve a mínima vergonha de mandar flores para a esposa e a amante da mesma loja. E eu fiquei muito irritada por ele ter sido tão mão de vaca com o que escolheu para a esposa enquanto o céu era o limite para a namorada. Então, eu... enviei os arranjos com os cartões trocados por engano.

Max ergueu as sobrancelhas.

— Por engano?

Sorri.

— Bom, até onde ele soube, foi um acidente. Ele *não* ficou nem um pouco feliz com isso e voltou no dia seguinte, exigindo um reembolso integral. Eu não estava na loja no momento e foi Maggie que o atendeu. Ela disse que o reembolsaríamos com todo prazer, mas enviaríamos o cheque no nome da Chloe.

Max gargalhou.

— Vocês são uma dupla e tanto.

— Nós trabalhamos muito bem juntas. Ela pega as minhas ideias, multiplica por cem e cria planos de marketing únicos para elas. Como quando abri minha primeira loja. Eu costumava deixar no balcão do caixa alguns livros que eu amava com trechos destacados. Se alguém tivesse dificuldade em decidir o que escrever no cartão que seria enviado junto com as flores, eu mostrava alguns trechos relevantes para a ocasião. F. Scott Fitzgerald era o meu favorito. Eu podia encontrar um milhão de citações simples nos livros dele. Quando Maggie começou a montar o site, ela me surpreendeu ao acrescentar todos os trechos destacados dos livros à página de compras do site, junto com outras centenas de trechos de outros autores. Então, quando os clientes chegam à parte do cartão, podem escolher se querem ajuda ou não, e em caso positivo, uma base de dados seleciona os melhores quotes com base nas respostas deles. Os trechos que escolhi já foram usados por tantas pessoas que ela acrescentou um recurso em que o cliente pode comprar uma edição especial do livro ao qual o trecho pertence para que seja entregue junto com o arranjo de flores escolhido. Tem dado muito certo.

Max sorriu.

— Os seus olhos brilham quando você fala sobre o seu negócio. É muito sexy.

Gabriel sempre implicou por eu trabalhar demais. Na verdade, cheguei até a questionar minhas prioridades porque ele me fazia sentir errada por ser tão dedicada. Acho que Max entendia mais o quanto a dedicação era importante, já que tinha sacrificado tantas coisas por sua carreira.

Retribuí seu sorriso.

— Você se arrepende por provavelmente ter perdido algumas coisas em nome da sua carreira?

Ele balançou a cabeça.

— Arrependido? Não. Já perdi algumas coisas porque passo metade da minha vida no rinque? Sim, claro. Mas, para mim, é fácil dizer que não me arrependo de nada porque as coisas que fiz, os riscos que corri, valeram a pena. Nem todo mundo tem essa sorte. Se eu estivesse aqui hoje depois de ter sacrificado tantas coisas só para não dar em nada, talvez minha resposta fosse diferente. Mas eu tinha que tentar, porque, mesmo que eu me arrependesse se as coisas não tivessem dado certo como deram, a única coisa que tenho certeza é de que eu teria me arrependido de não ter me arriscado.

— É, faz sentido. — Me aproximei e o abracei pelo pescoço. — A propósito, sabe o que *eu* acho sexy?

— O quê?

— Um homem doce como você.

— Ah, é? E por quê?

— Adorei ver sua amizade com Otto. Quando você disse que queria passar no Garden para ver um amigo, eu não sabia que se tratava de um idoso que trabalhava lá.

— Não sei se você acharia que nossa amizade é tão doce assim se ouvisse as coisas que costumamos dizer um ao outro. Ele só se comportou hoje porque você estava comigo.

— Como vocês se tornaram amigos?

Max deu de ombros.

— Ele não tolerou minha marra quando entrei para o time e me mandou baixar a bola. Nunca vou admitir isso para ele, mas a verdade é que ele me lembra muito o meu pai. Ele tem a capacidade de simplificar as coisas, se é que isso faz sentido. É bem pé no chão e dá bons conselhos. Mas se você disser a ele que eu disse isso, vou negar.

Sorri.

— Seu segredo está seguro comigo.

Susanna, a gerente da loja, veio até os fundos.

— Desculpe interromper, mas nós vamos pedir almoço. Querem que a gente peça algo para vocês?

— Não, acho que estamos bem. Mas obrigada. — Ao ouvir a palavra almoço, cheguei a hora no meu celular. — Eu não tinha me dado conta de que já era tarde assim. — Olhei para Max. — É melhor irmos.

Ele estendeu a mão para que eu fosse primeiro.

— Me mostre o caminho.

O lugar para onde eu estava levando Max ficava a apenas um quarteirão de distância. Quando parei diante da fachada, ele olhou para o letreiro. *Lift Aerial Yoga.*

— Ah, merda. — Ele riu. — A coisa vai ficar feia.

Dei risada.

— Reservei uma aula particular para nós, então você não precisa se preocupar com a possibilidade de alguma foto vazar. Mas se bem que talvez eu tire algumas para usá-las como chantagem para que você me sirva de escravo sexual mais tarde.

Max abriu a porta, mas, quando fui passar, ele prendeu minha cintura com um braço e grudou meu corpo ao seu, dando um beijo nos meus lábios.

— Não precisa de chantagem. Aceito essa posição voluntariamente.

Fazia muito tempo que eu não ria tanto assim. Max foi um completo desastre na yoga aérea. No momento, ele estava enroscado nos tecidos de seda pela terceira vez e pendurado de cabeça para baixo com uma perna suspensa no ar, segurando seu peso com as mãos apoiadas no chão enquanto a instrutora tentava desenroscá-lo. Eu não deveria estar rindo. Deus sabe que eu também não estava me movendo com tanta graciosidade naquele troço, mas não podia evitar. Não era da sua inabilidade de fazer as posições que eu estava achando graça, era do quanto ele ficava frustrado quando não conseguia alguma coisa.

— Você vai ver o que é bom pra tosse se não parar de rir — ele resmungou.

Sua ameaça só me fez gargalhar ainda mais. Soltei até um ronquinho pelo nariz.

— Vai ter que conseguir se desenroscar daí primeiro para me mostrar.

— Que tal você tentar a posição do cisne mais uma vez? — a

instrutora de yoga sugeriu a Max ao desenrolá-lo. — Você é muito bom nessa.

Considerando que o cisne era a posição mais básica, em que a pessoa só precisa se inclinar para frente e se equilibrar no tecido, sem nenhum giro ou torção, achei que era uma boa ideia.

— É — eu disse, com um sorrisão. — Você faz um cisne e tanto, Yearwood.

Ele apontou para mim.

— Me aguarde.

Ao fim da aula, Max estava começando a pegar o jeito. A instrutora havia dito que ele precisava *fazer amizade* com os tecidos em vez de lutar com eles. E eu não tinha a menor dúvida de que, se ele fizesse mais uma aula ou duas, ultrapassaria as pessoas que praticavam há anos. Sua determinação o deixava imbatível.

Sequei suor do meu pescoço ao me aproximar da instrutora, que estava limpando a parte da frente do salão.

— Com licença, Eden.

— Sim?

— Só queria confirmar uma coisa. — Olhei de relance para Max, para me certificar de que ele estava prestando atenção. — Eu me saí melhor do que o Max, certo?

Ela franziu a testa.

— Não se trata exatamente de quem se saiu melhor.

— Ah, mas para nós, sim. Somos um pouquinho... competitivos.

Eden ainda parecia um pouco perturbada ao olhar para Max. Ele revirou os olhos, mas assentiu.

— Só diga logo que ela ganhou.

— Não — intervim. — Não é só para ela *me dizer* que eu ganhei. Ela tem que dar uma opinião sincera.

Eden balançou a cabeça.

— Vocês dois foram muito bem. Max obviamente teve um pouco de dificuldade no começo, mas acabou pegando o jeito. Ele é muito forte, e isso é importante para avançar para as posições mais complicadas.

— Mas hoje, baseado somente no que fizemos, quem teve o melhor desempenho?

Max se aproximou de nós e passou um braço em volta do meu pescoço.

— Olha, nós vamos pensar em colocá-la na terapia para tratar essa obsessão toda, mas só para que eu não tenha que passar o resto do dia todo discutindo com ela, você pode nos dizer quem teve o melhor desempenho?

Eden suspirou.

— Georgia conseguiu fazer as poses com mais facilidade.

Dei um soquinho no ar, o que fez Max rir.

Agradecemos a Eden e dissemos a ela que com certeza voltaríamos para mais aulas. Saímos de lá e fomos andando pela rua lado a lado, e Max permaneceu com o braço em volta do meu pescoço.

— Você está se gabando — ele disse. — Ninguém gosta de quem se gaba.

— Ah, o ditado é *assim*? Porque achei que fosse "ninguém gosta de um *perdedor*".

Caímos na gargalhada e eu tinha me esquecido quase completamente de que estávamos em uma rua movimentada de Nova York, até que...

— Georgia?

A voz era familiar. Ergui o olhar e me deparei com um homem que estava andando na direção oposta parado diante de nós. Ele ficou alternando olhares entre mim e Max.

— Josh Zelman — ele disse. — Sou professor de Literatura como o... — Ele deu uma olhada rápida no braço de Max em volta do meu ombro e mudou de curso. — ... na NYU.

Droga. É mesmo. Eu o encontrara algumas vezes em festas. Só não consegui me lembrar estando fora do contexto. Forcei um sorriso.

— Ah, sim, claro. Oi, Josh. Que bom te ver.

— Igualmente. — Ele virou sua atenção para Max. — Você me parece muito familiar. Já nos conhecemos antes?

Max manteve a expressão séria.

— Não.

Josh continuou encarando. Parecia estar folheando uma agenda mental, tentando desvendar de onde conhecia Max. Após um instante, sua atenção voltou para mim.

— Ellen estava falando sobre você outro dia. Estávamos em um evento da faculdade e ela disse que estava entediada sem você lá.

Forcei um sorriso.

— Diga a ela que mandei lembranças, por favor.

Ele assentiu.

— Pode deixar. Estou atrasado para uma aula, na verdade. Não tinha certeza se era mesmo você, mas pensei em dar um oi.

— Foi um prazer.

Max removeu o braço e ficou calado quando retomamos nossa caminhada.

— Aquele era... Josh é professor de Literatura na NYU.

— Foi o que ele disse.

— Ele trabalha com o Gabriel. Os dois são bons amigos, na verdade.

— Ok.

Eu não sabia direito o que Gabriel havia dito aos amigos, ou se ao menos havia dito alguma coisa. Então, talvez isso explicasse todo aquele desconforto. De qualquer forma, eu não sabia mais o que precisava ser dito, então deixei para lá, torcendo para que Max fizesse o mesmo.

— Então... acho que o almoço vai ser por sua conta, já que te derrotei na yoga aérea.

Max sorriu, porém a diversão que estivera presente há alguns minutos havia desaparecido.

— Fechado.

Paramos em um restaurante de sushi. A garçonete veio nos atender acompanhada com uma garotinha que devia ter uns cinco anos e nos serviu com copos d'água. As duas usavam aventais pretos com bolsos em volta da cintura, e quando a mulher pegou um bloquinho de papel e um lápis de dentro do seu, a garotinha a observou e fez o mesmo.

— É dia de trazer a filha para o trabalho. Espero que não se importem.

— Claro que não. — Dirigi-me à garotinha. — Qual é o seu nome?

— Grace.

— Prazer em conhecê-la, Grace.

A garotinha enfiou a mão no bolso novamente. Dessa vez, ela retirou de lá dois bonequinhos. Imaginei que pertenciam a algum filme da Disney. Ela estendeu um deles para mim, que era de uma garota com cabelos compridos, castanhos e ondulados. Eu o peguei.

— Quem é essa?

— Moana.

— Ah. Ela é uma princesa?

A garotinha fez que sim com a cabeça e me mostrou o outro bonequinho. Era um caranguejo.

— Tamatoa.

— Tamatoa, hein? — Olhei de relance para Max. — Eles te dão

Proposta de Verão

sorte? É por isso que você anda com eles?

Ela negou com a cabeça. Abri um sorriso largo.

— Claro que não, porque você é uma garota crescidinha. — Inclinei-me mais para ela. — Quer saber um segredo?

Ela assentiu.

Peguei o Yoda de plástico de Max da minha bolsa.

— Esse carinha aqui... — Apontei para Max. — É desse cara grandão aqui.

A garotinha cobriu a boca e deu risadinhas.

— Pois é!

A garçonete riu.

— O que vão querer?

Pedi uma sopa e uma porção de rolinhos, e Max pediu *quatro* porções de rolinhos. A garotinha acenou para mim antes de se afastar com sua mãe.

Coloquei o Yoda no meio da mesa.

— Não sabia que você o carregava por aí — Max comentou.

— Deve ter sido por isso que me saí tão bem na yoga aérea, enquanto você... bem, você foi *péssimo*.

Max riu.

— Ela era fofa.

— Você quer ter filhos algum dia?

Max tomou um gole de água e deu de ombros.

— Não sei. Se você tivesse me perguntado isso cinco, dez anos atrás, eu teria dito que não. Mas agora não tenho muita certeza.

— Por que você teria dito que não?

— Eu vi o que minha mãe passou quando o Austin morreu.

— Verdade. Me desculpe. Eu não estava pensando. É claro que isso te afetou de alguma forma.

Ele deu de ombros.

— Desde que minhas sobrinhas nasceram, acho que fiquei mais aberto à ideia. Ou talvez seja porque estou ficando cada vez mais velho. E você?

— Eu gostaria de ter filhos, com certeza. Alguns, na verdade. Eu tive uma boa infância, mas éramos somente minha mãe e eu, e sempre tive um pouco de inveja dos meus amigos que tinham famílias grandes. — Fiz uma pausa. — Maggie e eu sempre dissemos que queríamos ter nossos filhos ao mesmo tempo para que eles pudessem crescer juntos. Lembro-me de quando tínhamos treze anos, dizendo que queríamos ter três filhos cada e parar aos trinta para sermos mães jovens. Acho que isso não vai acontecer, já que ela acabou de se divorciar, e eu... não estou mais noiva.

Max desviou o olhar.

— Nem sempre as coisas acontecem como o planejado.

Capítulo 15
Max

Dez anos antes

— É diferente do que eu esperava.

— E o que você esperava? Algo tipo *O Clube dos Cafajestes*?

Eu tinha levado Teagan a uma festa, só que não era do tipo que eu costumava frequentar. Todos os meus amigos estavam em outro lugar a alguns quarteirões dali, provavelmente colocando *O Clube dos Cafajestes* no chinelo. Mas, em vez de me juntar a eles, eu a levei a uma festa organizada pelo clube de Arquitetura do qual meu irmão fazia parte. Ele disse que estaria ali, mas eu não o tinha visto ainda.

Teagan tomou um gole de cerveja e me observou. Era como se ela estivesse tentando identificar o que estava estranho ali, então ergui o queixo para um cara que estava passando.

— Ei, e aí? Qual é a boa?

O sujeito olhou por cima do ombro para ver a quem eu poderia estar cumprimentando. Teagan viu aquela interação e estreitou os olhos.

— Você ao menos conhece alguém aqui?

— Claro. — Apontei para um cara aleatório do outro lado do salão. — Aquele ali é o Chandler. — Analisei o ambiente e apontei para outro cara. — Aquele é o Joey. — Uma mulher que eu nunca vira na vida passou por nós e sorriu para mim. — Oi, Monica.

— Sério, Max?

— O quê?

Ela apontou para uma garota loira.

— Aquela é a Phoebe? Eu também assisti *Friends*, sabia?

Abri um sorriso.

— Desculpe. Ganho ao menos uma nota dez pelo esforço?

Ela balançou a cabeça.

— Você ganha nota dez pelas covinhas, já que elas são o único motivo para eu ainda estar aqui. O que está havendo? Por que me trouxe a uma festa chata onde não conhece ninguém?

— Quer saber a verdade?

Ela revirou os olhos.

— Max...

— Ok, ok... — Bufei. — Esses são os amigos do meu irmão. Os meus estão em outra festa.

— Você queria passar tempo com o seu irmão?

— Achei que os amigos dele causariam uma impressão melhor.

— Por quê?

— Porque sair com os meus amigos em um sábado à noite sempre termina assim: alguém vai preso, e de vez em quando sou eu, ou alguém arruma uma briga, e de vez em quando também sou eu, e então o time inteiro de hóquei começa a brigar junto. Você disse que dá para dizer muito sobre uma pessoa pelas companhias com quem ela anda. Imaginei que seria mais seguro fazer você se apaixonar por mim *antes* de te levar para perto daqueles palhaços.

Ela ergueu uma sobrancelha.

— Ah, esse é o plano? Então me diga, como vai fazer eu me apaixonar por você?

Sorri e apontei para minhas bochechas.

Teagan riu.

— Elas são mesmo encantadoras, vou admitir. Mas acho que você vai precisar de mais do que somente um sorriso bonito. Que tal irmos para a outra festa e eu prometer que não vou usar os seus amigos contra você? Acredite ou não, já fiz parte de uma irmandade e fui a uma ou duas festas de fraternidade.

— Porra, ainda bem. — Baixei a cabeça. — Essa festa tá uma droga.

Estávamos rindo ao seguirmos para a saída. Acenei para os dois caras que tinha fingido conhecer.

— Até mais, Joey. Até mais, Chandler.

Eles me olharam como se eu fosse doido.

Quando chegamos à varanda, vi meu irmão chegando.

— Ah, olha ele aí. Já estava na hora, né? — Apontei para trás com meu polegar. — Nós quase morremos de tédio esperando lá dentro.

Austin sorriu e balançou a cabeça. Ele olhou para Teagan e estendeu a mão.

— Sou o Austin, irmão desse cabeçudo aqui.

— Teagan. Prazer em conhecê-lo. — Ela inclinou a cabeça. — Já nos conhecemos antes?

Meu irmão deu de ombros.

— Não que eu saiba.

— Devo ter visto você pelo campus. Moro aqui há tanto tempo que todo mundo está começando a parecer familiar para mim. — Ela alternou olhares entre nós dois. — Vocês não se parecem.

Balancei-me nos calcanhares, com um sorriso brincalhão.

— Que pena... para ele.

Austin deu risada.

— Ele pode ter ficado com a beleza, mas eu tenho a inteligência. Um dia, ele vai ficar careca e barrigudo, e eu ainda vou ser inteligente. Tem certeza de que quer sair com ele mesmo, e não comigo?

Teagan riu.

— Bom, vocês dois tem a mesma astúcia.

— Vocês já estão indo embora? — Austin indagou.

— Sim. Sem querer ofender, mas essa festa tá uma droga. Você quer ir com a gente? Estamos indo para a festa do time de hóquei.

Austin negou com a cabeça.

— Não, obrigado. Eles são demais para mim quando estão fora do gelo. Além disso, passei o dia inteiro com muita dor nas costas. Vou ficar por aqui mesmo, sentar e beber algumas cervejas, e encerrar a noite.

— Dor nas costas de novo? O que pode estar causando isso? Não tem empurrões no seu esporte.

Austin olhou para Teagan, balançando a cabeça.

— Eu faço atletismo. Esse imbecil acha que só sofre lesões quem pratica esportes com contato físico.

— Sabe, se deixassem as pessoas tentarem atacar e derrubar os corredores enquanto correm, seria bem mais divertido.

Austin deu risada.

— Divirtam-se.

Dei um tapa no ombro do meu irmão.

— Não faça nada que eu não faria.

— É, teria que *ser* algo que você não faria para que isso fosse mesmo um conselho.

Segurei a mão de Teagan.

— Pronta?

— Claro. — Ela se virou para o meu irmão. — Tchau, Austin. Foi um prazer conhecê-lo.

— Igualmente.

Ao nos afastarmos, Teagan olhou para trás novamente.

— Você esqueceu alguma coisa?

— Não. Eu só... sinto que conheço o seu irmão de algum lugar, mas não consigo me lembrar.

— Contanto que você não tenha saído com ele antes de mim... Porque isso seria esquisito.

Ela sorriu.

— Acho que eu me lembraria se tivesse saído com um cara.

— Não sei. Dizem que a memória é uma das primeiras coisas a ir embora. Você já é bem velha.

Ela bateu o ombro no meu enquanto andávamos.

— Olha, sorte a sua ser lindo, porque você pode ser bem irritante.

Sorri.

— Ah, é, você me acha lindo?

Seus olhos desceram para os meus lábios e ela suspirou.

— É, acho que, com isso, somos duas pessoas que sabem que você é lindo.

— Não estou achando o meu brinco. Você o viu?

Rolei e deitei de costas, jogando um dos braços por cima do rosto para bloquear a luz do sol.

— Eu nem notei que você tinha orelhas.

Fui atingido por um travesseiro no abdômen.

— Idiota. — Teagan fez beicinho. — Você não notou que eu tinha orelhas? Você lembra qual é o meu nome?

Entreabri um olho.

— Brandy, né?

Ela fingiu ficar zangada, mas não conseguiu esconder o sorriso.

— Estou falando sério sobre o meu brinco. Foi minha avó que me deu. Ela morreu ano passado.

— Ok, desculpe. — Esfreguei meus olhos sonolentos e me arrastei para fora da cama somente de cueca. — Onde você procurou até agora?

— Só no banheiro. Acabei de perceber que perdi. Deve estar em algum lugar na cama.

Abri um sorriso sugestivo, me lembrando de como entramos cambaleando no meu quarto na noite anterior depois da festa.

— Ou perto da porta. Ou ali naquela poltrona.

Ela me acertou com o travesseiro novamente, sem tentar esconder o sorriso dessa vez.

— Só procure, por favor.

— Sim, senhora.

Enquanto ela procurava pelo chão, eu sacudi os travesseiros e lençóis, ergui o colchão para ver se tinha caído debaixo dele e vasculhei as roupas que estava usando na noite anterior para ver se alguma coisa caía delas. Mas não encontramos nada.

— Droga. Talvez eu tenha perdido na festa ontem à noite. Você acha que já limparam tudo?

Olhei para ela.

— Ainda faltam seis semanas para acabar o semestre.

Ela riu enquanto fechava o zíper das suas botas de couro.

— Muito bem. Preciso ir, porque tenho turno no hospital hoje. Vai ter alguém acordado se eu der uma passada no caminho para ver se caiu por lá?

Peguei uma caixa de Cheerios e enfiei a mão dentro para pegar um punhado, colocando na boca.

— Não tem nem tranca na porta. Pode entrar se ninguém abrir para você.

— Ok.

Ela ficou nas pontas dos pés e me beijou enquanto eu mastigava.

— Eu me diverti ontem à noite.

— Eu também.

— Quer sair no fim de semana que vem?

— Não posso — respondi. — Tenho jogos na sexta e no sábado à noite, e no domingo vou para Nova York para patinar no gelo com uns caras do time.

— Vão para Nova York só para patinar no gelo?

— Sim, é meio que uma tradição. O time de hóquei vai ao Wollman Rink, onde colocam uma árvore de Natal enorme no Central Park, para patinar no último dia, e depois para o pub irlandês que fica a alguns quarteirões de lá.

— Bom, eu vou ter aulas e rondas de terça até sexta-feira essa semana.

Dei de ombros.

— A gente pode se encontrar mais tarde depois que o seu turno acabar?

Teagan sorriu e enfiou a mão na caixa de Cheerios.

— É, talvez. Me mande mensagem. — Quando chegou à porta, ela se virou para mim e comeu um pouco do cereal em sua mão. — E isso aqui não conta como comprar o café da manhã para mim. Então, da próxima vez, você vai comprar comida para mim.

— Sem problemas. — Ergui a caixa de cereal. — Vou levar a caixa. Isso é bom para comer a qualquer hora do dia.

Ela deu risada.

— A gente se vê.

Naquela tarde, Teagan me mandou uma mensagem para dizer que não tinha encontrado seu brinco na casa onde havia acontecido a festa na noite anterior. Ela perguntou se eu podia passar no local onde havia sido a festa do meu irmão. Como eu tinha treino, disse a ela que passaria lá depois e a buscaria na biblioteca em seguida, onde ela ia se encontrar com alguém para trocar anotações depois do turno no hospital.

Ela estava me esperando do lado de fora usando uniforme azul quando parei em frente à biblioteca.

— Conseguiu encontrar meu brinco? — Ela entrou no carro e fechou a porta. Balancei a cabeça.

— Procurei e perguntei a dois caras lá se alguém tinha encontrado. A propósito, o nome do Chandler é, na verdade, Rene. Acho que Chandler combina bem mais.

Teagan suspirou.

— Não acredito que perdi meu brinco. Foi somente a segunda vez que o usei. Você se importaria de irmos até a casa daquela primeira festa e andarmos pelo caminho que fizemos até a segunda festa antes de fique escuro? Talvez tenhamos sorte.

— Claro.

Estacionar em Boston era um saco, às vezes, então tive que deixar o carro a um quarteirão de distância antes de podermos percorrer o caminho de uma casa a outra, indo e voltando. Não encontramos o brinco, mas, quando estávamos quase chegando ao carro, Teagan apontou para um cara que estava saindo de outro carro.

— Aquele é o seu irmão?

Estreitei os olhos.

— Sim, acho que é... Austin!

Ele se virou e ficou esperando.

— Você trabalha no hospital? — ele perguntou a Teagan quando nos aproximamos.

— Sou estudante de Medicina. — Teagan estalou os dedos. — É de lá que eu te conheço! Você era um paciente.

— Você esteve no hospital? — questionei.

Austin balançou a cabeça.

— Não estive, não.

Teagan franziu as sobrancelhas.

— Sim, você foi ao Boston Medical Center na semana passada, não foi?

Austin me olhou brevemente antes de voltar sua atenção para Teagan. Seu tom foi severo:

— Não fui, não. Mas se tivesse ido, isso não estaria protegido pela confidencialidade entre médico e paciente ou algo assim?

O rosto de Teagan murchou.

— Hã... sim... desculpe.

— Caramba, relaxa, irmão. Ela é estudante ainda.

Austin franziu a testa e colocou as mãos nos quadris.

— O que você estão fazendo aqui, afinal?

Apontei para Teagan.

— Ela perdeu um brinco em algum lugar ontem à noite. Então, estávamos refazendo o caminho daqui até a festa que fomos depois.

Ele assentiu.

— Conseguiram encontrar?

— Não, mas estamos indo comer alguma coisa. Quer ir ficar de vela?

Austin negou com a cabeça.

— Tenho que estudar.

— Tudo bem, até mais tarde, então. Mas dê uma olhada pela sala de estar quando entrar. Eu procurei mais cedo, mas não vai fazer mal procurar mais uma vez.

— Pode deixar. Divirtam-se.

Talvez fosse impressão minha, mas meu irmão parecia estar ansioso para sair logo dali. Ele já estava na porta da frente antes que Teagan e eu terminássemos de nos despedir. Olhei para ela.

— Desculpe. Não sei que bicho mordeu ele.

Ela olhou para a casa no momento em que Austin entrou.

— Talvez esteja apenas pensando em alguma coisa.

Capítulo 16
Max

Entramos aos tropeços na minha suíte, ainda rindo.

Georgia tinha se dado tão bem com patinação no gelo como eu tinha me dado com yoga aérea no dia anterior. Eu tinha quase certeza de que a bunda dela estava bem dolorida de todos os tombos que levou. Surpreendendo um total de zero pessoas, ela não aceitou a derrota muito bem. Como o placar dos últimos dois dias estava um a um, ela insistiu em uma competição de desempate. Ainda todo metido depois de exibir minhas habilidades no gelo, deixei-a escolher.

No Uber a caminho do hotel, ela escolheu uma competição de matemática, e pediu ao motorista que nos desse números para somar de cabeça antes de conferir na calculadora do celular. Como ela era formada em Administração e tinha um MBA e eu era um jogador de hóquei, ela presumiu que sua vitória estava garantida. Mas ela nunca perguntou o que eu tinha cursado na faculdade: *Matemática*. Foi bem feito para ela por presumir que eu tinha estudado *beer pong*. Então, aumentei a aposta: o vencedor ganharia um oral.

Depois que acabei com ela, contei no que eu tinha me formado na faculdade. Ainda estávamos rindo e debatendo se eu tinha jogado limpo quando voltamos para o quarto do hotel.

— Não imaginei que você fosse caloteira, Delaney.

Ela agarrou minha camisa e me empurrou para a parede.

— Não sou caloteira. Mas *você* é um trapaceiro.

Sorrindo, coloquei as mãos em seus ombros e a empurrei delicadamente para baixo.

— De joelhos, linda.

Os olhos de Georgia brilharam e ela abriu um sorriso malicioso.

— Ficaremos empatados se eu conseguir te fazer gozar em menos de três minutos.

Ah, eu consigo segurar por três minutos.

Antes que eu pudesse responder, ela se ajoelhou. Olhando para mim por baixo de seus cílios cheios, Georgia passou a língua no lábio superior. E, porra, foi a coisa mais sexy que eu já vira. Observei-a desabotoar minha calça, e o som do zíper abrindo me deixou arrepiado. Ela abaixou minha calça e cueca em um só movimento e voltou a me olhar, com o sorriso mais perverso de todos os tempos.

— Três minutos... fechado?

Minha resposta foi segurar seus cabelos em meu punho e usar a outra mão para agarrar meu pau.

— Fechado. Agora, para de falar e me chupa logo.

Ela abriu os lábios carnudos e guiei meu membro para sua boca. Ela chupou conforme eu entrava aos poucos, recuava alguns centímetros e, em seguida, impulsionava mais fundo. Após algumas vezes, atingi o local em sua garganta onde a maioria das mulheres engasgava se você fosse mais fundo, e estava prestes a recuar de novo quando ela ergueu o olhar para mim. Precisei de todas as minhas forças para não meter meu pau com tudo em sua garganta.

— *Porra*, Georgia. *Poooorra*. Chupa mais.

Seus olhos cintilaram, e naquele instante, me dei conta de que tinha sido feito de trouxa e topado uma aposta que estava prestes a perder. Georgia ajustou sua mandíbula, abriu a boca ainda mais e impulsionou

Proposta de Verão

para frente, sem esperar que eu ultrapassasse os limites ao me tomar profundamente em sua garganta.

Meus olhos reviraram.

Sua garganta me prensava com força, quente e apertada. Mal fazia trinta segundos que eu estava em sua boca e já conseguia visualizar meu pau esporrando na garganta dela.

Grunhi.

Ela gemeu.

E algo dentro de mim foi de divertido para *carnal*. De repente, eu estava em uma corrida frenética para sentir logo o que tinha acabado de imaginar. De alguma maneira, estava me juntando ao time *dela* e queria que ela ganhasse essa mais do que tudo. Comecei a estocar mais rápido. Usando minhas mãos em seus cabelos para estabilizar sua cabeça, tomei o controle. Ela tinha apostado que eu não conseguiria segurar por três minutos enquanto ela me chupava, mas não tinha mencionado nada sobre foder sua boca. Era um jogo completamente diferente, e senti meu orgasmo vindo como um trem descarrilhado. *Foda-se a aposta. Perder desse jeito era melhor do que ganhar qualquer outra coisa.*

— Georgia... — Desacelerei um pouco. Mesmo que ela fizesse garganta profunda melhor do que uma estrela pornô, eu não ia fazer suposições. — Linda... — Afrouxei o aperto em seu cabelo. — Eu vou gozar.

Georgia olhou para mim, sinalizando que tinha ouvido meu aviso, e me chupou bem fundo mais uma vez.

— Porra. Porra. *Poooorra.*

Enfiei as mãos em seus cabelos mais uma vez, empurrando o mais fundo que podia, e gozei. Os jatos pulsantes pareciam não ter fim. Isso podia me fazer parecer um frouxo, mas fiquei completamente sem fôlego e um pouco tonto quando acabou.

Georgia limpou a boca ao se levantar e abriu um sorriso triunfante.

— Ganhei.

Soltei a respiração pela boca.

— Se isso é perder, eu sou um grade idiota por passar a vida inteira competindo para ganhar.

Dormimos até mais tarde na manhã seguinte, e ainda estávamos na cama de bobeira quando o celular de Georgia tocou. O nome de Maggie apareceu na tela, então ela pegou para atender enquanto eu chupava seu pescoço.

— Oi.

— Eu acho que o Gabriel está surtando.

Não foi de propósito, mas ouvi as palavras muito claramente, já que estava por cima dela, nossas cabeças bem próximas. Me afastei e meu olhar encontrou o de Georgia. Ela franziu a testa.

Me levantei da cama.

— Vou tomar um banho.

Ouvi metade da conversa a caminho do banheiro.

— Como assim? — Uma pausa, e então: — Por que a recepcionista disse isso a ele?

Eu poderia ter ouvido o resto do banheiro, mas ao invés de escutar e estragar meu humor ainda mais, tomei um banho quente extralongo. Quando Georgia me contou sobre seu relacionamento aberto, achei que era o arranjo perfeito. Poderíamos curtir um ao outro por alguns meses, e então, provavelmente quando as coisas entre nós começassem a esfriar, eu não me sentiria mal em deixá-la para trás quando fosse embora para a Califórnia. Além disso, o outro cara nem estava no país, então era fácil não lembrar que ele existia. Mas quanto mais eu conhecia e ficava mais próximo de Georgia, mais o outro cara que nem estava no país parecia presente. Estava começando a entender como as mulheres com quem me envolvera nos últimos anos se sentiram. Duas pessoas concordam em ter um relacionamento somente físico, em se divertir sem compromisso, porém, uma delas acaba querendo mais. Só que, dessa vez, quem estava do lado fraco da corda era eu. E isso era uma grande merda.

Meus dedos estavam enrugados quando finalmente saí do banheiro. Georgia tinha vestido uma camiseta e parecia perdida enquanto olhava a cidade pela janela. Quando me ouviu chegando, ela se virou.

— Desculpe por isso.

Esfreguei uma toalha nos meus cabelos úmidos.

— Não precisa se desculpar.

— Talvez não tecnicamente, mas ainda parece errado falar sobre outro homem ao telefone quando estou aqui com você.

Fiquei calado. Ela franziu as sobrancelhas.

— Gabriel me mandou algumas mensagens ontem. Quando não respondi e também não atendi o telefone do meu escritório, ele ligou para a recepção. Aparentemente, a recepcionista disse a ele que eu estava de férias por duas semanas e perguntou se ele gostaria de falar com Maggie. Quando transferiram para ela, ele começou a interrogá-la. Ela disse que me passaria o recado, mas não diria mais nada.

Assenti.

— Devo ligar para ele e dizer que estou saindo com alguém? — ela perguntou.

— Não sei, Georgia. Não acho que eu seja a melhor pessoa para te dar conselho sobre como lidar com seu ex-noivo. Eu mandaria aquele otário ir se foder. Você não fica atrás dele enquanto ele está ocupado trepando com outras mulheres, né?

Georgia franziu a testa novamente.

— Pois é, como eu disse, acho que não sou a melhor pessoa para te aconselhar.

Voltei para o banheiro para escovar os dentes. Quando saí de novo, ela ainda estava na janela. Me aproximei por trás e afaguei seus ombros.

— Não estou tentando ser um escroto, Georgia. É só que... sei que deveria ser apenas uma diversão de verão, mas não consigo evitar me sentir territorial quando se trata de você, seja isso certo ou errado. Eu também me importo muito com você, e não gosto da ideia de um cuzão desses ficar te enrolando e de repente demonstrar interesse quando você começa a lhe dar menos atenção. Ele parece estar só brincando com você.

Ela se virou para mim.

— Entendo que é estranho falar com você sobre isso. Você acha que podemos fingir que a Maggie nunca ligou e aproveitar nosso dia? A última coisa que quero é estragar nossa diversão. Não me lembro da última vez em que eu não quis ir trabalhar ou ver como as coisas estavam no escritório. Adoro estar nessa bolha com você e não quero que acabe.

Abri um sorriso forçado e me inclinei para beijá-la.

— Que ligação?

O sorriso que se espalhou em seu rosto me deu um aperto no peito.

— Obrigada. Na verdade, eu gostaria de te agradecer devidamente.

Ela colocou a mão na toalha em volta da minha cintura e deu um puxão, derrubando-a no chão, e de repente, eu realmente não me lembrava mais de ligação alguma.

Capítulo 17
Georgia

A semana seguinte passou voando. Max e eu fizemos todos os programas turísticos possíveis em Nova York e mais um pouco. Era triste pensar que, em apenas alguns dias, eu voltaria ao trabalho. Naquela noite, nos aventuraríamos fora da cidade, não muito longe, em Nova Jersey, para assistirmos ao um jogo de eliminatórias de hóquei com seu companheiro de time, Tomasso, e Jenna, esposa dele, que já havia me feito companhia algumas vezes em jogos.

— Oi! — Jenna se levantou quando chegamos aos nossos assentos. Não eram tão bons quanto os do Madison Square Garden, mas chegavam perto.

Ela me deu um abraço enquanto Tomasso e Max trocavam um cumprimento com tapinhas nos ombros. O jogo não tinha começado ainda, e as pessoas ao nosso redor começaram a sussurrar. Algumas delas pegaram seus celulares e tiraram fotos. Max tinha sido reconhecido poucas vezes enquanto passeávamos durante as nossas férias na cidade, mas acho que era impossível isso não acontecer quando estávamos em uma arena cheia de fãs de hóquei. Uma garota que estava na fileira atrás de nós pediu que ele autografasse sua camiseta.

— Você quer que eu autografe a camiseta de um time no qual não jogo?

Ela torceu a pulseira que usava no braço.

— Desculpe. É tudo que eu tenho.

— Estou brincando. — Max sorriu. — Não ligo nem um pouco. Vou autografar, sim.

Ela entregou uma caneta para ele, que se curvou para autografar a camiseta dela, mas parou antes de terminar, colocando a mão na frente da amiga da garota.

— Não, isso não pode — ele disse.

Só então me dei conta de que a amiga da garota estava apontando sua câmera para mim. Ela pediu desculpas e guardou o celular.

— Sente aqui — Jenna pediu. — Não preciso me sentar ao lado do meu marido. Ele está em casa há duas semanas e não vejo a hora de ele voltar aos treinos. Outro dia, eu disse que ele tinha que tomar mais iniciativa, porque se eu não pedir que faça alguma coisa, ele passa o dia inteiro deitado no sofá como um bicho-preguiça. Eu quis dizer que ele podia talvez colocar os pratos na lava-louças ou as roupas na máquina. Quando cheguei em casa naquela noite, ele tinha destroçado o nosso quarto. Removeu duas janelas e duas das paredes não tinham mais reboco. Ele disse que eu tinha reclamado que a janela estava com um vazamento no verão passado. Hã... então bastava fazer uma calafetação ao redor da janela, não destruir o quarto! — Ela balançou a cabeça. — Quando perguntei o que estava fazendo, ele disse que estava tomando a iniciativa. O homem é oito ou oitenta, sem meio-termo.

Dei risada.

— Enfim... chega de falar de mim. Como estão as coisas entre você e Max? Fiquei tão animada quando soube que vocês dois ainda estavam firmes e fortes. Sabe quando você simplesmente tem um pressentimento em relação a duas pessoas? E a sua intuição te diz que elas combinam perfeitamente?

Sorri.

— Está indo tudo bem. Tirei um tempinho de folga do trabalho e temos feito alguns passeios pela cidade.

— Fico feliz por você. Mesmo sabendo que meu leilão vai ser um pouco prejudicado sem o Bonitão na programação.

— Leilão?

— Eu organizo um leilão para a caridade todo outono. Nós arrecadamos fundos para crianças que não podem pagar os acampamentos de hóquei por todo o país. As pessoas doam coisas para serem leiloadas, mas o ponto alto da noite sempre é o momento em que leiloamos encontros com alguns jogadores solteiros. Ano passado, Max foi arrematado por trinta e cinco mil dólares, e esse foi o máximo que já conseguimos em um item.

Max terminou de autografar e se sentou ao meu lado. Ele pegou minha mão e entrelaçou nossos dedos.

— Você foi leiloado? — perguntei.

Ele resmungou.

— Eles me obrigaram.

Jenna riu.

— Aham, nós o *obrigamos*. Mas não o obrigamos a tirar a camisa e exibir os músculos quando os lances começaram.

Max baixou a cabeça.

— Eu me empolguei. Queria aumentar os lances.

Sorri.

— Você queria bater o recorde de lance mais alto da história, não é?

Ele ergueu uma sobrancelha.

— Como se você fosse fazer diferente.

— Trinta e cinco mil, hein? Você deve ser um produto valioso. Espero que eu não receba uma conta bem alta depois.

Max se inclinou para mim e baixou o tom de voz.

— Podemos negociar.

O jogo começou, e nos primeiros cinco minutos, vi um lado de Max que nunca tinha visto antes. Ele e Tomasso gritavam e berravam. Os dois se levantaram em um pulo várias vezes, e quando tornaram a sentar, ficaram na beirada. Estavam completamente focados no jogo. Max tinha começado com a mão pousada na minha coxa, mas tive que pedir para ele tirar, porque toda vez que acontecia alguma coisa no jogo, ele apertava com tanta força que eu tinha certeza de que ficaria com marcas de dedos. Ele nem percebia que estava fazendo isso. Mas sua intensidade e paixão eram muito sexy de ver.

Inclinei-me para Jenna quando os dois ficaram de pé para gritar com o árbitro durante o segundo tempo.

— Esses dois estão histéricos. Eu nunca vi o Max desse jeito.

— É a primeira vez que você assiste a um jogo com ele?

Fiz que sim com a cabeça.

— Por que isso é tão sensual?

Jenna balançou as sobrancelhas.

— Espere só até vocês chegarem em casa mais tarde. Eles precisam descarregar toda essa adrenalina que está correndo pelas veias deles. Diferente de quando são jogando, não importa se o time para o qual estão torcendo ganha ou perde. Então, todo mundo sai ganhando.

Quando o alerta sonoro anunciou o fim do segundo tempo, os rapazes praticamente desabaram em seus assentos. Max pareceu se lembrar de repente de que eu estava ali e se inclinou para mim.

— Você está bem?

Sorri.

— Estou ótima.

— Ai, meu Deus! — Jenna tocou meu ombro.

Quando ergui o olhar, vi que ela estava apontando para o telão.

Arregalei os olhos ao ver meu rosto nele. A câmera deu um zoom em nós dois. Enquanto eu tentava entender o que raios estava acontecendo, as palavras *Kiss Cam* surgiram na parte de baixo do telão.

— Vocês tem que se beijar! — Jenna riu.

Virei para Max, que deu de ombros.

— Por mim, tudo bem.

Em vez de somente se aproximar e encostar os lábios nos meus, ele ficou de pé e me puxou do assento. Passou um dos braços em volta do meu corpo para apoiar minhas costas e me curvou para trás antes de me dar um beijo e tanto. As pessoas ficaram assobiando e gritando à nossa volta, e quando ele me colocou de pé novamente, estávamos rindo e sorrindo de orelha a orelha.

— Sempre tão exibido — comentei.

— Não dá para evitar quando se tem algo que vale a pena exibir — disse com uma piscadela.

O último dia completo das nossas férias na cidade havia chegado. Faríamos checkout no hotel na manhã seguinte e voltaríamos para nossos respectivos apartamentos, e na segunda-feira, eu voltaria ao trabalho. Mesmo que ainda tivéssemos o resto do verão para nos divertirmos juntos, uma sensação de melancolia se instalou no meu peito. O agente de Max havia mandado uma mensagem para ele na noite anterior e disse que queria encontrá-lo para conversar sobre os termos do contrato que vinha negociando. Max tentou adiar para a semana seguinte, mas seu agente respondeu que precisava finalizar isso no fim de semana devido a uma reunião que o proprietário do outro time teria na segunda-feira. Max falou que poderia conversar com ele por apenas uma hora e pediu que o encontrasse para o café da manhã no hotel.

— Tem certeza de que não quer ir? — ele perguntou. — Você poderia comer enquanto conversamos.

Eu ainda estava deitada na cama, nua com um lençol sobre o meu corpo, apreciando a vista enquanto Max se vestia.

— Tenho, sim. Vou responder alguns e-mails enquanto você estiver na reunião.

Max se aproximou da cama e puxou o lençol de mim. Ele deu um tapa na minha bunda antes de se curvar e pressionar os lábios nos meus.

— Tudo bem, mas continue pelada.

— Vou pensar no seu caso.

Depois que ele saiu, empilhei alguns travesseiros atrás de mim para me apoiar e comecei a conferir minhas mensagens. Após dez minutos, meu celular vibrou. O nome que vi na tela me deixou com um peso no peito.

Gabriel.

Suspirei. Durante a última semana, eu não tinha pensado muito nele. Quando Max estava por perto, era difícil pensar em qualquer outra coisa, principalmente em outro homem. Na manhã em que Gabriel ligou para o escritório, eu lhe enviara uma longa mensagem dizendo que estava bem e tirando uma folga muito necessária do trabalho, e que ligaria para ele quando tivesse tempo. Porém, mesmo que eu tivesse passado várias horas de bobeira todas as manhãs e noites desde então, esse *tempo* nunca pareceu ser o certo.

Agora, eu não tinha exatamente um motivo para não atender, já que Max ficaria fora por um tempinho. Então, endireitei-me um pouco e atendi.

— Alô?

— Nossa, estava com tantas saudades da sua voz — ele disse.

Soltei um suspiro pesado.

— Faz um tempo, não é?

— Mais do que deveríamos ter permitido.

— Como estão as coisas?

— Na mesma. Lecionando, escrevendo... um dia após o outro.

— Como vai a escrita do livro?

— A cada quatro ou cinco páginas que escrevo, deleto três, então acho que estou progredindo.

— Acho que é melhor do que não escrever nada — comentei.

— E você? Me conte sobre essa folga. Pensei que esse dia nunca chegaria. Quando a sua recepcionista me disse que você ficaria fora por duas semanas, fiquei preocupado. Não me lembro de você ter tirado nem dois *dias* de folga desde que abriu a empresa.

— É, eu sei. Acho que estava na hora.

— Então, o que você tem feito?

— Só mesmo algumas coisas pela cidade que sempre quis fazer, mas nunca pude, como ir à Estátua da Liberdade e ao Empire State Building.

— Sozinha?

Fechei os olhos. Esse era o momento da verdade que eu vinha evitando. Poderia mentir e dizer que sim, mas por quê? Não estava fazendo nada de errado, e Gabriel havia sido honesto comigo quando eu perguntara a ele. Além disso, parecia errado esconder Max. Então, respirei fundo e esclareci:

— Não, não estou sozinha.

Gabriel ficou calado. Sua voz estava mais baixa quando tornou a falar.

— Com o cara que Josh viu com você?

Pisquei algumas vezes. É claro que Josh tinha ligado para Gabriel para contar que tinha me visto com outro homem. Se eu tivesse visto o ex de Maggie com alguém, teria ido direto até ela para despejar a informação.

Mas acho que fiquei surpresa pelo modo como Gabriel estava lidando com a notícia.

— Sim, o nome dele é Max.

— Era só um encontro ou… algo mais?

— Nós estamos saindo.

Houve mais uma longa pausa.

— Há quanto tempo?

— Acho que nos conhecemos há um mês, talvez um pouco mais.

— Você gosta dele?

— Sim.

Ouvi uma respiração pesada ao telefone. Imaginei Gabriel passando uma mão por seu cabelo bem-penteado.

— Eu sei que não tenho direito algum de dizer nada, já que tudo isso foi ideia minha, mas sendo sincero, isso dói. Acho que quando imaginei como as coisas seriam, pensei que seria como tem sido para mim, tipo uma ficada aqui e ali, uma companhia para o jantar ou algo assim. Mas foi burrice da minha parte. Eu deveria saber. Você não curte ficadas casuais.

— Eu tentei. Até baixei o Tinder. Mas não pareceu muito certo.

— Minha irmã me enviou o link com uma notícia sobre um beijo em um jogo de hóquei. Dizia que ele é jogador.

Ai, meu Deus. Eu fiquei arrasada quando Gabriel me *disse* que estivera com outras pessoas. Não conseguia imaginar como me sentiria se visse isso em um telão. Aquele beijo tinha ido parar em todos os noticiários. Senti uma dor no peito.

— Não acredito que você viu aquilo.

— Victoria não sabia que as coisas tinham mudado entre nós… então ela achou que…

— Ai, meu Deus. Ela achou que eu estava te traindo?

— Sim. Eu não tinha contado nada para a minha família.

— Espero que tenha esclarecido as coisas para não acharem que sou uma pessoa horrível.

— Sim, claro que esclareci.

— Por que você não tinha contado a eles?

— Não sei. Acho que imaginei que seria difícil explicar as coisas. Minha família te adora. Além disso, depois que eu voltasse para casa e a gente reatasse, não faria diferença. — Ele fez uma pausa. — É sério isso entre você e esse cara?

Depois que ele voltasse para casa e a gente reatasse. Como se isso já fosse algo determinado, e o que acho que eu estava desesperadamente tentando garantir que fosse, antes de Max. Mas, nesse momento, eu não sabia direito como responder àquilo. As coisas entre mim e Max pareciam estar sérias. Tínhamos passado cada instante das últimas duas semanas inseparáveis. E eu sentia algo por ele, algo bem forte, até. Mas nós também tínhamos um prazo de validade, então não havia como ficar mais sério do que isso, certo?

— Ele vai embora no fim do verão.

—Ah.

— Posso te perguntar uma coisa, Gabriel?

— Claro.

— E se eu tivesse dito que sim? Que as coisas entre mim e Max estão sérias? Como você se sentiria?

— Como acha que eu me sentiria? Eu não durmo há uma semana, desde que fiquei sabendo que você estava saindo com alguém. Isso é uma merda. Eu te amo, e você está com outro homem.

— Mas não me ama o suficiente para se manter fiel enquanto está longe. Você sabe que poderíamos ter visitado um ao outro e feito o relacionamento dar certo a distância. — Senti um nó na garganta. — Se você me ama, por que abriu mão de mim?

— A questão não era te amar ou não, Georgia. Eu te disse isso. Era não gostar de mim mesmo. Eu me sentia um fracasso, na minha carreira, na minha vida, em tudo. E, ao mesmo tempo, tudo estava indo às mil maravilhas para você: a sua carreira estava prosperando, você estava pronta para passar para a próxima fase da sua vida... você é uma estrela. Eu soube que alguma coisa precisava mudar quando comecei a ficar ressentido com o seu sucesso. — Sua voz falhou. — Não me sentia merecedor do seu amor.

Lágrimas desceram por minhas bochechas. Eu já tinha ouvido Gabriel dizer outra versão daquelas palavras, mas essa era a primeira vez que elas faziam total sentido. Nosso término tinha sido um choque para mim. Até então, eu só tinha sentido a minha própria dor. E agora podia compreender melhor por que Gabriel precisava de espaço para melhorar a si mesmo, mas ainda não conseguia entender isso de amar alguém e, ainda assim, querer *estar* com outra pessoa.

Respirei fundo.

— Sinto muito por você ter se sentido assim. E sinto muito por não ter me dado conta do quanto você estava sofrendo.

— Nada disso é culpa sua, Georgia. Não estou tentando fazer você se sentir mal. Mas perguntou como eu pude abrir mão de você, e nunca foi porque eu não te amava o suficiente, mas sim porque te amo o suficiente para abrir mão de você enquanto tento me consertar. Eu quero ser o homem que você merece.

Eu estava prestes a lembrá-lo de que o processo de consertar a si mesmo não precisava incluir ficar com outras pessoas, mas o som do seu choro no outro lado da linha me quebrou. Minhas lágrimas desceram mais rápido. Não sei o que esperava que aconteceria quando admitisse que estava saindo com outra pessoa, mas com certeza não era isso. Teria sido mais fácil se ele tivesse ficado com raiva e cheio de marra para cima de mim, se tivesse gritado e provocado uma briga. Mas isso... ouvi-lo desabar me deixou de coração apertado. Passamos muitos anos juntos, e mesmo que ele tivesse me magoado, eu não queria fazer o mesmo.

Limpei as lágrimas e respirei fundo. Conversamos por mais alguns minutos depois disso, mas eu não conseguia superar a tristeza das coisas que tínhamos acabado de falar. Nos despedimos dizendo que nos falaríamos em breve, mas nenhum de nós se comprometeu a tomar a iniciativa. Depois, fui tomar um banho, esperando que isso ajudasse a clarear minha mente e melhorar meu humor. Mas não conseguia me livrar daquele sentimento melancólico no meu peito.

Max voltou quando eu estava me vestindo. Eu estava de costas para a porta, fechando o sutiã, e ele se aproximou por trás de mim e me envolveu pela cintura com os braços.

— Você tem cada lingerie sexy, sabia?

Sorri.

— Me sinto bem usando lingeries de renda, mesmo quando ficam escondidas embaixo de roupas de moletom quando estou em casa. Como foi a reunião?

Max me virou de frente para ele e seu rosto murchou.

— O que houve? — indagou.

— Nada.

Ele franziu as sobrancelhas.

— Mentira. Parece que você andou chorando.

Estava tão emotiva que sabia que se falasse sobre isso, cairia no choro de novo. E não queria chorar por causa de Gabriel na frente de Max. Então, respirei fundo e tentei me acalmar, torcendo para que ele deixasse isso para lá se eu contasse por alto.

— Falei com o Gabriel.

Max cerrou a mandíbula.

— Ele te chateou?

— Não. — Balancei a cabeça. — Bom, sim. Mas ele não fez nada. Foi só... uma conversa difícil de se ter. Ele sabe que estou saindo com alguém.

Max olhou nos meus olhos.

— Você quer falar sobre isso?

Abri um sorriso triste.

— Não. Mas obrigada por perguntar. O que eu quero mesmo é curtir o nosso último dia aqui.

Ele baixou o olhar por um instante antes de assentir.

— Me conte sobre a reunião com o seu agente — insisti. — Você ficou feliz com o que ele tinha a dizer?

Ele fez que sim com a cabeça.

— Foi tudo bem. As negociações em um contrato de hóquei não se tratam só de concordar com um número. A estrutura dos pagamentos pode demorar mais para ser finalizada do que chegar ao número total, por causa do limite de teto salarial do time.

— Eu não sabia que não podiam simplesmente pagar às pessoas o que elas querem.

— Eles também querem que eu vá à Califórnia semana que vem, para conhecer o dono e o diretor-geral do time.

— Você vai?

Ele passou a mão no meu cabelo.

— Você quer ir comigo?

— Eu queria poder. — Suspirei. — Mas preciso voltar ao trabalho. Tenho muitas coisas me esperando.

Max inclinou a cabeça.

— Tem certeza de que não é por causa da conversa que te deixou chateada mais cedo?

Balancei a cabeça.

— Não é, de verdade.

Ele assentiu.

— Então, o que você quer fazer nesse nosso último dia?

— Sinceramente, eu adoraria só ir ao parque por um tempinho e depois voltar para cá e ficar agarradinha com você.

Max sorriu.

— Demorou.

Na manhã seguinte, acordei e me deparei com Max me encarando.

— O que você está fazendo? — perguntei com a voz grogue.

Ele acariciou minha bochecha com os nós dos dedos.

— Olhando para você.

— Enquanto eu durmo? Que sinistro, Bonitão.

— Você estava roncando pra valer.

— Eu não ronco.

— Ah, é, esqueci. — Ele sorriu. — Posso te perguntar uma coisa sobre... ele?

— Gabriel?

Max fez que sim.

— Claro.

— E se ele não tivesse terminado com você, mas ainda assim tivesse ido dar aulas em Londres ou seja lá o que tenha ido fazer lá?

— Como assim?

— Você acha que teria dado certo? Ele em Londres e você aqui em Nova York por todo esse tempo?

— Sem que ele saísse com outras pessoas? Sendo fiel?

— Sim.

Dei de ombros.

— Acho que sim. Não consigo pensar em um motivo para o contrário. Mas eu só soube que ele estava planejando ir para Londres alguns dias antes de ele terminar comigo. Acho que poderíamos ter combinado um cronograma de viagens e alternado visitas aos fins de semana e tal. A gente nem se via na maior parte dos dias da semana, de qualquer forma, porque eu trabalhava até tarde.

Max assentiu.

— Por que a pergunta?

— Não sei. — Ele balançou a cabeça. — Só estava pensando.

Ele estava falando sobre Gabriel, mas senti um friozinho de esperança na barriga de que talvez, só talvez, ele estivesse perguntando porque o tempo de voo para Londres era mais ou menos o mesmo do voo para a Califórnia.

— Que horas são? — perguntei.

— Quase dez.

— Oh, nossa. O checkout é às onze?

Max confirmou com um balançar de cabeça.

— Acho que é melhor eu espantar essa preguiça e ir tomar banho, então.

— Tenho uma ideia melhor.

— Qual?

Ele deslizou uma das mãos pelo meu corpo, mergulhando-a entre minhas pernas, com um sorriso safado.

— Você vai ficar molhada agora. Mas pode tomar banho depois.

Capítulo 18
Georgia

— Ok, já chega. Vamos. — Maggie se levantou da cadeira que ficava do outro lado da minha mesa.

Franzi a testa.

— O quê? Aonde vamos?

— Conseguir respostas.

Dei risada.

— Do que está falando, maluquinha?

— Nós vamos àquele bar de vinhos bem bonitinho que fica a dois quarteirões daqui, do lado daquele lugar suspeito que oferece massagens nos pés em quartos privativos e só recebe homens o tempo todo.

— Ainda tenho trabalho a fazer.

Fazia quatro dias que eu havia voltado ao escritório, mas ainda não tinha dado conta de todo os e-mails acumulados, relatórios para revisar e ligações para retornar.

— Você pode fazer amanhã. Quero que me conte sobre o tempo que passou com Max.

— Eu já te contei. Lembra que você estava no meu escritório me esperando às seis e meia da manhã com café batizado com rum?

— Sim, mas me contou a parte sobre a qual eu *queria* falar. Agora quero saber a parte sobre a qual você não quer falar. E nem venha me dizer que não tem mais coisa aí nessa sua cabecinha. Porque você já gabaritou os três itens na escala Georgia de quando algo está te incomodando. Às nove da manhã, seu cabelo já estava preso em um coque. Você só faz isso quando está com um problema que não sabe como resolver. Está checando as horas no celular como se estivesse esperando alguém ligar a cadeira elétrica, e está com aquela entonação estranha quando fala.

— Que entonação estranha?

— No final de cada frase, você ergue o tom de voz como se estivesse fazendo uma pergunta, quando não está fazendo uma pergunta.

— Mentira, eu *não faço isso*? — Cobri minha boca. — Ai, meu Deus, acabei de fazer.

Maggie riu.

— Você só faz essas coisas quando está com um problema que não sabe como resolver.

— Talvez eu esteja incomodada com um problema de trabalho.

Maggie cruzou os braços contra o peito.

— Ok. O que é, então?

— Eu, hã... — Nada me veio à mente, então balancei a cabeça, abri a gaveta da mesa e peguei minha bolsa. — Está bem. Mas não posso exagerar. Vou ter que chegar ainda mais cedo amanhã para compensar as coisas que deveria estar fazendo agora.

Maggie sorriu.

— Claro.

— Não era para eu me apaixonar pelo Max. Ele deveria ser apenas uma distração. — *Soluço*.

Maggie abriu um sorriso convencido.

— Eu sabia que você estava mentindo quando te perguntei na segunda-feira se estava se apaixonando por ele. Você disse *"Que nada, só estamos nos divertindo"*, de uma forma exagerada. Se tivesse pensado na minha pergunta por trinta e seis horas antes de responder, talvez eu tivesse acreditado.

— Mas eu amo o Gabriel. Eu tinha decidido me casar com ele.

— É possível amar uma pessoa sem estar *apaixonada* por ela. Eu te amo, mas não quero acordar ao seu lado todas as manhãs.

— Isso é diferente.

Ela deu de ombros.

— Não é bem assim. Quer saber o que eu acho?

Fiz beicinho.

— Não.

— É uma pena, porque vai ouvir mesmo assim. Eu acho que você passa tanto tempo analisando todas as decisões que esquece de ouvir o seu coração. As coisas na sua vida mudaram, e foi Gabriel que provocou isso. Não se esqueça.

Escondi o rosto nas mãos.

— Estou tão confusa. E Max vai se mudar no fim do verão.

— E daí? Ele é um atleta profissional. Provavelmente passa a maior parte da temporada viajando, de qualquer forma. Ele tem que morar perto do time para treinar e trabalhar, mas por que não poderia morar em dois lugares e passar as férias aqui, se as coisas entre vocês dessem certo? Você tem uma loja em Long Beach, Califórnia. Poderia trabalhar de lá, se quisesse, pelo menos durante uma parte da temporada. Você é autônoma, Georgia. Porra, poderia mudar a empresa inteira para onde quer que ele estivesse.

— Você está fazendo a minha cabeça girar.

Maggie sorriu.

— Não estou dizendo que você precisa fazer alguma dessas coisas. Só estou querendo dizer que não é porque ele vai embora que tudo tem que acabar.

— Mas foi com isso que concordamos.

— E o Aaron concordou em me amar para sempre e não cobiçar o próximo. — Ela deu de ombros. — As coisas mudam.

— Eu nem sei se Max quer algo mais.

— Ele não te deu nenhum sinal de que pode estar interessado em algo mais do que apenas um caso de verão?

— Bom... na última manhã das nossas miniférias, ele me perguntou se eu achava que as coisas entre mim e Gabriel teriam dado certo à distância, se ele não tivesse terminado comigo antes de ir embora. Por alguma razão, achei que ele podia estar perguntando isso porque vai embora para a Califórnia. Mas talvez fosse só ilusão minha.

— Hummm... — Maggie tomou um gole de vinho. — Aposto que ele estava, sim. Quando se trata de homens, geralmente o nosso primeiro instinto é certeiro. Eu sei que é difícil para alguém como você acreditar nisso, porque analisa problemas por cinquenta ângulos diferentes, mas, geralmente, nossa intuição enxerga com muita clareza as coisas que estão bem debaixo do nosso nariz.

— Mesmo se eu estivesse certa e pudéssemos de alguma forma tentar um relacionamento à distância... e o Gabriel?

— O que tem ele?

— Ele vai voltar daqui a seis meses. E se ele chegar aqui e disser que quer reatar comigo, que o tempo que passou longe o fez perceber o que realmente quer da vida?

— E quanto ao que *você* realmente quer da vida? Deixe-me te perguntar uma coisa: amanhã de manhã, você acorda e descobre que ganhou na loteria. Você pega o celular e liga para... quem? Para quem você liga? Bom, depois de ligar para mim, é claro.

— Eu não jogo na loteria.

Maggie balançou a cabeça.

— Colabore comigo, amiga. *Faça de conta* que jogou. Feche os olhos por um instante.

Respirei fundo antes de fechá-los.

— Ok... você se levanta da cama. Liga a TV no noticiário para ouvir enquanto se arruma, e ouve o jornalista dizer que apenas uma pessoa ganhou um bilhão de dólares na loteria, o maior prêmio da história. E o bilhete foi comprado no mesmo lugar em que você comprou. E então, ele lê os números: cinco, catorze, um, trinta e um, três, vinte e cinco. Você sai correndo para pegar o seu bilhete e conferir, mas sabe que esses foram os números que jogou porque é o meu aniversário, o seu e o da sua mãe. A sua mão treme quando você confirma que é a ganhadora. Pega o celular e liga para...

Fechei os olhos com força, tentando imaginar toda aquela cena. Eu podia ver exatamente o que ela tinha acabado de descrever: a TV ligada enquanto saio correndo para pegar o bilhete na minha bolsa, depois pegando o celular para ligar para alguém. Mas, então... fico olhando para o celular. Não sei para quem ligar primeiro.

Abri os olhos.

— Não sei. Não sei para quem eu ligaria!

— Bom, é isso que você tem que descobrir. Sabe do que precisamos para nos ajudar com isso?

— Uma lista de prós e contras?

Maggie bebeu o restante do seu vinho.

— Não. Mais vinho. Volto já. — Ela apontou para a minha taça, que ainda estava pela metade. — Termine de beber isso antes de eu voltar.

Enquanto ela estava no bar, meu celular começou a vibrar em cima da mesa. Peguei-o e sorri ao ver o nome de Max. Como Maggie estava conversando com o barman gatinho que ainda não tinha enchido nossas taças, deduzi que teria alguns minutos. Então, atendi.

— Oi.

— Oi, linda. Sabe no que eu estava pensando mais cedo?

— O quê? — Tomei um gole de vinho.

— Em te chupar na mesa do seu escritório.

Isso me fez inspirar bruscamente, o que foi péssimo, porque eu não tinha terminado de engolir o vinho, que acabou descendo pelo lugar errado. Comecei a tossir.

— Você está bem?

Dei alguns tapinhas no meu peito e falei com a voz rouca.

— Não! Você me fez engasgar com o vinho.

— Queria estar aí para fazer você engasgar com outra coisa.

Senti minhas bochechas esquentarem, e isso não tinha nada a ver com ter me engasgado com o vinho.

— Parece que tem alguém inspirado hoje.

— Não consigo evitar. Tive uma reunião com o diretor-geral do time. Ele estava atrasado, então me levaram para esperar no escritório dele. Ele tinha uma mesa enorme e um monte de prêmios pendurados nas paredes e tal. Parecia muito o escritório de um líder. Isso me fez imaginar como você deve ficar sentada à sua mesa, toda poderosa e sexy. Me dá vontade de te fazer implorar.

— Deixe-me ver se entendi: você me visualiza toda poderosa, e isso te deixa com tesão e te dá vontade de... me fazer implorar?

Eu obviamente não conseguia vê-lo, mas pude ouvir o sorriso nas duas palavras que ele usou para responder:

— Isso aí.

Dei risada.

— Você é um safado.

— Que tal ir trancar a porta do seu escritório e me deixar te dizer as coisas que quero fazer com você, enquanto enfia a mão na calcinha de renda que eu sei que você está usando?

Droga, agora eu meio que queria ainda estar no escritório.

— Tentador... mas não vai dar. Não estou no escritório.

— Onde você está?

— Em um bar com a Maggie. Ela está tentando me embebedar.

— Ótimo. Fico feliz por você ter saído do escritório em um horário decente.

— Ainda tenho muitas coisas para pôr em dia.

— Bom, pois trate de fazer isso. Porque quando eu voltar, vou te arrancar do seu escritório se ficar trabalhando até tarde demais. Você me prometeu um verão inteiro, e não vou aceitar só os fins de semana.

Sorri.

— Vou tentar.

— Muito bem. Vou desligar e deixar você ir curtir com a sua amiga.

— Você vai voltar amanhã, não é?

— Ah, merda... não. Foi por isso que liguei. Você me fez esquecer dizendo que queria que eu te chupasse na mesa do seu escritório.

Dei risada.

— Eu não disse isso.

— Eu ouvi na sua voz. Mas, enfim, liguei para te dizer que o jantar com o proprietário do time foi remarcado para sábado à noite. A filha dele entrou em trabalho de parto mais cedo e ele pegou um voo para seja lá onde ela mora. Ele vai voltar no sábado, então tive que mudar meu voo para o domingo. Tenho que cancelar nossos planos para o sábado. Desculpe.

— Ah, ok.

— A menos que você queira pegar um voo amanhã depois do trabalho. Tem uma mesa na minha suíte. Posso improvisar.

— Tentador... mas eu realmente não posso.

Maggie retornou à mesa, com as taças de vinho e um número de telefone rabiscado em um guardanapo. Balancei a cabeça, apontei para o meu celular e sussurrei "Max".

Ele ficou quieto por um momento.

— Sinto falta de acordar ao seu lado.

Meu coração apertou.

— Eu também sinto falta de acordar ao seu lado.

— Existe um jeito muito simples de acabarmos com o nosso sofrimento...

Sorri.

— Eu sei. Mas é que tenho muita coisa para pôr em dia no trabalho para pegar um voo amanhã à tarde.

— Está bem. Mas se mudar de ideia, me avise. Eu te mando uma passagem.

— Obrigada, Max.

— Tenha uma boa noite. Se cuide.

— Você também.

Afastei o celular da orelha para encerrar a chamada, mas Maggie o tomou da minha mão.

— Max? Ainda está aí? É a Maggie. — Ela sorriu para mim. — Ah, oi. Escute, compre a passagem. Eu me encarrego de colocá-la no avião.

— Me dê esse celular — pedi, mas ela se inclinou para trás, tentando evitar que eu o alcançasse.

— É uma ótima ideia. Obrigada, Max. — Ela balançou os dedos para o celular, mesmo que ele obviamente não pudesse vê-la. — *Tchauzinho*.

Maggie encerrou a ligação e segurou meu celular contra o peito, com um olhar sonhador.

— Ele disse que sente falta de acordar ao seu lado. Você tem que ir.

Neguei com a cabeça.

— Eu bem que queria, mas não posso. Tenho muitas coisas para fazer no escritório.

— Deixe-me te fazer uma pergunta... esse homem é tão doce e gentil quanto parece pelo pouco que presenciei dele?

Suspirei.

— É, sim. Por baixo de todo aquele exterior de um cara durão que joga hóquei e bate nos outros com um taco, tem um coração de manteiga.

— E como é o sexo?

Sorri só de pensar.

— Ele deixa essa doçura toda de lado quando passa pela porta do quarto. E quando me beija, coloca uma mão em volta do meu pescoço. É um gesto bem dominador e acho que deveria me assustar, mas eu adoro.

— Ele vai ficar fora por quanto tempo?

— Ele ia voltar amanhã à tarde. Mas surgiu um imprevisto e agora ele só vai voltar no domingo.

Meu celular vibrou na mão de Maggie com a chegada de uma notificação. Ela o ergueu para checar a tela e, em seguida, olhou para as duas taças de vinho diante de mim na mesa.

— É melhor você terminar de beber esse vinho e começar o próximo.

Franzi as sobrancelhas.

— Por quê?

Ela virou a tela do celular para mim.

— Porque Max acabou de te mandar uma passagem. Preciso que você encha a cara o suficiente para concordar em pegar o voo amanhã à tarde.

— Vou tomar um banho — Max disse para o meu reflexo no espelho do banheiro. — O café da manhã deve chegar em alguns minutos.

Desliguei o secador de cabelo.

— Ok. Já terminei. O banheiro é todo seu.

Ele exibiu suas covinhas e tirou sua cueca boxer.

— Ou você pode ficar e assistir. — Ele beijou meu ombro. — Ou, melhor ainda, se juntar a mim.

No mesmo instante, alguém bateu à porta da suíte.

— Parece que vai ser um banho para um, mesmo. — Sorri.

Max fez beicinho.

De volta ao quarto, procurei uma gorjeta na minha bolsa antes de abrir a porta. Mas a única coisa que eu tinha era uma nota de cem. Então, coloquei a cabeça na porta do banheiro.

— Ei, você tem dinheiro trocado para a gorjeta? Eu só tenho uma nota de cem.

Max já estava no chuveiro.

— Acho que sim. Minha carteira deve estar no bolso da calça ainda. Fique à vontade.

— Obrigada.

Olhei em volta do quarto procurando sua calça, mas não encontrei. Então, me lembrei de que devia estar perto da porta, onde ele a retirara depois de me prender contra a parede dois segundos após minha chegada. Sorri com a lembrança ao pegar a peça de roupa, onde encontrei sua carteira. Ele tinha uma nota de dez, então a peguei e abri a porta.

O funcionário do serviço de quarto entrou com um carrinho, e dei risada da caixa enorme de Cheerios e da jarra de vidro cheia de leite. Entreguei a gorjeta para o rapaz e o acompanhei até a porta. Antes que eu terminasse de fechá-la, ele se virou para mim.

— Senhorita?

— Sim?

Ele estendeu um cartão de visitas.

— Isso aqui estava dentro da nota que acabou de me dar.

— Oh, desculpe. — Peguei o cartão. — Obrigada.

De volta ao quarto, fui devolver o cartão à carteira de Max. Ao deslizá-lo no compartimento, não tive como não reparar nas palavras escritas no topo: *Cedars Sinai Neurologia & Neurocirurgia*. Havia um endereço logo abaixo, e na linha do horário da consulta, estava escrita a data que correspondia a dois dias atrás. Em vez de guardar de volta na carteira dele, deixei-o sobre o carrinho do serviço de quarto para não me esquecer de perguntar a ele sobre isso.

Depois, Maggie me ligou, e assim que Max estava saindo do banho, o celular dele tocou. Estávamos no meio do café da manhã quando notei o cartão novamente e o peguei.

— Isso aqui estava dentro da nota que tirei da sua carteira para dar de gorjeta ao rapaz do serviço de quarto. Eu não tinha percebido, mas ele me devolveu quando estava saindo.

Max olhou para o cartão e, depois, para mim. E não disse nada.

— Você foi a um neurologista há dois dias? — perguntei.

Ele pegou o cartão e o enfiou no bolso.

— Sim. Só um exame de rotina.

— Exame de rotina? Eu nunca fui a um neurologista.

Max enfiou uma colherada generosa de Cheerios na boca e deu de ombros.

— Existe algum motivo para você fazer esses exames?

Acho que eu nunca tinha percebido que Max costumava fazer um contato visual firme quando falava... até aquele momento, em que ele estava evitando meu olhar. Ele remexeu o cereal na tigela com a colher.

— Eu tenho enxaqueca. Então, faço alguns exames de vez em quando.

— Ah. Você nunca comentou que tinha enxaqueca.

Ele deu de ombros novamente.

— Acho que o assunto nunca surgiu.

— Seu médico é aqui da Califórnia? — Franzi a testa. — Então, você vem até aqui só para fazer esses exames?

— Ele é um bom médico.

Alguma coisa parecia estranha naquela conversa...

— Correu tudo bem na sua consulta dessa vez?

— Aham. Quer o número dele para confirmar?

Balancei a cabeça.

— Desculpe. Estou sendo intrometida.

— Sem problemas. — O celular dele vibrou sobre a mesa. Ele o pegou e leu a tela. — Tem alguma coisa que você queira fazer hoje?

Dei de ombros.

— Não.

— Você gostaria de ir ver algumas casas comigo?

— Casas?

— É. O diretor de operações do time me arranjou uma corretora, e ela perguntou se eu queria ir dar uma olhada em algumas casas hoje à tarde.

— Ah... eu não sabia que você planejava comprar uma casa.

— Eu não planejava. Mas o cara que cuida das minhas finanças está me incentivando a investir em uma propriedade há um ano. Ele disse que é o momento certo para comprar. Imaginei que não faria mal dar uma conferida no que dá para comprar em diferentes áreas da cidade. Eu concordei antes de saber que você viria, então se não estiver a fim, não tem problema. Posso cancelar.

— Não, tudo bem. Parece divertido.

— Ok. Vou dizer a ela que iremos daqui a uma hora.

— O que você tem?

Max se aproximou por trás de mim enquanto eu olhava para o centro de Los Angeles da sacada de um quarto no terceiro andar de uma das casas que estávamos visitando. Ele apoiou as mãos no corrimão, uma em cada lado do meu corpo.

— Como assim?

Ele afastou meu cabelo para o lado e deu um beijo leve no meu pescoço.

— Você está muito calada.

— Acho que só estou assimilando tudo. — Era a quarta casa que visitávamos, uma mais chique que a outra. Porém, com os preços que a corretora havia mencionado, elas não deveriam ser. Virei-me para ficar de frente para Max. Ele não fez a mínima menção de se afastar, mantendo-me presa entre seus braços musculosos. — Essas casas são lindas, mas um pouco opressivas, eu acho.

— É.

Cada uma das casas que visitamos tinha pelo menos quatro quartos. Mas o espaço no geral era tão aberto e grandioso.

— Por que ela está te levando para ver casas tão grandes? Foi isso que você pediu?

— Eu disse que queria com alguns quartos. Minha família gosta de me visitar. E o meu gerente financeiro disse que eu deveria me preparar para passar de sete a dez anos com o que quer que eu acabe comprando. Então, pensei... — Max deu de ombros. — Você sabe... talvez no futuro eu precise de mais espaço.

No futuro. Ele se referia a dali a alguns anos, quando provavelmente teria uma família para preencher todo o espaço vazio. É claro que fazia sentido comprar uma casa na qual você pudesse se estabelecer a longo prazo, mas a ideia dele se estabelecendo com outra pessoa me atingiu com força. Havia uma diferença entre alugar um apartamento de solteiro com um ou dois quartos, como o que ele tinha agora, e comprar uma casa multimilionária. Isso significava permanência, criar raízes a *quase cinco mil quilômetros de distância*.

A corretora entrou no quarto.

— O que achou?

— É ótima — Max respondeu. — Você poderia nos dar uns dez minutos para conversarmos em particular?

— Claro. — Ela apontou para trás com o polegar. — Tenho algumas ligações para retornar. Vou lá para fora enquanto vocês conversam. Estarei na frente da casa quando terminarem.

— Obrigado.

Assim que a corretora estava longe o suficiente, perguntei:

— Você está interessado nessa casa?

Max balançou a cabeça.

— Que nada. É bonita, mas parece que estou em um consultório médico. É moderna e estéril demais.

Dei risada.

— Então por que disse à corretora que precisávamos conversar em particular?

— Porque você não está mais sorrindo. — Uma das suas mãos desceu até a barra do meu vestido de verão e se infiltrou ali, deslizando para o meio das minhas coxas. — Eu vou colocar o sorriso de volta no seu rosto.

Arregalei os olhos.

— Não vou transar com você na sacada de outra pessoa.

— Claro que não vai. — Ele agarrou minha cintura e me virou de costas para ele antes de encostar os lábios na minha orelha. — Só vou te fazer gozar com a minha mão. Vou te foder adequadamente quando voltarmos para o hotel. Só vamos aliviar um pouco a tensão.

— Max... — comecei a protestar, mas ele segurou um punhado do meu cabelo e puxou minha cabeça para trás.

— Não vou deixar ninguém te ver — rosnou no meu ouvido. — Você está completamente coberta por trás, e ninguém mais consegue ver minha mão debaixo do seu vestido. — Sem me dar tempo para responder, ele deslizou a mão para cima, afastou minha calcinha para o lado e começou a massagear levemente meu clitóris em círculos. — Abra mais as pernas.

Quando não obedeci imediatamente, ele puxou meu cabelo com mais força, e meu corpo despertou para a vida.

— Abra mais e se segure no corrimão. Não solte.

Toda e qualquer hesitação desapareceu, junto com minha vergonha. Abri mais as pernas e segurei no corrimão.

A voz de Max estava rouca conforme ele escorregava os dedos por toda a minha extensão.

— Você já está tão molhada para mim. — Ele me penetrou com um dedo e o deslizou para dentro e para fora algumas vezes antes de adicionar mais um. — Algum dia, em breve, eu quero te ver fazendo isso em si mesma. Deitada na minha cama, pernas bem abertas e dedos na sua boceta. Você faz isso para mim?

Assenti. Naquele momento, eu teria dito que faria qualquer coisa que ele pedisse. Meu corpo estava tão excitado que eu soube que só precisaria de mais um minuto. Max retirou seus dedos de mim e, ao me penetrar novamente, usou três dedos. E, de repente, eu não precisava mais de todos aqueles sessenta segundos, afinal. Ele estocou uma vez, duas vezes, e foi o que bastou para que eu gozasse. Eu nem tinha me dado conta de que estava emitindo sons até uma das suas mãos cobrir minha boca.

Depois, eu mal tinha recuperado o fôlego quando Max me virou de frente para ele novamente e sorriu.

— Está melhor?

Ele deu risada diante da minha falta de resposta.

— Vamos. Me deixe te limpar no banheiro antes que a corretora venha nos procurar.

Duas horas depois, estávamos de volta à suíte de Max e tínhamos acabado de transar pela segunda vez no dia. Eu estava com a cabeça apoiada no seu peito enquanto ele acariciava meu cabelo.

— Quer voltar aqui comigo mês que vem para me ajudar a encontrar uma casa? — ele perguntou.

— Se eu puder, sim. Posso pensar e te dizer depois?

Ele riu.

— Claro.

— Do que está rindo?

— Você deveria ter nascido homem. Aperfeiçoou a arte de não se comprometer com nada.

256 Proposta de Verão

Suspirei.

— Desculpe.

— Tudo bem. Não vou desistir de você. Gosta da Califórnia?

Apoiei o queixo no topo das minhas mãos para responder.

— Gosto. O clima é ótimo, e adoro todos os desfiladeiros e a topografia diferente. Mas também adoro as quatro estações de Nova York e a energia da cidade. E eu odeio dirigir. E você? Vai sentir falta de Nova York?

Max acarinhou meu cabelo.

— Vou sentir falta de três das quatro estações. E da pizza. Mas prefiro dirigir a pegar transporte público. Com que frequência você vem aqui a trabalho?

— Duas ou três vezes por ano.

Mas assentiu. Ele fitou meus olhos por um longo tempo.

— Também vou sentir saudades de *você*.

Estar ali era um lembrete gritante do que aconteceria no fim do verão. Se eu estava ficando tão emotiva assim agora, como me sentiria quando o momento chegasse?

Recusando-me a ficar triste, virei o rosto para o lado e dei um beijo no seu peito, sobre o coração.

— Também vou sentir saudades de você.

Proposta de Verão

Capítulo 19

Max

— O que você gostaria de beber, Max? — Celia Gibson caminhou até o bar que ficava no pátio coberto do seu quintal. — Mais vinho, ou gostaria de uma bebida pós-jantar?

— Mais vinho seria ótimo. — Olhei em volta da paisagem extensa, que incluía uma grande estufa de vidro em um canto mais distante. As luzes estavam acesas, e eu podia ver seu marido e Georgia conversando lá dentro.

Celia se aproximou de mim, entregando-me uma taça de vinho.

— Então, eu sei que você não está na nossa lista ainda, mas posso te solicitar para um evento de caridade muito querido e importante para mim mesmo assim?

— É claro.

— No começo de agosto, antes dos treinos começarem, eu organizo um jogo amistoso de hóquei beneficente. Esse será o oitavo ano. Como somos o time sediado no lugar mais cheio de celebridades do universo, é uma disputa entre estrelas de Hollywood e jogadores profissionais. As pessoas se divertem muito, e você ficaria surpreso com quantas celebridades são grandes fãs de hóquei e se envolvem. Todo o dinheiro da venda dos ingressos e a receita das publicidades é doado para a Fundação Nacional de Alzheimer. Minha mãe e o pai de Miles tiveram essa doença horrível.

— Sinto muito por isso. Eu adoraria participar.

— Ótimo. Vou pedir à minha assistente que te mande as datas e alguns ingressos grátis para Georgia ou qualquer pessoa que você queira convidar.

— Tudo bem.

Voltamos a olhar para a estufa. Celia tomou um gole do seu vinho e sorriu.

— Lamento, mas acho que você vai ficar sem a sua Georgia por um tempinho. As pessoas sempre deduzem que o jardim de flores é meu, não do meu marido. É uma combinação estranha. As paixões dele são o time de hóquei e flores. Depois que Miles consegue levar alguém para dentro da estufa, aluga a pessoa por pelo menos meia hora.

Sorri.

— Rosas são o lance da Georgia. Ela não vai se importar.

Celia gesticulou para a mobília ali perto de nós.

— Que tal nos sentarmos? — Após nos acomodarmos, ela sorriu para mim. — Espero que não se importe que eu diga isso, mas é bom que Georgia tenha um lance. Já vi muitas esposas e namoradas se mudarem para cá com seus companheiros. Algumas abrem mão de suas carreiras, e outras são tão jovens que não crescem em suas próprias carreiras antes de se inserirem no estilo de vida do hóquei com seus parceiros. Mas os relacionamentos que duram, pelo menos os que já vi, são aqueles em que a mulher tem algo importante para si e para cuidar. Como você sabe, os jogadores passam metade do ano viajando. Muitos começam com suas parceiras seguindo-os por cada cidade, e isso é divertido por um tempo. Mas depois, começa a perder a graça, ou os filhos chegam e as viagens constantes já não são mais viáveis. Não me entenda mal, cuidar dos filhos é um trabalho em tempo integral. Mas ter algo só seu, algo pelo qual se tem paixão, é o que ajuda as mulheres a manterem suas identidades. Vá por mim, é muito fácil se tornar a sra. Gibson ou a sra. Yearwood e se esquecer de que também é a Celia ou a Georgia.

Assenti.

— Entendo.

— O escritório central de Georgia fica na costa leste, não é?

— Nova York.

— Ela pretende se mudar para cá com você?

— Não.

— Quando Miles e eu nos conhecemos, eu tinha acabado de abrir minha corretora de imóveis em Chicago. Antes disso, trabalhei para uma empresa por seis anos e queria expandir para o ramo de gerenciamento de propriedades, coisa que minha empresa antiga não fazia. Juntei-me com outros três amigos corretores e abrimos uma firma com dinheiro suficiente somente para pagar o meu aluguel e os salários deles por três meses. Então, foi tipo ou vai ou racha, mas adorei cada minuto da batalha. — Ela sorriu. — Conheci Miles em uma festa. Saímos algumas vezes enquanto ele estava na cidade, mas ele era um homem ocupado, então não era com tanta frequência. Em determinado momento, ele me perguntou se eu consideraria me mudar para a Califórnia, onde ficava a sede do seu negócio, para podermos dar uma chance real ao nosso relacionamento. Eu perguntei se ele consideraria se mudar para Chicago, onde ficava a sede do meu. Nem preciso dizer que ficamos em um impasse.

— Como fizeram dar certo?

— A princípio, não fizemos. Nos separamos por seis meses. Depois disso, ele apareceu no meu escritório e me perguntou onde eu fazia minhas negociações. Eu o levei até a sala de reuniões e negociamos até chegarmos a um acordo. Ele comprou um apartamento em Chicago e nós dividimos o nosso tempo: quatro dias por semana em uma cidade e três na outra. Foi possível porque eu podia remanejar todas as minhas visitas e compromissos presenciais em alguns dias da semana e deixar meu trabalho administrativo para os dias em que estivesse na Califórnia.

— Por quanto tempo isso durou?

Ela tomou um gole de vinho.

— Alguns anos. Acabei me apaixonando pelo sul da Califórnia. Não há comparação em dezembro, isso com certeza. Então, decidi me mudar, mas não abri mão da minha empresa em Chicago. Apenas deleguei a um dos agentes as coisas do dia a dia por lá e expandi o negócio para a Califórnia. Só a vendi há alguns anos. — Ela sorriu. — Era o meu lance.

Que pena que a distância era o menor dos problemas entre mim e Georgia. Eu gostava de Celia, mas não ia entrar em detalhes e explicar todas as outras merdas com que tínhamos que lidar. De certa forma, ela me lembrava de Georgia, e por isso eu sabia que a melhor forma de levar essa conversa era concordando e me desviando de qualquer tipo de debate. Então, assenti.

— Nós dois temos muito em que pensar nos próximos meses.

— Fifty-Seventh Street? — O motorista nos olhou pelo retrovisor.

Georgia e eu não tínhamos falado sobre quais seriam nossos planos assim que pousássemos em Nova York. Mas eu a queria na minha cama, disso eu não tinha a menor dúvida. Então, virei-me para ela.

— Meu apartamento?

— Preciso ir para casa. Tenho que me preparar para uma reunião amanhã cedo, e não estou com meu laptop. Você pode ficar no meu apartamento, se quiser.

— Não posso. Não marquei com as babás dos cachorros hoje à noite. Além disso, tenho negligenciado eles.

Georgia assentiu.

— Pensando bem, seria bom nós dois dormirmos de verdade. A gente acaba não fazendo isso quando dividimos a cama.

262   Proposta de Verão

Abri um sorrisão.

— Prefiro mil vezes te foder e ficar cansado a dormir.

O motorista ainda estava esperando uma resposta. Georgia me lançou um olhar arregalado de alerta, mandando eu me calar. Dei risada e me inclinei para frente para dar a ele o endereço dela.

— Obrigado por ter ido esse fim de semana. — Recostei-me no banco e segurei sua mão.

— Fiquei feliz por ter ido. E posso riscar o item *ser espontânea* da minha lista.

— Maggie teve que te embebedar e te convencer a ir... — Dei de ombros. — Mas, é, vamos chamar isso de espontaneidade.

Ela riu.

— Bom, foi espontâneo para mim. Quais são os seus planos para a semana?

— Tenho uma reunião com o meu empresário amanhã, eu acho. Na terça-feira tenho que ir para Providence, Rhode Island, para uma sessão de fotos.

— Mais um comercial de cueca em que você vai ter que colocar um treco que deixe as suas partes mais proeminentes? — Ela abriu um sorriso divertido.

— Não, graças a Deus. É uma propaganda de perfume masculino. Dependendo da hora que terminar, talvez eu vá para a casa do meu irmão em Boston para uma visita rápida. Não decidi ainda se vou pegar um voo ou dirigir. E você?

— O de sempre... um monte de reuniões, e-mails, cronogramas de produção. Também tenho que ir até o centro de distribuição de Jersey City essa semana. Vamos receber a primeira remessa de um novo produto, então quero me certificar de que tudo esteja dentro da qualidade que pedimos. Também teremos alguns outdoors que começarão a ser exibidos ao longo da rodovia Jersey Turnpike, então acho que vou chamar Maggie

para darmos uma volta por lá para ver como vão ficar.

— Você vai ter tempo para jantar comigo em alguma noite?

Seu rosto suavizou.

— Vou arranjar tempo.

Quando paramos em frente ao prédio dela, pedi ao motorista que me desse quinze minutos para que eu pudesse levá-la até seu apartamento. Peguei nossas malas do porta-malas e comecei a segui-la, mas depois de ver sua bunda naquela calça de yoga, pedi que ela esperasse um minuto e voltei correndo até o motorista.

— Você tem que ir buscar outra pessoa?

Ele negou com a cabeça.

— Você vai ser minha última corrida do dia.

— Ótimo. — Peguei minha carteira no bolso, selecionei algumas notas e as entreguei para ele. — Tem algum problema se eu demorar mais do que quinze minutos?

O motorista olhou para as notas de cem e balançou a cabeça.

— Problema nenhum.

— Valeu. — Voltei correndo para Georgia.

— O que você disse a ele?

— Eu mencionei que a sua bunda fica um espetáculo nessa calça? Quase me dá vontade de fazer aquela aula idiota de yoga com você de novo. *Quase*.

Ela deu risada.

— O que minha bunda tem a ver com o motorista?

— Eu o paguei para me esperar, caso você me deixe entrar para a gente dar umazinha.

Georgia torceu o nariz.

— Dar umazinha?

— Que foi? Não foi eloquente o suficiente para você? Que tal: caso você me deixe entrar e te comer?

— Credo.

— Molhar o biscoito?

Ela riu.

Abri a porta do seu prédio.

— Afogar o ganso?

Ela balançou a cabeça.

— Dar uma macetada? Trepar? Furunfar? Nhanhar? Que tal fazer nheco-nheco?

— Vá, continue. — Ela apertou o botão do elevador, mas sorriu. — Você vai acabar fazendo isso tudo aí só com a sua mão.

— Ah. Você quer termos mais maduros. Fazer amor? Copular? Fornicar? Fazer um rala e rola?

Saímos do elevador, e Georgia gargalhava enquanto procurava suas chaves.

— Acho que desperdiçou aquele dinheiro que deu para o motorista te esperar.

Dei uma apalpada na sua bunda enquanto ela destrancava a porta. Depois que abriu, nós dois entramos rindo pra valer.

— Que tal *foder*? Esse é clássico. Eu quero te foder até cansar, Georgia.

Coloquei sua mala no chão e abracei-a pela cintura, pronto para arrancar aquela calça sexy pra cacete do seu corpo.

Mas Georgia congelou. Sua risada parou abruptamente.

— Gabriel? O que está fazendo aqui?

Vi Keeland

— Desculpe. — O otário esfregou a nuca. — Eu te mandei mensagem, mas você não respondeu.

Georgia balançou a cabeça.

— Meu celular estava no modo avião. Devo ter esquecido de desativar. Mas por que você está aqui?

— Eu vim conversar. Você não estava em casa, e ainda tenho minha chave. Eu não tinha mais para onde ir.

Meus olhos se fixaram na mala ao lado dele. Cruzei os braços.

— Aqui é Nova York. Há hotéis em cada esquina.

Ele olhou para Georgia.

— Eu só quero falar com você. Vou para um hotel depois disso, se você quiser assim.

Se você quiser assim. Esse filho da puta deu um pé na bunda dela meses atrás e teve a cara de pau de tomar a liberdade de ir entrando no apartamento dela? Ele pediu desculpas, mas sua postura territorial demonstrava que sentia que tinha todo o direito de voltar assim.

Ele era mais alto do que eu imaginava, considerando a única foto que vi, e tinha um físico mais forte. Mas eu acabaria com ele num estalar de dedos, se chegasse a isso. Naquele momento, eu estava até torcendo que chegasse.

Mas, em vez disso, o sujeito deu um passo na minha direção e estendeu a mão.

— Sou Gabriel Alessi. Desculpe se interrompi a noite de vocês.

Não fiz menção alguma de me mexer.

Georgia mediu a situação e colocou uma mão no meu braço.

— Max, podemos conversar por um instante?

Olhei para ela, mas não disse nada. Ela apontou para seu quarto com a cabeça.

— No meu quarto. Podemos conversar lá?

Dei uma boa encarada no sujeito, deixando minha irritação muito clara, antes de assentir. Eu estava puto. Sentia como se tivesse fumaça saindo das minhas narinas. Mas quando segui Georgia até seu quarto e ela me fitou com os olhos marejados, a dor no meu peito me amoleceu. Eu não aguentava ver uma mulher chorar, mas principalmente Georgia, porque ela não tinha feito nada de errado.

— Eu não sei o que fazer — ela disse.

Soltei uma respiração pesada e assenti.

— O que você quer fazer?

— Sinceramente, quero me encolher na minha cama e dormir.

— Quer conversar com ele?

Ela baixou o olhar por um momento.

— Eu gostaria de saber por que ele está aqui.

Para mim, estava muito óbvio. Aquele merda quis colocá-la na geladeira por mais de um ano e ir se divertir. Mas no instante em que descobriu que ela estava se abrindo para o mundo e não em casa chorando, pegou o primeiro voo para Nova York.

— Você quer que eu vá embora?

Ela ficou quieta novamente por um instante.

— Acho que não estou com cabeça para estar com nenhum de vocês agora. Desde o instante em que nos conhecemos, você não tem sido nada além de maravilhoso comigo, e não vou te desrespeitar pedindo que saia do meu apartamento enquanto fico com outro homem na minha sala de estar, um homem com quem você sabe que tenho um passado. Mas também prefiro não ficar com você enquanto minha cabeça está um caos e estou me sentindo afetada pela volta de Gabriel. Então, acho que é melhor eu dizer a ele que vou encontrá-lo em algum lugar amanhã para conversarmos.

Por mais que eu preferisse que ela tivesse me dito para colocar aquele sujeito para fora no chute, sua solução era justa. Eu tinha me envolvido sabendo que ele estava no banco de reservas e voltaria para o campo em algum momento. Só não esperava que isso fosse acontecer hoje, com certeza. Mas respeitava a decisão de Georgia, e também odiava ver que, aparentemente, ela desabaria se eu fizesse qualquer coisa que não fosse concordar.

Então, assenti e abri os braços para ela.

— Está bem. Venha cá.

Ela se derreteu contra mim. Abracei-a com firmeza por todo o tempo que pude, depois dei um beijo no topo da sua cabeça.

— Me ligue se quiser conversar, ok?

Ela forçou um sorriso e assentiu.

— Obrigada, Max.

— Eu vou sair primeiro. Mas vou esperar lá embaixo para me certificar de que ele não vai te dar trabalho antes de ir embora.

— Ele não vai. Mas sei que isso vai fazer você se sentir melhor. Obrigada por sempre querer me proteger.

Georgia respirou fundo antes de sairmos do quarto. Esperei até chegar à porta antes de me virar e apontar para Gabriel.

— Não faça eu me arrepender de sair por essa porta primeiro. Tenha respeito.

Meu coração martelava no peito quando saí. Eu sabia que ir embora sem armar uma cena era a coisa certa a fazer, mas não fez com que fosse melhor. Do lado de fora, eu disse ao motorista que precisávamos ficar só mais alguns minutos, depois me encostei no carro e esperei. Nem cinco minutos se passaram antes da porta do prédio dela se abrir e Gabriel sair, arrastando sua mala. Ele deu alguns passos e hesitou ao me ver encostado no carro. Nossos olhares se prenderam, e continuamos nos encarando até ele chegar à calçada. Depois, sem dar uma palavra, ele saiu andando pelo quarteirão. Parece que era mais inteligente do que aparentava.

Capítulo 20
Georgia

O nervosismo meio que era um estágio passageiro para mim.

Eu odiava a agitação que revirava meu estômago sempre que me sentia ansiosa. Odiava não conseguir focar em qualquer outra coisa além do que quer que estivesse me fazendo surtar, e acima de tudo, odiava quando, por mais que eu analisasse tudo com muito afinco, não conseguia chegar a uma solução. Tudo isso me deixava zangada, e era nesse estágio que eu tinha acabado de entrar no dia seguinte às 11:58 enquanto observava Gabriel se aproximar da mesa do restaurante à qual eu estava sentada para o nosso almoço ao meio-dia.

Ele sorriu, mas não retribuí.

— Espero que não tenha esperado por muito tempo — ele disse, puxando a cadeira de frente para mim. — Saí do meu quarto sem a carteira e me dei conta de que a chave estava nela, e o pessoal da recepção não queria me dar uma chave nova porque eu estava sem um documento de identificação.

— Tudo bem.

Gabriel sentou e cruzou as mãos.

— Você está bonita. A luz daqui deixa o seu cabelo com um tom arruivado.

— Ele está ruivo. Eu finalmente decidi experimentar.

— Eu não sabia que isso era algo que você queria fazer.

Suspirei.

— O que você está fazendo aqui, Gabriel?

Ele pegou o guardanapo da mesa e o estendeu no colo.

— Eu vim conversar com você.

— Você deveria ter me dito que viria. E com certeza não deveria ter entrado no meu apartamento sem a minha permissão ontem à noite.

— Eu sei. — Ele baixou o olhar. — Lidei com tudo de uma forma muito errada, e sinto muito por isso.

A garçonete se aproximou e nos serviu água, perguntando se estávamos prontos para fazermos o pedido. Eu sequer tinha olhado o cardápio, nem estava com muito apetite.

— Vocês têm salada Caesar?

Ela confirmou com a cabeça.

— Temos, sim. Gostaria de acrescentar frango temperado nela? Fica muito bom. Eu sempre como assim.

Entreguei o cardápio a ela.

— Claro. Obrigada.

Ela olhou para Gabriel, que também lhe entregou seu cardápio.

— Vou querer o mesmo.

Depois que ela saiu, Gabriel balançou a cabeça.

— Ensaiei umas dez vezes o que ia dizer a você, no voo até aqui. Mas não consigo me lembrar de por onde começar agora.

— Que tal começar me dizendo o que está fazendo aqui? Pensei que você planejava voltar somente depois do seu tempo sabático.

— Esse era mesmo o plano, mas voltei para falar com você. — Ele pegou sua água e tomou um gole grande. Em seguida, respirou fundo. — Eu cometi um erro enorme, Georgia.

— Ao voltar?

Ele balançou a cabeça.

— Não, de jeito nenhum. Meu erro foi ter ido embora.

Eu estava usando uma camisa justa de mangas compridas, e de repente, senti como se o tecido estivesse apertando demais os meus braços. Foi como se minhas roupas tivessem encolhido dois tamanhos e estivessem tentando me sufocar. Diante da minha falta de resposta, Gabriel estendeu a mão por cima da mesa e cobriu a minha.

Me esquivei do seu toque.

Ele franziu as sobrancelhas.

— Você é a melhor coisa que já me aconteceu, Georgia. E fugi quando as coisas ficaram difíceis. Eu te amo e fui um completo idiota. Cometi um erro, e estou aqui para tentar consertá-lo.

— Você cometeu um erro? — Não sei por quê, mas sua escolha de palavras me deixou muito irritada. *Erro*. Era tão arrogante. Balancei a cabeça. — Não. Um erro é comer o salmão mesmo que ele esteja com a aparência estranha e passar mal no dia seguinte. Um erro é ler o resumo em vez do livro inteiro e não conseguir responder uma única questão da prova. Quando você diz à mulher que pediu em casamento que vai se mudar para a Europa e que quer transar com outras pessoas, isso *não* é um erro. É uma *escolha*.

Gabriel ergueu as mãos.

— Tudo bem, tudo bem. Eu entendo. Foi uma péssima escolha de palavras. Tomei decisões ruins. Mas estou aqui, e quero consertar tudo o que fiz de errado.

— Por quê?

— Porque eu te amo.

Sacudi minha cabeça.

— Não. Por que *agora*?

Gabriel passou uma mão pelo cabelo.

— Não sei. Porque sou teimoso e levei todo esse tempo para acordar para a vida.

Senti meu rosto esquentar.

— Não me venha com essa, Gabriel. Você está aqui por causa do Max. Não tinha problema algum você transar com quem quisesse e sair com outras pessoas. Mas assim que descobriu que eu estava saindo com alguém, de repente mudou de ideia.

Pelo menos ele teve a decência de parecer envergonhado.

Gabriel balançou a cabeça, baixando o olhar.

— Talvez. Talvez isso tenha sido o que me fez despertar, no fim das contas. Mas o motivo realmente importa? — Ele ergueu o olhar. — Às vezes é preciso perder o que se tem para se dar conta do quanto é importante para você.

— Acho que, na verdade, você sabia exatamente o que tinha, mas nunca achou que poderia perder.

Gabriel engoliu em seco.

— Foi isso que aconteceu? Eu já te perdi?

Eu não sabia mais qual era a resposta para aquela pergunta.

— Você voltou de Londres de vez?

Ele negou com a cabeça.

— Assinei um contrato até o fim do ano. Não posso vir embora antes de dezembro.

— O que mudou, então?

— Eu mudei. Tenho um compromisso com você.

— O que isso significa?

— Significa que você é tudo que eu quero. Te dou a minha palavra de que serei fiel.

— Mesmo que eu continue a sair com outra pessoa?

Gabriel endireitou as costas. Ele piscou algumas vezes.

— É isso que você quer?

Eu não tinha certeza de mais nada naquele momento, mas não quis simplesmente ceder. Balancei a cabeça.

— Não sei o que quero, Gabriel.

Ele soltou uma respiração entrecortada.

— Meu Deus, eu vacilei demais.

A garçonete trouxe nossas saladas. Nós dois ficamos um bom tempo calados depois que ela se retirou, sem ao menos encostar na comida. Minha cabeça estava em um caos tão grande que eu não conseguia sequer comer, muito menos entender o que faria.

Quando Gabriel falou novamente, sua voz saiu baixa:

— Você está apaixonada por ele?

Aquela pergunta me deu vontade de vomitar. Foi só então que me dei conta do quanto estava envolvida com Max.

— Não sei — respondi em um sussurro.

Durante a meia hora seguinte, fiquei remexendo na comida com o garfo. Não conseguia comer. Não conseguia pensar direito. Estava difícil distinguir todos os pensamentos girando na minha mente. Gabriel tentou puxar uma conversa leve, mas quando nossos pratos foram retirados, eu não saberia dizer sobre o que havíamos falado.

— Vou pegar um voo de volta hoje à noite. Hoje foi feriado na Inglaterra, então a universidade fechou, mas preciso estar de volta quando as aulas retornarem amanhã.

Assenti.

— Ok.

— Podemos jantar hoje à noite?

Senti-me um pouco mal por ele ter vindo de tão longe, mas neguei com a cabeça.

— Preciso de um tempo para absorver tudo.

Ele tentou abrir um sorriso forçado ao assentir, mas falhou miseravelmente. Depois que pagou a conta, saímos do restaurante e ficamos sem jeito diante um do outro.

Gabriel segurou minha mão.

— Eu preciso dizer mais algumas coisas, porque precisam ser ditas pessoalmente, e não sei quando nos veremos novamente.

— Ok...

— Eu fiquei perdido, por um tempo. Perder Jason, descobrir que meus pais não eram meus pais, finalmente conseguir publicar meu livro só para descobrir que eu não era bom o suficiente, e até mesmo ver a sua carreira deslanchar como um foguete... deixei tudo isso me fazer sentir um inútil, e acabei indo buscar validação nos lugares errados: um novo emprego, sair com outras pessoas, me mudar para um novo país. Eu estava envergonhado de quem era, mas também tinha medo de te dizer como estava me sentindo. Eu nunca deixei de te amar, Georgia. Só passei a me odiar mais. — Seus olhos ficaram marejados, e tive que engolir para evitar que as lágrimas caíssem.

Apertei sua mão. Nada daquilo estava me fazendo sentir melhor.

— Sinto muito por não ter enxergado o quanto você estava sofrendo.

— Não é culpa sua. Escondi muito bem por trás do meu ego enorme. — Ele abriu um sorriso forçado. — Posso te dar um abraço de despedida?

Assenti.

— Claro que sim.

Gabriel me abraçou com força por um longo tempo antes de me soltar. Pude sentir sua relutância em ir embora, e isso me lembrou de que como eu me sentira ao me despedir antes que ele fosse para Londres.

— Vou te dar um tempo antes de ligar de novo. A menos que queira conversar antes disso.

— Obrigada. Se cuide, Gabriel.

Eu estava há tanto tempo imóvel olhando pela janela que a luz com sensor de movimento do meu escritório apagou. Porém, só percebi quando Maggie chegou gritando.

— Puta que pariu! — Ela colocou uma mão no peito quando as luzes se acenderam novamente. — Achei que você tinha ido embora, porque estava escuro. Só vim deixar essas amostras na sua mesa.

— Desculpe.

Ela focou bem no meu rosto.

— O que houve? A viagem não foi boa? Quando nos falamos por mensagem no fim de semana, parecia que você estava se divertindo bastante.

— Não, a viagem foi boa.

— Aconteceu algo de errado aqui no trabalho?

Fiz que não com a cabeça.

— Gabriel está aqui.

Maggie arregalou os olhos.

— Aqui, tipo em Nova York?

Balancei a cabeça, confirmando.

— Você o viu?

— Ele estava no meu apartamento ontem à noite quando cheguei. Esperando por mim. Max estava comigo.

O queixo dela caiu.

— Você precisa de ajuda para enterrar o corpo que o Max assassinou?

Balancei a cabeça.

— Por um instante, achei que fosse acontecer algum embate ali. Dava para sentir a raiva emanando de Max. Mas ele agiu como o homem que tem sido desde o começo, atencioso e compreensivo. Conversamos a sós. Eu não queria pedir ao Max que fosse embora com Gabriel no meu apartamento, então pedi que os dois fossem embora e encontrei Gabriel para almoçar em um restaurante hoje.

— Por que não me ligou?

— Você estava em uma reunião quando cheguei, e eu nem sabia direito por que ele estava aqui.

— E então, o que ele queria?

— Ele quer fechar o nosso relacionamento aberto.

Maggie revirou os olhos.

— Claro que quer. Porque *relacionamento aberto* significava que outras mulheres podiam abrir as pernas para ele, enquanto você mantinha as suas fechadas.

Suspirei.

— É claro que esse é o motivo para ele ter mudado de ideia. Mas as escolhas que Gabriel tem feito ultimamente... mesmo que eu quisesse, elas não apagam o que tivemos juntos quando estava tudo bem. Ele me magoou, não há dúvida sobre isso, mas eu era apaixonada por ele, Mags. Tinha decidido que ficaria com ele pelo resto da vida.

— O que você disse a ele?

— Eu disse que precisava de um tempo. Gabriel e eu temos uma longa história. E a maior parte dela foi boa. Me importo com ele.

— Sei que sim.

Balancei a cabeça.

— Mas, então, tem o Max, e eu sou louca por ele. Não sei exatamente por quê, mas ele me faz querer viver *mais*. Desde ir ao parque a transar enquanto visitamos casas de cinco milhões de dólares em Hollywood Hills com a corretora esperando do lado de fora, me esconder em um hotel com ele e tirar uma folga do resto do mundo. Ele me faz sentir *viva*.

— Hã... podemos voltar para a parte sobre transar com a corretora esperando do lado de fora?

Abri um sorriso triste.

— Mas o Max é temporário. Ele vai embora no fim de verão. Acho que por mais que relacionamentos à distância sejam difíceis, não são impossíveis, mas combinamos apenas o que temos agora.

— Se Max não fosse embora e quisesse um relacionamento sério, o que você faria?

Como eu poderia ter certeza de qualquer coisa, àquela altura? Eu precisava de tempo para pensar. Apoiei o rosto nas mãos.

— Ai, Deus. Eu nem consigo decidir o que fazer com Gabriel. Você não pode me perguntar isso.

Maggie deu risada.

— Desculpe. Eu pensei que estava ajudando.

— Acho que minha decisão em relação ao Gabriel não deveria depender do Max. Ou eu quero ficar com o Gabriel, ou não. Tipo, se eu perguntasse ao Max se ele queria tentar um relacionamento à distância e ele dissesse que não, e só então eu dissesse ao Gabriel que, sim, queria reatar com ele, só faria isso porque Max não era mais uma opção. Eu deveria querer ficar com a pessoa que amo independentemente das outras oportunidades que eu possa ter por aí, entende?

Maggie assentiu.

— Faz muito sentido... mas vamos continuar a imaginar. Digamos que você decida que não quer ficar com o Gabriel porque tem sentimentos pelo Max, sem saber o que o Max quer. Então, você termina com ele, mas aí descobre que o Max não quer levar o relacionamento de vocês adiante depois que for embora. Como você fica com isso?

Respirei fundo.

— Seria uma droga, obviamente. Mas se me dispus a terminar com Gabriel para correr esse risco, significaria que meu relacionamento com ele estava condenado, de qualquer forma.

— É tudo ou nada com o Gabriel? Ele te deu um ultimato? Ou vocês param de sair com outras pessoas, ou está tudo acabado?

Dei de ombros.

— Eu não perguntei isso. Mas acho que se eu não quiser reatar meu relacionamento fechado com ele e ele quiser terminar tudo, não posso fazer nada.

Maggie balançou a cabeça.

— É estranho pensar assim, mas foi mais fácil o Aaron ter me traído. Ele tomou a decisão por nós dois. Tudo que tive que fazer foi pensar com qual dos amigos e sócios dele eu transaria primeiro.

Aquela devia ser a primeira vez que eu sorria de verdade desde a noite anterior. Mas então, meu celular vibrou sobre a mesa. Encarei o aparelho como se ele fosse explodir se eu encostasse nele. Maggie viu meu rosto e riu antes de estender a mão e pegá-lo.

Ela olhou para a tela por um momento e, em seguida, virou-a para mim.

— É o Max. Ele quer saber como você está.

Capítulo 21

Max

— Você vai passar a noite aqui em Rhode Island? — Breena, a maquiadora, deu mais batidinhas com algum produto na minha testa.

— Eu tenho família em Boston, então irei para lá depois que acabar aqui.

Meu celular vibrou no bolso. Peguei-o para ver se era Georgia, mas vi que era um número desconhecido da Califórnia. De novo. Porém, não era o mesmo que me ligara do consultório médico algumas vezes. O neurologista com quem eu havia me consultado em Los Angeles na semana anterior tinha me deixado alguns recados no correio de voz, mas eu não tinha chegado a retornar ainda. Deixei a ligação ir para o correio de voz e chequei meu registro de chamadas para ver se tinha perdido alguma de Georgia. Como esperado, não tinha.

Breena encontrou meu olhar pelo espelho e sorriu.

— Que pena. Eu poderia te levar para conhecer a cidade.

Ela era bonita, mas eu não tinha interesse em nenhuma outra mulher além daquela que vinha me evitando há dois dias.

— Obrigado. Quem sabe outro dia?

Estava sendo fotografado desde as dez da manhã. Tínhamos acabado de almoçar, e o fotógrafo disse que só levaria mais uma hora ou duas quando retomássemos. Ainda bem que não quiseram que eu sorrisse para essa campanha e pediram uma expressão mais *sombria*, porque era exatamente o humor em que eu me encontrava desde que saíra do apartamento de Georgia no domingo à noite.

Eu sabia que ela tinha ido almoçar com o ex no dia anterior, porque pelo menos isso ela me contou. E, a essa altura, ele já estava de volta a Londres. Mas eu não fazia ideia do que estava se passando na cabeça dela. Não tinha dúvidas de que estava analisando tudo até não aguentar mais, coisa que eu não achava que funcionaria a meu favor, já que tínhamos uma data de validade. Era uma droga, mas eu não tinha direito algum de lutar por ela quando não podia garantir com certeza que poderia lhe oferecer um relacionamento duradouro.

Lyle, o fotógrafo, entrou e interrompeu minhas ruminações. Ele estava com Quatro nos braços, assim como desde que eu chegara com os cachorros de manhã.

— O que acha de tirar algumas fotos com esse rapazinho aqui?

Falei com seu reflexo no espelho, já que Breena ainda estava colocando porcarias no meu rosto.

— Ele provavelmente vai lamber o que quer que ela esteja colocando no meu rosto agora. — Dei de ombros. — Mas, claro, se é o que você quer. Agradeço por ter me deixado trazê-los hoje.

— Ótimo. Acho que já cobrimos tudo o que o cliente queria esta manhã. Geralmente, passo metade do tempo fazendo o que eles *acham* que querem, e a outra metade fazendo o que acho que seria melhor. Em nove a cada dez vezes, eles escolhem a parte que improvisei. — Ele ergueu a mão livre e gesticulou como se visse algo escrito no ar. — Irresistível, até mesmo para uma fera selvagem — ele disse. — Acho que vai ficar um anúncio divertido. E com o seu rosto, ainda vai esbanjar sensualidade.

Dei de ombros.

— Se está dizendo.

— Me diga, ele tem alguma comida favorita? Eu gostaria de fazer algumas fotos com você deitado em um tapete felpudo e o cãozinho te lambendo. Vai ficar melhor se escondermos algumas iscas atrás do seu pescoço. Posso pedir à minha assistente que vá ao supermercado que tem aqui no quarteirão.

— Ele gosta de Cheerios.

— Perfeito! Mandarei comprar uma caixa.

Duas horas depois, meus cães e eu finalmente terminamos o ensaio fotográfico. Breena me deu alguns lenços removedores de maquiagem para limpar tudo o que ela tinha espalhado no meu rosto. Quando terminei, ela me entregou seu celular.

— Tirei algumas fotos suas com os cachorros por trás do Lyle. Ficaram muito fofas. Olhe só.

Passei as fotos e sorri. Ficaram muito boas. Parecia mesmo que Quatro estava tentando cheirar o meu pescoço.

— Poderia me enviar uma ou duas fotos? Minhas sobrinhas vão adorar.

— Claro. Coloque o seu número aí e eu envio por mensagem.

— Obrigado.

Depois que me despedi e coloquei meus cachorros em suas caixas de transporte no banco de trás do carro, meu celular apitou com a chegada de uma mensagem. Era Breena, que tinha me enviado uma cacetada de fotos e uma mensagem no final:

Breena: Se tiver um tempinho quando estiver voltando, me ligue. Posso te levar para conhecer Providence. Ou... podemos ir para a minha casa.

Ela finalizou a mensagem com um emoji de piscadela.

Em vez de responder, encaminhei uma das fotos do Quatro lambendo meu rosto para Georgia.

Max: Do ensaio de hoje. Acho que meus cachorros vão precisar ter o próprio agente.

Esperei alguns minutos e vi a mensagem mudar de entregue para lida. Fiquei empolgado pela primeira vez em quarenta e oito horas quando vi os pontinhos da digitação saltarem na tela. Mas esse sentimento foi substituído por decepção quando sua resposta chegou.

Um emoji sorridente.

Nada mais.

Resmungando, joguei o celular no console do carro e parti para Boston.

— Qual é a boa, Coroinha? — Meu irmão Tate me entregou uma cerveja e ergueu a sua para brindarmos.

Eu estava encostado no corrimão da varanda dos fundos da sua casa, olhando para... o gramado, eu acho.

— Nada de mais. E você, como está?

— Com um pouco de ressaca — ele respondeu.

— Em uma terça-feira?

— Bebi um pouco ontem à noite enquanto Cass estava fora. Ela foi a um clube do livro. A propósito, estou pensando em começar um desses.

— Você? Ler?

— Ela sai de casa com duas garrafas de vinho e um livro e volta bêbada. *Clube do livro* é só um código que mulheres casadas usam para "noitada das garotas". — Ele tomou um gole da sua bebida. — No meu clube do livro só para homens, vamos ler ficção histórica, tipo revistas *Playboy* dos anos 1950, que têm artigos com dicas para conseguir que a sua mulher faça oral em você depois do casamento, e ter nossas reuniões em um bar.

Dei risada.

— Depois me diga se Cass vai aceitar bem isso.

Tate encostou-se no corrimão.

— Então, o que está te incomodando?

— Quem disse que tem alguma coisa me incomodando?

— Bom, primeiro, eu consegui te prender em um mata-leão em trinta segundos. Isso não acontece desde que você tinha doze anos. Segundo, durante o jantar, Cassidy comentou que marquei uma vasectomia e você nem fez piada dizendo que minhas bolas já tinham sido cortadas há muito tempo, e três, você checou o celular umas quarenta vezes no decorrer das duas horas desde que chegou. — Ele fez uma pausa. — Problemas com mulher?

Suspirei e confirmei com a cabeça.

— Georgia?

— Não tem como ser outra pessoa, já que não consigo olhar para outra mulher desde o dia em que passei por aquele bar e a vi sorrindo.

— O que está rolando?

Eu não tinha contado a Tate os detalhes do meu relacionamento com Georgia. E não costumava ser o tipo de cara que falava sobre os problemas com as mulheres que namorava, mas, pensando bem, acho que isso se devia mais ao fato de eu nunca ter problema algum desse tipo do que por não querer discuti-los.

— Para resumir, ela estava noiva. O cara desfez o noivado e se mudou para Londres por um ano. Disse a ela que queria ter um relacionamento aberto. Eu sabia disso quando começamos a nos envolver. Ela foi honesta e direta sobre a situação. Pensei que seria o cenário perfeito. Eu vou me mudar em alguns meses, e ela não estava procurando nada sério porque não tem certeza de em que pé estão as coisas com o ex. E nossa química foi muito intensa, coisa que, no meu histórico, significa que esfria bem rápido.

— E... as coisas não esfriaram? Você se apaixonou por ela?

Assenti e bebi toda a minha cerveja.

— O ex apareceu sem avisar há dois dias, dizendo que queria voltar com ela.

— Que merda. — Tate balançou a cabeça. — Sinto muito, cara. Ela vai ficar com ele, então?

Dei de ombros.

— Não sei. Ela disse que precisava de um tempo para pensar melhor.

— Mas você disse a ela como se sente?

Fiz que não.

— E por que não, porra? Isso não é do seu feitio. Geralmente, você larga tudo e sai em disparada para ir atrás do que quer. Nós temos medo de tentar te impedir, porque vamos acabar sendo atropelados. Qual parte da história você não está me contando?

Encontrei o olhar do meu irmão.

— Ela não sabe.

Tate baixou a cabeça.

— Achei que você tinha dito que ia contar a ela.

— É que... o momento certo nunca surgiu.

Meu irmão ficou em silêncio por um longo tempo. Por fim, balançou a cabeça.

— E agora você está achando que é melhor sair de cena, porque ela merece mais do que você pode prometer.

Eu era próximo de todos os meus irmãos, mas Tate era o que me conhecia melhor. Confirmei com um gesto de cabeça.

— *Porra.* — Ele soltou uma longa respiração pela boca e balançou a cabeça. — Entendo, cara. De verdade. Eu faria o que fosse preciso para não magoar a Cass. Mas você precisa ter em mente que Georgia merece saber a verdade. Não somos mais moleques. O que vai fazer? Se afastar toda vez que se envolver em um relacionamento que tenha importância para você? — Tate me olhou fixamente. Quando continuei calado, ele sacudiu a cabeça. — Sério isso? Você só pode estar de sacanagem. Esse é o seu plano? Não pode estar falando sério. — Ele se afastou do corrimão. — Quer saber? Não vou te dar sermão, porque a vida é sua. Mas me lembro muito bem de um cara em quem eu me inspirava muito dar um ótimo conselho a outra pessoa. *"Se não está vivendo a sua vida do jeito que quer, vai morrer mesmo assim."*

Balancei a cabeça.

— É, e veja só no que deu.

Proposta de Verão

Capítulo 22

Max

Dez anos antes

— Que droga é essa? — Entreguei um copo descartável vermelho para o meu irmão. — Você não gosta da minha namorada ou algo assim?

— Do que você está falando?

Apontei para trás com o polegar.

— Teagan acabou de ir embora. Ela parecia estar chateada. Vi vocês dois juntos enquanto eu falava com o treinador. Vocês pareciam estar discutindo.

Era dia do churrasco de fim de temporada de hóquei da Universidade de Boston, e eu tinha convidado Austin e Teagan. Ela tinha que ir para o hospital depois, mas disse que poderia ficar por uma ou duas horas antes que seu turno começasse. Porém, ela deu no pé vinte minutos depois de chegar, assim que meu irmão terminou de falar com ela.

Ele bebeu sua cerveja.

— Não estávamos discutindo.

— Então, sobre o que estavam falando?

— Sobre o que estávamos falando?

— Tem um eco aqui, por acaso? — Olhei ao redor. — Sim. Qual era o tópico da conversa de vocês?

Austin desviou o olhar e deu de ombros.

— Nada.

— Bom, as bocas de vocês estavam se movendo, então tenho certeza de que *algumas* palavras foram emitidas.

Meu irmão balançou a cabeça.

— Não sei. Acho que estávamos falando sobre a faculdade.

— O quê, exatamente?

— Não me lembro. E por que você está me interrogando? — Meu irmão jogou os braços para cima. — Você só está de mau humor porque perdeu o último jogo hoje de manhã.

— Não faça isso.

— Isso o quê?

— Não tente virar o assunto contra mim. Tivemos uma ótima temporada. Foi só um jogo ruim de fim de ano com um monte de caras machucados. Já superei. Na verdade, eu estava de bom humor e pensei que seria legal passar um tempo com o meu irmão, que parece estar me evitando nas últimas seis semanas. O que é engraçado, porque, por acaso, seis semanas *também* é o tempo que faz desde que comecei a me relacionar com minha namorada... você sabe, aquela que acabei de ver recebendo gritos dele, coisa que ele está tentando fingir que nunca aconteceu.

Austin me fitou calado por um segundo.

— Não foi nada, tá legal?

— Então por que você não pode me dizer o que era, caramba?

Austin esfregou a nuca.

— Sei lá. Acho que estávamos falando sobre política.

— Política?

— Sim, eu sou a favor do sistema de saúde universal, e ela é contra. Isso diminui os salários dos médicos.

Analisei seu rosto.

— Sério? E por que não queria dizer isso?

— Não sei. Meio que me escapou da mente.

— Escapou da sua mente?

— Sim. Será que você pode parar de repetir tudo que eu digo, por favor?

Observei o rosto de Austin. Tinha algo de estranho, mas talvez ele só estivesse ranzinza com tudo ultimamente e o problema não fosse com Teagan.

— Está rolando alguma outra coisa, mano? Você está esquisito.

— Estou bem. Só me sentindo bastante pressionado. Fazer um curso que abrange Arquitetura e Engenharia arquitetônica ao mesmo tempo vem com muita coisa para lidar, principalmente no fim do ano com as provas finais chegando e os prazos para entregar projetos.

Assenti.

— Tudo bem. Desculpe. O dia está lindo, a comida é de graça e a cerveja está gelada. Vamos nos divertir um pouco.

Austin sorriu, mas continuei sentindo algo estranho entre nós. Mesmo assim, conseguimos deixar isso de lado e curtir o dia. Mais tarde, naquela noite, fui para casa, e Teagan foi ficar comigo depois que seu turno terminou. Ela gostava de ir direto tomar banho, então entrou no meu banheiro assim que chegou. Ficamos conversando pela porta aberta.

— Como foi o churrasco? — ela perguntou.

— Foi bom. Meu irmão conseguiu relaxar. Desculpe por ele ter sido um babaca com você. Ele disse que só está estressado.

— Ele... disse com o quê?

— Aulas.

Teagan fez uma pausa.

— Ah... ok.

Mais uma vez, aquela sensação estranha se instalou, como se estivesse acontecendo alguma coisa entre eles dois. Mas eu sabia que o meu irmão nunca faria isso comigo. Eu não tinha a menor dúvida. Ainda assim... tinha algo que eles não estavam me contando.

Fiquei no vão da porta do banheiro, ouvindo a água do chuveiro bater na banheira.

— Então... hã, sobre o que você e o Austin estavam conversando antes de você ir embora? Tive a impressão de que era meio sério.

— Ah, err... estávamos falando sobre esportes. Você sabe como nós de New England defendemos nossos times.

— Esportes?

— Aham... Vai, Pats.

Que porra é essa? Saí de lá e sentei na cama. Eu tinha atribuído muitos momentos esquisitos à minha imaginação, mas achar que esses dois estavam mentindo não era só coisa da minha cabeça. Quando Teagan saiu do banheiro, estava com uma toalha em volta do corpo. Normalmente, isso era o suficiente para me fazer esquecer de tudo, exceto como eu me sentia.

Ela inclinou a cabeça e sorriu.

— Devo me vestir?

— Sim, deve.

Seu rosto murchou.

— Ah.

Eu não disse uma palavra enquanto ela recolhia suas roupas antes de voltar para o banheiro para se vestir. Quando ela retornou, fiquei de pé.

— Você tá *trepando* com o meu irmão?

— O quê? Não!

Olhei-a diretamente nos olhos.

— Então, que porra está acontecendo, Teagan? Porque vocês dois estavam discutindo por alguma coisa. E não era por esportes ou saúde universal, como o meu irmão disse.

Ela fechou os olhos.

— Não estamos transando, e isso nunca aconteceu. Mas você precisa falar com ele sobre o que está acontecendo.

— Como assim, *o que está acontecendo*? Está me dizendo que você sabe de algo que eu não sei?

Ela me fitou. Dei um passo à frente.

— Teagan, fale comigo.

— Não posso.

— Por que não?

Ela respirou fundo.

— Pense bem. Qual é a única coisa sobre a qual eu não poderia conversar com você?

— Sei lá. Coisa do trabalho? Coisas médicas?

Teagan continuou apenas me encarando.

Fechei os olhos. *Merda.* Eu era tão idiota. Quando eles se conheceram, ela achara que ele parecia familiar e, depois, perguntara se ele estivera no hospital. Ele vinha sendo um babaca com ela desde então. A ficha caiu e senti como se tivesse levado um chute no estômago. Abri os olhos.

— Ele está bem?

— Fale com o seu irmão, Max.

— Mas que droga é essa? — Meu irmão esfregou os olhos. — Você

Vi Keeland

está bêbado? São duas da manhã.

Passei direto por ele e entrei no seu apartamento.

— Me conte o que está acontecendo.

Ele balançou a cabeça.

— De novo com essa merda?

— Eu não tô brincando, Austin. Eu sei que tem alguma coisa acontecendo com você, e a Teagan não quer me contar, o que significa que tem a ver com a sua saúde. — Cruzei os braços contra o peito. — Não vou embora até saber a verdade. Então, é melhor você começar a falar de uma vez.

A expressão do meu irmão mudou, como se estivesse se rendendo.

— Sente-se.

Ele foi até o armário e pegou uma garrafa de vodca e dois copinhos de shot. Após encher os dois, ele entregou um para mim antes de virar o seu. Segui seu exemplo. Austin serviu mais um shot, mas somente para si.

— Eu estava com dor nas costas há um tempo. Imaginei que tinha distendido algum músculo. Mas não melhorava. Então, comecei a ter dificuldade para correr. Ficava exausto após correr meio quarteirão, quando costumava correr quinze quilômetros sem nem ao menos suar. Certa noite, eu estava pegando uma garrafa d'água da geladeira, e só me lembro de levantar do chão depois. Eu tinha desmaiado. Então, fui ao pronto-socorro.

— Por que não me ligou?

— Você tinha ido jogar fora da cidade. Foi a noite em que conheci Teagan. Não me lembrei dela de cara. Ela não tinha falado muita coisa, só seguia o médico conforme ele ia de paciente em paciente. Só me lembrei mesmo quando a vi de uniforme. Acho que vê-la em contexto refrescou minha memória.

— Ok... mas o que aconteceu no hospital?

— Fizeram alguns exames, tiraram raio-X e fizeram uma ultrassom. Quando os resultados saíram, o médico disse que eu tinha um aneurisma na aorta abdominal.

Arregalei os olhos.

— Igual ao papai?

Austin confirmou com a cabeça. Ele pegou o copinho de shot e virou mais uma dose. Passei uma mão pelo cabelo.

— O que podem fazer a respeito disso?

— Podem retirar através de uma cirurgia. Mas sempre há o risco do aneurisma se romper durante o procedimento.

E foi exatamente isso que acontecera com o nosso pai. Ele havia falecido na mesa de cirurgia. Dessa vez, eu servi os shots. Após nós dois bebermos, balancei a cabeça.

— Por que não me contou?

— Porque você ia me dizer que sou jovem e saudável, então minhas chances são melhores do que as do papai, e eu deveria fazer a cirurgia para reduzir o risco de o aneurisma se romper sozinho.

— Foi isso que o médico recomendou?

Austin balançou a cabeça afirmativamente.

— Ele disse que se eu não cuidar disso logo, vou começar a ter dificuldade para andar. Já fico sem fôlego só de ir do meu carro até a aula. Parece que sou um velhinho de oitenta anos.

— Bom, então, nesse caso, não me parece que você tenha muita escolha. Se não está vivendo a sua vida do jeito que quer, vai morrer mesmo assim.

— Estou com medo pra caralho, Max.

— É claro que está. Mas tem que falar sobre isso, se quiser superar. Se não lidar com isso, só vai dar mais poder aos seus medos. Você não pode deixar que te dominem.

Meu irmão franziu a testa.

— Eu não quero morrer, porra.

— Você não vai morrer. Já buscou uma segunda opinião?

Ele negou com a cabeça.

— Muito bem, então. Vamos começar por aí. A mamãe sabe?

— Não. E você não vai contar. Ela mal superou a morte do papai.

— Qual vai ser, então? Você pretende simplesmente fazer a cirurgia e não contar a ninguém? Se for assim, vai morrer com certeza, mesmo que a cirurgia seja um sucesso. Porque Tate vai te matar.

Austin abriu um sorriso triste.

— Agora não, ok? Não quero que mais ninguém saiba, pelo menos até eu decidir o que vou fazer.

— Mas você vai buscar uma segunda opinião e me deixar ir junto?

Austin assentiu.

— Tá bom. Mas prometa que não vai dizer nada a ninguém.

— Vou fazer ainda melhor. Não vou dizer nada a ninguém *e* prometo que não vou deixar você morrer.

Capítulo 23
Georgia

— Estou apaixonada pelo Max.

Os olhos de Maggie me encontraram por um instante antes que ela voltasse sua atenção para a estrada.

— Bem, que bom saber disso. Mas por que só está dizendo agora? Estamos juntas desde que te busquei para irmos ao depósito às seis da manhã. Tentei te incentivar a falar sobre essas coisas meia dúzia de vezes. E você escolhe justo *esse momento* para desembuchar? Às nove da noite, depois de um expediente de quinze horas e faltando cinco minutos para chegarmos ao seu apartamento?

Sorri.

— Desculpe. Os últimos dias foram muito longos, e não tenho dormido direito. Estou muito cansada, e normalmente, a única coisa que quero quando estou exausta é cair na minha cama e apagar. Gabriel e eu discutimos por causa disso mais de uma vez. Por exemplo, quando estávamos lançando produtos novos e eu trabalhava até muito tarde toda noite, lembra? Ele me convidava para ir dormir na casa dele, mas eu não ia porque só queria estar na minha própria cama. Estou exausta agora, mas preferiria ir para o apartamento de Max e ficar abraçadinha e dormir com ele e os dois cachorros dele que roncam a ter minha cama inteira só para mim. E isso fez com que eu me desse conta de que uma noite mal dormida com Max é melhor do que uma noite bem dormida sozinha. Porque estou apaixonada por ele.

— Fico feliz por você. Não conheço Max tão bem assim, mas gosto muito dele e tive um pressentimento em relação a vocês dois desde o início. Você pode até não entender nada de hóquei, e ele pode até não saber muita coisa sobre administrar uma empresa como você faz, mas vocês tem muitas coisas importantes em comum, como autopercepção e ambição. Gabriel sempre achou que era ambicioso, mas existe uma grande diferença entre querer certas coisas da vida e estar disposto a dar a cara a tapa para fazer acontecer, sabe?

Assenti.

— Max nunca ficaria chateado por eu querer trabalhar sessenta horas por semana. Ele tentaria fazer o melhor que pudesse para me distrair, mas também ficaria animado para saber no que eu estava trabalhando.

Maggie parou em frente ao meu prédio.

— Então, como ficam as coisas com o Gabriel?

Suspirei.

— Ainda tenho sentimentos por ele. Não posso negar. Temos uma longa história juntos, e houve um tempo em que eu tinha certeza de que ficaria com ele para sempre. Mas agora sei que prefiro me arriscar com Max a ficar com o Gabriel, mesmo que ele esteja disposto a se comprometer comigo e falte apenas seis meses para voltar, *e* mesmo que Max vá se mudar para quase cinco mil quilômetros de distância daqui.

— Bem, você conhece o ditado. Se ama alguma coisa, deixe-a livre. Se ela voltar, sempre foi sua. Se não, vá se foder por ter sido um idiota e deixado ela livre na primeira oportunidade.

Dei risada.

— Acho que essa frase deveria se tornar uma opção de mensagem para os nossos cartões.

— Com certeza. Eu sou poética. — Ela sorriu. — Então, qual é o seu

296 Proposta de Verão

plano? Eu sei que você tem um. Porque Deus me livre você tomar uma decisão e não ter um plano detalhado de doze páginas explicando como agir prontinho na sua cabeça.

— Preciso falar com o Gabriel primeiro, dizer a ele que não estamos na mesma página e que não quero mais nenhum relacionamento com ele, seja aberto ou fechado.

— E o Max?

— Estou torcendo para que nós dois, sim, *estejamos* na mesma página. Teríamos muitas logísticas para decidir, obviamente. Mas talvez ele possa ficar comigo durante o tempo entre temporadas e alternarmos visitas quando ele estiver jogando.

— Não quero cortar seu barato, mas minha função como copiloto é me certificar de que estamos prontas para decolar. O que vai acontecer se você terminar com Gabriel e Max disser que não acha que um relacionamento à distância vai dar certo?

Balancei a cabeça.

— Aí eu viro uma solteirona viciada em trabalho?

Maggie abriu um sorriso irônico.

— Ótimo plano B.

Coloquei a mão na maçaneta da porta do carro.

— Obrigada por dirigir hoje. Minha mente precisava de tempo para divagar.

— Sem problemas. A minha divaga enquanto dirijo. Nem me lembro de ter passado pela ponte.

Dei risada.

— Talvez eu chegue um pouquinho mais tarde amanhã, para poder ligar para Gabriel ainda em casa. Não vai ser uma conversa fácil.

— Tudo bem. Vou segurar as pontas. Passe no meu escritório quando chegar para me contar como foi.

— E se deixarmos as coisas como estão? Deixarmos o relacionamento aberto e ver como nos sentimos quando eu voltar? Não vou sair com outras pessoas se você não quiser. — Gabriel fez uma pausa. — *Por favor*, Georgia. Me dê outra chance. Eu sei que fiz merda.

A emoção em sua voz me fez sentir vários nós no estômago. Mas eu precisava me manter firme para ser justa com nós dois. Seria tão fácil apenas dizer "claro, vamos continuar em um relacionamento aberto" e deixar Gabriel na geladeira enquanto via se as coisas com Max dariam certo ou não. Mas eu precisava dar tudo de mim ao me arriscar com Max, e isso significava estar completamente disponível.

— Sinto muito, Gabriel. Muito mesmo. Mas, a essa altura, é melhor terminarmos de vez.

— Você... não me ama mais? — Sua voz falhou.

— Você sempre vai ter um pedaço do meu coração, porque eu o entreguei a você. Mas o amor pode mudar.

— Deus, pisei muito na bola. Se eu não tivesse ido embora...

— Não sei bem se isso é verdade. Eu acho que qualquer amor que tenha a palavra "se" envolvida talvez não seja o tipo de amor que dura. O amor verdadeiro deve sempre ser "mesmo que" ou "apesar de", nunca "se".

— Aquele jogador de hóquei te obrigou a fazer uma escolha?

— Max nem sabe que estou fazendo uma escolha.

Gabriel ficou quieto.

— Não sei o que me resta a dizer, mas não quero me despedir, porque me dá a sensação de que nunca mais vou poder falar com você.

Ele não estava errado. Estávamos terminando. As pessoas sempre dizem que vão manter contato, mas isso raramente acontece.

— Eu sinto muito, Gabriel. De verdade.

— Me promete uma coisa?

— O quê?

— Se estiver solteira quando eu voltar, por qualquer motivo, me deixa te levar para jantar, mesmo que seja como amigos?

Suspirei.

— Claro.

— Eu te amo, Georgia.

— Adeus, Gabriel.

Esperei até o começo da tarde para ligar para Max.

Fiquei sentindo um peso no peito após terminar de falar com Gabriel e precisei de um tempinho para me livrar daquele sentimento melancólico. Mas conforme as horas se passaram, saí da minha tristeza para um nervosismo *enorme*. Eu tinha acabado de terminar com um cara com quem me importava para me arriscar com um que eu nem sabia se sentia por mim o mesmo que eu sentia por ele.

Por fim, também comecei a me sentir empolgada diante da ideia do meu possível futuro com Max, mas era o tipo de empolgação que eu imaginava que um trapezista devia sentir ao começar a andar pela corda bamba sem uma rede de proteção.

Ainda assim, me senti mais viva do que nunca ao pegar o celular para ligar para Max.

— Oi, linda. — Sua voz profunda e grave me envolveu como um cobertor quentinho.

Suspirei.

— Seria estranho se eu te pedisse para gravar isso para que eu possa ouvir sempre que estiver pra baixo?

— Que tal você simplesmente me ligar e ouvir ao vivo quando precisar? Já faz uns dias...

— É, desculpe por isso. Eu precisava de tempo para colocar a cabeça no lugar.

— Deu certo? Está se sentindo melhor?

— Sim, estou.

— Que bom. Fico feliz em saber. Você quer falar sobre isso?

— Sim. Mas queria que pudéssemos conversar pessoalmente. Você vai estar ocupado hoje à noite?

— Na verdade, vou, sim.

— Ah... tudo bem. Amanhã, então?

— Não vou ter voltado ainda. Vou passar uns dias na Califórnia. Meu voo é hoje à noite.

— Eu não sabia que você tinha uma viagem planejada tão cedo assim.

— Foi meio que de última hora.

— Quando você volta?

— Sábado.

Normalmente, Max era um livro aberto. Mas ele não estava me oferecendo nenhuma informação sobre essa viagem.

— Está tudo bem com o seu novo time?

— Sim. Só tenho que cuidar de umas coisas por lá.

Suas palavras vagas me deixaram com uma inquietude na boca do estômago. Mas tentei dizer a mim mesma que era o nervosismo tomando conta de mim. Além disso, ainda não tinha dado a Max nenhum indício de como estavam as coisas entre mim e Gabriel, então fazia sentido ele estar

Proposta de Verão

um pouco pensativo. Podia ser isso, também.

Então, fui em frente.

— Então nós podemos jantar quando você voltar no sábado à noite?

— Claro. Meu voo vai ser pela manhã, mas com o fuso horário, acho que pouso por volta das quatro.

— Ok. Que tal você ir para o meu apartamento? Eu faço o jantar. Assim você não precisa se preocupar com o horário, caso seu voo se atrase ou algo assim.

— Pode ser.

— Perfeito. Tenho que trabalhar até um pouco mais tarde hoje, então é melhor eu ir. Tenha uma boa viagem. Te vejo no fim de semana.

Proposta de Verão

Capítulo 24

Georgia

Os últimos dias tinham sido os mais longos da minha vida. Quando o sábado finalmente chegou, meus nervos estavam à flor da pele. Desde que nos conhecemos, Max e eu nos encontramos ou trocamos mensagens quase todos os dias, mas ele não se comunicou comigo uma única vez enquanto estava na Califórnia. Claro que fui eu que dissera que precisava de um tempo depois que Gabriel apareceu, e Max estava sendo respeitoso e acatando isso. Mas, mesmo assim, ele ainda me mandava ao menos uma mensagem simples e curta todos os dias para saber como eu estava. Nesses últimos dias, tudo o que recebi foi completo silêncio.

Então, no fim das contas, acabei tomando a iniciativa, e no dia anterior enviara uma mensagem perguntando como estava sendo a viagem, na esperança de retomar nossa conexão. Sua resposta foi educada, mas curta, e me fez sentir que era melhor eu não insistir em continuar a conversa. Agora, a sensação de inquietude que senti na última vez em que nos falamos por telefone tinha se transformado em uma ansiedade completa.

Às sete, quando ele bateu à minha porta, minhas palmas estavam suando.

— Oi.

Max me deu um beijo nos lábios ao entrar, o que ajudou muito a acalmar meu nervosismo.

— Como foi o voo?

— Tranquilo.

— Quer uma taça de vinho?

— Se você for beber também, sim.

Ah, eu ia beber, com certeza. Naquele momento, eu nem estava muito a fim de dividir. Minha vontade era beber tudo direto da boca da garrafa.

Max me seguiu até a cozinha. Ele sentou em um dos bancos diante da bancada enquanto eu pegava taças no armário e o vinho na geladeira.

— Você conseguiu fazer tudo o que precisava na viagem?

— Consegui.

Fiquei muito incomodada por ele não ter me contado por vontade própria por que tinha voltado para lá tão cedo. Por alguma razão, eu precisava muito saber. Mas não costumava ser do tipo que se intrometia, então seria estranho forçar. Enchi uma das taças e a coloquei diante de Max, olhando-o nos olhos.

— O que o time precisava que você fizesse para ter que voltar lá tão cedo?

Ele baixou o olhar para o vinho.

— Nada. Eu só precisava resolver algumas coisas. Encontrei um lugar para morar.

Minha mão congelou com a taça de vinho a caminho da boca.

— Você comprou uma casa?

Ele balançou a cabeça.

— Não, resolvi alugar por um tempo para ir conhecendo a área antes de decidir onde quero morar.

Quando estávamos juntos na Califórnia, Max me perguntara se eu queria voltar com ele para ajudá-lo a procurar uma casa no mês seguinte. Ele tinha mudado de ideia quanto a querer minha opinião? Talvez isso não tivesse sido planejado. Então, mais uma vez, tentei deixar minha inquietude de lado.

— Me conte como é. É um apartamento ou uma casa?

— É uma casa. Fica nas colinas. É bem bacana. Tem três quartos e uma piscina com uma vista bonita. A proprietária é uma atriz que vai trabalhar em dois filmes na Europa, então a casa está toda mobiliada e o contrato de aluguel é de apenas um ano, e aí posso procurar algo mais permanente depois disso.

Mais permanente. Senti como se alguém tivesse feito um nó na minha garganta. Abri um sorriso forçado.

— Que ótimo. Quando o contrato de aluguel começa?

— Primeiro de julho.

Meu estômago afundou.

— Oh, nossa. Falta muito pouco.

Ele baixou o olhar e assentiu.

— É.

O forno emitiu um sinal sonoro, avisando que já estava pré-aquecido. Fiquei grata pela distração momentânea e pela chance de esconder as emoções que deviam estar piscando como um letreiro em neon no meu rosto. Virei-me, peguei a assadeira de cima do fogão e a coloquei no forno, dando uma mexida nos botões para enrolar mais um pouco antes de ter que olhar para Max novamente.

— Fiz frango à milanesa e risoto — eu disse a ele. — O frango só precisa esquentar um pouco no forno.

Quando vi que não tinha mais como enrolar, terminei de beber meu vinho e enchi a taça novamente.

— Que tal irmos sentar na sala enquanto esperamos? — Comecei a sair da cozinha sem esperar por uma resposta, mas Max segurou minha mão.

— Ei. — Ele me observou com cautela. — Você está bem?

Fiz que sim com a cabeça.

— Na noite em que nos conhecemos, você me disse que não era muito boa em mentir, porque seu rosto te entregava. Acho que você não tinha mentido até agora, porque é realmente uma péssima mentirosa. — Ele me puxou para perto e afastou uma mecha de cabelo do meu rosto. — Venha cá. O que houve?

— É só que... — Balancei a cabeça. — Essa foi uma semana muito cheia de emoções, eu acho. E pensar que você vai embora em breve... é uma droga.

Max abriu um sorriso caloroso.

— O que aconteceu essa semana?

Eu não sabia explicar direito por que parecia tão esquisito contar a ele que eu tinha terminado de vez meu relacionamento com Gabriel. Talvez fosse porque, sem essa barreira, as coisas ficariam diferentes entre nós. Estava torcendo que essa mudança fosse para melhor, mas respirei fundo antes de responder.

— Gabriel disse que cometeu um *erro*. Ele queria que voltássemos a ter um relacionamento exclusivo.

— Ok...

— Eu disse a ele que não queria isso. Então, ele sugeriu que as coisas continuassem como estavam, mas respondi que as coisas tinham mudado para mim e que queria terminar de vez.

Max afrouxou os braços em torno da minha cintura. Ele parecia ter sido pego completamente desprevenido. Talvez tenha mesmo sido esse o caso, mas eu estava esperando uma reação mais animada. Não havia o menor indício de sorriso no rosto dele. Continuei observando-o, e sua expressão parecia ficar cada vez mais sombria.

— Você tem certeza de que é isso que quer? — ele finalmente perguntou.

Assenti.

— Eu me importo com ele. Mas mereço mais do que o que ele podia me oferecer. Finalmente me dei conta de que estava faltando alguma coisa, mesmo antes de ele fazer o que fez ao ir embora para Londres.

Max continuava completamente mudo. Ficou apenas me encarando, e isso estava me fazendo enlouquecer por dentro. Eu não aguentava mais comer pelas beiradas, então decidi colocar todas as cartas na mesa.

— *Você* fez eu me dar conta de que estava faltando alguma coisa. Esse tempo que passamos juntos e o quanto você foi se tornando importante para mim foram tão inesperados. Mas acho que, às vezes, é assim mesmo que acontece. — Respirei fundo. — Não quero que as coisas entre nós acabem quando você for embora, Max.

Seus braços, que estavam frouxos ao meu redor, caíram completamente.

Ai, meu Deus. Ele não quer a mesma coisa.

Eu disse que tinha me apaixonado por ele, e sua reação foi *me soltar*? Meu mecanismo interno de autoproteção se manifestou antes que meu coração ou meu cérebro pudessem processar alguma coisa. Recuei.

— Meu Deus. Você não sente o mesmo.

— Georgia... — Max tentou me alcançar, mas ergui as mãos.

— Tudo bem. Eu entendo. Sério, está tudo bem.

Fui com pressa até o fogão, peguei uma luva de forno e retirei o frango. Só estava ali há dois minutos e ainda faltavam quinze até o temporizador disparar, mas eu precisava fazer *alguma coisa*.

Max se aproximou por trás de mim. Colocou as mãos nos meus ombros, mas me desvencilhei do seu toque, fui até a geladeira e comecei a tirar coisas aleatórias de dentro dela — uma garrafa de vinho, mesmo que a que estava sobre a bancada ainda estivesse pela metade, queijo ralado, molho de salada, um pé de alface, manteiga... e eu não precisava de nada disso.

Max ficou observando perto do fogão, onde eu o havia deixado.

— Não fiz salada. É melhor eu fazer uma salada.

— Georgia, fale comigo, linda.

Linda. Por algum motivo, essa palavra me irritou. Parei no lugar.

— Não me chame assim.

Max passou uma mão pelo cabelo.

— Será que a gente pode ao menos conversar por um minuto?

— O que mais pode ser dito? Acho que o seu rosto já disse tudo.

— Não disse, não. Então, que tal você me dar uma chance de realmente dizer alguma coisa?

— Tá bom.

Ele agarrou meus quadris e, quando dei por mim, estava sendo colocada em um dos bancos diante da bancada da cozinha. Max segurou meu rosto entre as mãos e minhas emoções borbulharam. Lágrimas começaram a se formar.

— Você também foi inesperada para mim, Georgia. Eu gosto de você. Muito. Na verdade, não consigo pensar em uma só coisa que não goste em você. A única coisa que te separava da perfeição era aquele otário que estava te enrolando. Mas, agora... — Ele balançou a cabeça. — Não há *nada* que eu não goste em você. Você é inteligente, linda, ciente exatamente de quem é e do que quer, e tem toda a coragem de lutar por isso. Essa deve ser a coisa que eu acho mais sexy em você... seu destemor. E é sexy pra caralho nua, mas não precisa estar nua para ser sexy.

Por mais que tudo aquilo soasse bem, eu sabia que a bomba estava prestes a explodir.

Max engoliu em seco e baixou o olhar.

— Mas isso deveria ser apenas durante o verão.

— E eu deveria me casar na primavera. A vida acontece, as coisas mudam. O que pode ter sido a resposta certa há alguns meses pode não ser mais hoje. Só agora estou me dando conta do quanto é importante não se prender a uma decisão para sempre.

— Desculpe se te levei a acreditar que isso era algo mais.

Balancei a cabeça.

— Eu não entendo, Max. Por que não pode ser? Se tudo o que você acabou de dizer é mesmo verdade, se tem mesmo sentimentos tão fortes quanto diz ter, por que não pode ser mais do que planejamos?

Ele continuou sem me olhar nos olhos.

— Eu simplesmente não posso, Georgia.

— Pode olhar para mim, por favor?

Max ergueu o rosto e encontrou o meu olhar. Eu não sabia o que encontraria em seus olhos, talvez algo que eu tinha deixado passar, que indicasse que ele não sentia por mim o mesmo que eu sentia por ele. Mas o que vi foi exatamente o oposto. Seus olhos estavam transbordando de amor, mas também de tristeza, dor e raiva.

E isso só me deixou ainda mais confusa.

— Você está chateado comigo porque te pedi para ir embora na noite em que o Gabriel apareceu?

— Não.

— Porque não aconteceu nada entre nós. Almoçamos juntos no dia seguinte e conversamos. Só isso.

— Não estou chateado. Sei que não aconteceu nada.

— Como? Como você sabe que nada aconteceu?

Ele olhou nos meus olhos.

— Porque... como poderia?

Aquilo não parecia uma resposta, mas também era a verdade. Como poderia acontecer alguma coisa entre um de nós e outra pessoa quando tínhamos tudo isso? Era como se fosse uma impossibilidade física.

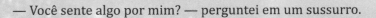

— Você sente algo por mim? — perguntei em um sussurro.

— Claro que sim.

— Então, *por quê*, Max? Eu preciso de um motivo. Sinto como se estivesse faltando uma peça nesse quebra-cabeças, e você sabe como eu sou. Vou passar uma eternidade tentando descobrir.

Max ficou em silêncio por um longo tempo. Finalmente, ele respirou bem fundo e balançou a cabeça, baixando o olhar.

— Eu não quero mais do que o que temos.

— Olhe para mim, Max. Diga isso de novo. — Estendi uma mão e toquei seu rosto, erguendo-o para que seus olhos encontrassem os meus.

Ele sustentou meu olhar por um instante antes de finalmente falar.

— Eu não quero mais, Georgia. Sinto muito.

Senti como se tivesse levado um tapa na cara. Desci do banco e cambaleei para trás. Max estendeu as mãos para mim, como se quisesse me ajudar a recuperar o equilíbrio. Ergui as mãos.

— *Não*.

— Georgia...

Senti as lágrimas se formando como uma tempestade prestes a cair. Mas me recusei a permitir. Em vez disso, engoli em seco e endireitei as costas.

— Tudo bem. Só... vá se sentar. Me dê um minuto para terminar de fazer o jantar.

— Prefere que eu vá embora? — Max perguntou suavemente.

Neguei com a cabeça.

— Vou ficar bem. Só preciso de um pouco de espaço.

O jantar foi desconfortável, para dizer o mínimo. Eu respondia quando Max me fazia alguma pergunta, mas não estava com energia para desenvolver muita conversa. Depois, tiramos a mesa em um silêncio ainda mais profundo. Fui até a bancada da cozinha e enchi minha taça de vinho novamente, enquanto Max recusou.

— Obrigado por fazer o jantar.

— Por nada. — Fixei o olhar no meu vinho. — Você ainda quer que a gente fique junto até você ir embora daqui a algumas semanas?

Max franziu a testa.

— O babaca egoísta em mim quer me fazer dizer sim, mas não quero dificultar ainda mais as coisas para você. Farei como você achar melhor.

Eu achava que não faria muita diferença se nos despedíssemos naquele momento mesmo ou um mês depois. O estrago estava feito. Eu estava apaixonada por ele.

— Acho que gostaria de desfrutar do tempo que ainda nos resta.

Max soltou uma respiração pesada pela boca. Ele parecia fisicamente aliviado.

— Posso te abraçar?

Confirmei com a cabeça.

Ele se aproximou com hesitação, quase como se estivesse esperando que eu mudasse de ideia, e então olhou nos meus olhos, pedindo silenciosamente permissão antes de me envolver em seus braços. Minha cabeça ficou aninhada no seu peito, bem em cima do coração. Por mais louco que fosse, estar nos braços dele me fazia sentir que tudo ficaria bem, mesmo que a mágoa tivesse sido causada por ele. Por enquanto, eu podia deixá-lo me fazer sentir melhor, enquanto o dia em que nada poderia me ajudar não tinha chegado ainda, porque ele não estaria mais ali.

Mais tarde, fomos para a cama, e devia ser a primeira vez que fazíamos isso de um jeito normal. Geralmente, nós caíamos na cama, tirando a roupa um do outro aos tropeços. Mas, naquela noite, Max retirou suas próprias roupas e eu me troquei no banheiro como faria se estivesse sozinha. Deitar na cama sem paixão alguma acabou me lembrando muito dos meus anos com Gabriel.

Virei de lado, ficando de costas para Max, e ele se aconchegou atrás de mim. Embora minha mente quisesse apenas cair no sono, ter o peito firme de Max pressionado contra mim fez meu corpo me trair. Minha pele se arrepiou, e meus mamilos enrijeceram enquanto a respiração quente dele fazia cócegas no meu pescoço. Fiquei quieta, com os olhos fechados, tentando ignorar a vontade insana de me virar e enterrar as unhas nas costas dele. Mas quando senti a ereção de Max na minha bunda, tudo ficou ainda mais impossível. Inspirei fundo e exalei, frustrada.

— Desculpe — ele sussurrou. — Não estou tentando nada, juro. Achei que conseguia manter a compostura, mas parece que tenho o mesmo autocontrole de um garoto de doze anos.

Abri um sorriso triste.

— Tudo bem.

Max apoiou a testa na parte de trás do meu ombro.

— Eu vou... tomar um banho. Dar um jeito nisso.

Ótimo. Agora eu tinha um corpo delicioso me envolvendo, um pau duro cutucando minha bunda e a visão de Max se masturbando no meu chuveiro. Ele podia até conseguir algum alívio com isso, mas eu com certeza não teria.

— Ou... — Empurrei a bunda contra ele. — Nós poderíamos dar um jeito nisso.

Max grunhiu.

— Porra, Georgia. Tem certeza?

Eu não tinha. Mas ficar ali deitada me sentindo frustrada também não me faria sentir bem. Então, minha resposta foi tirar a calça de pijama e a calcinha.

Max beijou minha nuca e, com delicadeza, tentou me fazer deitar de costas, mas eu não queria assim

— Por trás. Assim mesmo.

Ele congelou.

— Por quê?

Eu não queria ficar analisando o motivo, nem sequer falar; só sabia que queria daquele jeito. E ver que ele não estava tirando o restante da sua roupa e indo em frente estava me irritando. Isso era tudo que ele queria desse nosso relacionamento, não era?

— Podemos não falar? Tem como você só me foder do jeito que eu quero?

Max não se mexeu, nem disse uma palavra.

Após cerca de trinta segundos, achei que ele ia dizer que não. Mas, então, tirou a calça. Ele deslizou a mão pelo meu corpo e encontrou meu clitóris, começando a massageá-lo em círculos. Retirei sua mão do meio das minhas pernas e a coloquei no meu pescoço.

— Eu tomo pílula, e não quero preliminares nem camisinha. Estou limpa, e confio em você se me disser que também está. Ok?

Mais uma vez, houve uma longa pausa antes de sua mão apertar em volta do meu pescoço. Mas, então, senti sua outra mão segurar seu pau para guiá-lo até minha entrada.

— Abra as pernas — ele disse em um tom ríspido. — Coloque uma em cima das minhas.

Fiz o que ele pediu, e antes mesmo que eu terminasse de me posicionar, Max me penetrou. Meu corpo o queria, mas não estava completamente preparado, então senti arder um pouco conforme ele entrou. Mas isso era exatamente o que eu queria: sentir um pouco de dor. Sexo lento e carinhoso me mataria naquele momento.

Porém, Max ainda estava sendo delicado demais. Ele empurrou

um pouco e recuou em seguida, tentando ir devagar, quando tudo que eu queria era o oposto. Então, quando estocou novamente, usei todas as minhas forças para impulsionar meus quadris contra ele com toda a intensidade que pude, sentindo-o me penetrar até o talo.

Max sibilou.

— *Caraaaalho.*

— Mais forte.

Ele recuou e me penetrou novamente com um pouco mais de força.

— Mais.

Ficamos em um ritmo selvagem. Cada vez que ele recusava, eu exigia que estocasse com mais força, até estarmos chocando nossos corpos um no outro. Meu peito estava apertado com tantas emoções, e parecia que a única coisa que poderia libertá-las era um orgasmo poderoso o suficiente para fazer meu corpo vibrar. A cama sacudiu, eu me debati, e nossos corpos começaram a ficar escorregadios com suor.

— *Mais.*

— Porra, Georgia. Eu vou gozar.

— Não se atreva! Ainda não!

Ele rosnou e saiu de dentro de mim. Pensei que fosse parar, mas então, de repente, ele me virou na cama, deixando-me de bruços. Max deslizou uma mão sob minha barriga e me colocou de bunda para cima. Quando me apoiei nos cotovelos e tentei ficar de quatro, ele espalmou minhas costas e me empurrou de volta para baixo.

— Não. Você não quer que eu te olhe, então fique de bunda para cima e com o rosto no travesseiro.

Max se ajoelhou atrás de mim, agarrou meus quadris e meteu em mim por trás. Quando ele deslizou uma mão até meu clitóris, foi como se uma bomba detonasse dentro de mim. Meu corpo se contraiu em volta dele, e soltei um gemido alto, mesmo com o travesseiro abafando o som.

Max estocou mais duas vezes, soltando um rugido feroz ao se enterrar dentro de mim e gozar.

Depois, ele deitou de costas ao meu lado, ofegando. Continuei com o rosto escondido no travesseiro, para que ele não visse as lágrimas que começaram a escorrer quando a represa arrebentou.

Proposta de Verão

Capítulo 25
Max

— Você trabalha mesmo aqui? Ou só vem para fugir da sua esposa?

Otto balançou a cabeça e rabiscou alguma coisa em um bloquinho de notas.

— Estou conferindo os assentos, Bonitão. Cada um deles é testado duas vezes por ano.

— Sim, claro, é isso que você está fazendo.

— Onde está sua linda garota hoje? Ficou mais esperta e já te deu um pé na bunda?

Dei risada.

— Que bom ver que você está com o bom humor de sempre.

Ele se levantou de um dos assentos e sentou no seguinte.

— Vá sentar no E-44 — ele disse, apontando. — Os parafusos estão frouxos. Quando sentar nele, vai se esborrachar no chão. Vai ser bom você se lembrar de como são as acomodações pelas quais as pessoas pagam duzentos dólares para ficarem gritando o seu nome durante os jogos.

Faltavam umas oito ou nove fileiras para Otto terminar, então me dirigi até um assento do corredor do outro lado das escadas para dar espaço para ele trabalhar.

— Como está se sentindo? — perguntei.

— Bem. Terminei meus tratamentos e estou recuperando as forças. — Ele flexionou as mãos. — Continuo sentindo dormência, mas vou aguentar, se isso significa que vou ter mais tempo. Mas decidi pedir demissão daqui. Dei meu aviso prévio de um mês ontem.

— Você conseguiu um emprego em outro lugar?

— Não. Minha esposa me convenceu a fazermos a viagem sobre a qual falamos desde antes de nos casarmos. O irmão dela tem um motorhome que nunca usa, então vamos dirigir daqui até a Califórnia pela rota norte e voltar pela rota sul. Pode levar três semanas, pode levar três meses. Vamos ver no que vai dar.

— Que bom para você. Parece uma ideia maravilhosa.

— Eu queria trabalhar o máximo que pudesse e deixar dinheiro guardado para a minha Dorothy, para quando eu não estiver mais aqui. Mas ela disse que prefere passar tempo comigo a ter um dinheirinho a mais. — Ele balançou a cabeça. — Tentei discutir, mas quando ela me perguntou o que eu ia querer se os papéis fossem invertidos, me dei conta de que o dinheiro não é importante. — Ele apontou para mim com o queixo. — E você? Está aqui em uma quarta-feira durante as suas férias porque tem alguma novidade? Talvez me contar sobre a sua mudança para o time Blades, ou terei que ficar sabendo pelo jornal algum dia?

Sorri.

— Na verdade, foi por isso que vim. Finalizamos o acordo, então eu provavelmente vou para lá assinar o contrato semana que vem, e depois querem fazer uma coletiva de imprensa.

— Você está feliz? Conseguiu o que queria?

Três meses antes, eu teria dito sim, sem hesitar. Mas, no decorrer das últimas semanas, vinha sentindo como se nenhuma quantidade de fama ou dinheiro pudesse me dar o que eu queria na vida. No entanto, assenti.

— É um ótimo contrato.

— Que bom. E como vai a sua garota inteligente?

Sorri.

— Georgia está bem.

— Ela vai se mudar para lá com você ou serão um desses casais chiques que vivem viajando de uma costa a outra?

Meu rosto respondeu antes que eu pudesse dizer alguma coisa.

— Ah, Jesus. Vocês não vão tentar isso de relacionamento à distância, vão? Posso ser antiquado, mas um casal deve dormir na mesma cama à noite.

Balancei a cabeça.

— Só estamos nos divertindo durante o verão.

Suas sobrancelhas grossas se juntaram, formando o que parecia uma lagarta.

— Então você não está apaixonado por essa garota?

— É complicado.

— Ah. — Ele assentiu. — Complicado? Entendi. É esse o termo que os jovens usam para *pretexto*.

— Às vezes, a melhor coisa que você pode fazer por uma pessoa que ama é deixá-la livre.

Otto soltou uma risada pelo nariz.

— Você viu essa merda em algum filme meloso? Eu não sabia que você era tão pamonha.

— Pamonha? Não me faça levantar e dar uma surra em um senhor de idade.

Ele fez um gesto vago para mim e resmungou alguma coisa que não entendi.

— Então, o que acha sobre a troca do Radiski? — Eu sabia que isso mudaria o assunto. Otto achava que Radiski era o goleiro mais

Vi Keeland

319

superestimado do time, e ele tinha acabado de descolar um puta contrato de vários anos.

Durante a hora e meia seguinte, fiquei seguindo Otto pelas fileiras enquanto ele testava cada uma e papeávamos sobre a temporada de trocas. Quando chegou a hora do almoço, decidi ir embora.

Fomos até a saída juntos, e estendi a mão para ele.

— Vou passar aqui mais uma vez antes de você ir embora.

— Tudo bem. — Trocamos um aperto de mão, mas Otto não soltou a minha imediatamente. Em vez disso, ele a usou para prender minha atenção e me olhar bem nos olhos.

— Colabore com esse velho moribundo aqui e me deixe te dar um conselho.

— Qual?

— O que quer que esteja achando que é tão complicado, não é. Não espere até ter setenta anos e ficar doente para descobrir que a vida é muito simples. Esteja com as pessoas que você ama e, quando chegar a hora do fim, sentirá que a sua vida foi completa de verdade.

As coisas mudaram bastante entre mim e Georgia depois da noite em que tivemos aquela conversa. Ainda estávamos passando tempo juntos, e a maioria das pessoas não perceberia a mudança por fora, mas eu sentia. Havia uma barreira que não estava ali antes, alguma coisa que bloqueava minha habilidade de me sentir próximo dela. Eu compreendia, é claro. Mas, ainda assim, não era fácil de aceitar. Cada parte do meu corpo gritava comigo pedindo que eu retirasse o que dissera e dissesse a ela que faria o que fosse preciso para que ficássemos juntos. Porém, eu reprimia isso, porque, lá no fundo, sabia que estava fazendo a coisa certa por ela.

No sábado seguinte, eu a busquei para irmos jantar. Nossa mesa não estava pronta ainda, então fomos esperar no bar e pedimos uma bebida. Enquanto estávamos lá, duas mulheres que não pareciam ter idade suficiente para consumir as bebidas alcoólicas que seguravam me reconheceram.

— Ai, meu Deus! Você é o Max Yearwood, não é? — uma delas perguntou.

Sorri educadamente e assenti.

Elas levantaram de onde estavam sentadas, do outro lado de Georgia, e vieram ficar diante de mim.

— Eu te amo tanto. *Por favor*, me diga que vai para a Califórnia! Estamos apenas visitando Nova York. Moramos em Santa Barbara.

O anúncio seria feito em alguns dias, mas eu não ia deixar que vazasse através das redes sociais de uma fã.

— Ainda estamos resolvendo — eu disse.

A mais alta das duas colocou uma mão no coração.

— Nossa, você é ainda mais gato pessoalmente.

Meu olhar desviou para Georgia por um instante antes voltar a focá-lo nas garotas.

— É muita gentileza sua. Mas eu meio que estou em um encontro.

Foi a primeira vez que elas notaram que tinha uma pessoa sentada ao meu lado. Elas olharam Georgia de cima a baixo.

— Você é esposa dele? — uma delas perguntou.

Georgia negou com a cabeça.

— Namorada?

Encontrei o olhar de Georgia novamente. Ela franziu a testa e balançou a cabeça negativamente.

A mais alta das duas, que também era a mais atirada, enfiou a mão em sua bolsa. Ela retirou de lá um cartão de visitas e o entregou para mim.

— Se você acabar indo para Los Angeles e quiser alguém para te mostrar a cidade, eu ficaria feliz em fazer isso.

Ergui uma mão.

— Não precisa, obrigado.

A mulher deu de ombros.

— Posso pelo menos tirar uma foto com você?

— Prefiro não fazer isso. Como eu disse, estou em um encontro.

Por sorte, a hostess se aproximou e nos interrompeu.

— Sua mesa está pronta, sr. Yearwood.

— Obrigado. — Dei um aceno breve com a cabeça para as garotas antes de oferecer minha mão a Georgia. — Foi um prazer conhecê-las.

Depois que nos sentamos, Georgia ficou em silêncio.

— Desculpe por aquilo.

Ela abriu o guardanapo e o colocou no colo.

— Tudo bem. Você deveria ter pegado o número dela. As duas eram bonitas.

Minha testa formou um vinco profundo.

— Eu não faria isso.

Georgia ficou tracejando a condensação do seu copo de água.

— Você lembra que, quando nos conhecemos, eu te disse que uma das coisas que eu queria melhorar era a minha mania de analisar demais?

— Sim, claro.

— Bom, passei essa semana completamente preocupada com uma coisa, e acho que acabei de tomar uma decisão.

Considerando o ponto de partida dessa conversa, com duas mulheres que moravam na Califórnia tentando me passar seus telefones, não tive um bom pressentimento.

— Que decisão?

Ela ergueu o olhar.

— Acho que precisamos nos despedir agora, Max.

Meu coração saltou para a garganta.

— O quê? Por quê? Por causa daquelas mulheres?

Georgia balançou a cabeça.

— Não, eu passei a semana inteira pensando sobre isso. É só que... é difícil, para mim, isso de ficar puxando o curativo aos pouquinhos. Preciso arrancá-lo de uma vez logo, para poder começar a me curar.

Porra. Forcei-me a olhá-la nos olhos, mas não estava preparado para o que vi. Seus lindos olhos verdes nadavam em mágoa, e não sei como eu não tinha notado até aquele momento, mas também estavam com olheiras pouco escondidas sob uma camada de maquiagem. Ela nem costumava usar maquiagem. Senti vontade de vomitar.

Tudo o que eu queria era tentar convencê-la a continuarmos juntos até o fim do verão. Faltavam apenas algumas semanas. Talvez fosse o ego gigantesco que todo mundo dizia que eu tinha, mas senti que conseguiria convencê-la, se me esforçasse bastante. Mas... seria egoísta da minha parte.

Merda. Merda. Merda.

Eu não tinha outra escolha além de concordar. O mínimo que poderia fazer era facilitar as coisas para ela. Então, forcei-me a engolir o nó na minha garganta e assenti.

— Tudo bem. Entendo. — Esperei um minuto. Quando ela permaneceu quieta, perguntei: — Você quer ir embora? Não precisamos jantar, se não quiser.

— Não, tudo bem. Já estamos aqui. E gosto muito da sua companhia.

Graças a Deus.

— Ok.

— Podemos não falar sobre isso e apenas curtir um jantar agradável?

— Claro.

Durante a hora seguinte, conversamos sobre minha viagem para a Califórnia, uma nova linha de produtos que ela estava pensando em desenvolver, e sobre como as mulheres que cuidavam dos meus cachorros iam usar o meu apartamento para fazer seus petiscos para cães, já que ainda restavam seis meses do contrato de aluguel.

Durante todo o tempo, senti como se estivesse andando na prancha, indo em direção ao momento em que cairia na água e me afogaria. Quando a garçonete veio nos perguntar se queríamos olhar o cardápio de sobremesas, Georgia e eu trocamos um sorriso secreto e dissemos que sim. Nenhum dos dois estava pronto para encerrar a noite.

Mas, no fim das contas, o restaurante começou a ficar vazio, e quando a garçonete veio pela terceira vez ver se queríamos mais alguma coisa, finalmente cedemos.

Estávamos a apenas alguns quarteirões do apartamento de Georgia, e fiquei feliz por ela deixar que eu fosse andando com ela até lá. Mas, no saguão do seu prédio, ela pressionou o botão para chamar o elevador e virou de frente para mim.

— Acho que é melhor nos despedirmos aqui.

Meu estômago afundou, mas assenti e fiz o melhor que pude para sorrir.

— Ok.

Georgia segurou minhas mãos, com os olhos marejados.

— Só queria dizer que, por mais que eu esteja sofrendo agora, não me arrependo do tempo que passamos juntos.

Engoli o nó enorme na minha garganta e toquei sua bochecha.

— A única coisa da qual eu poderia me arrepender é do nosso prazo de validade, linda.

Lágrimas desceram pelo rosto de Georgia e, naquele momento, o elevador chegou e as portas se abriram. Ela colocou a mão sobre a minha e virou o rosto para beijar minha palma.

— Adeus, Max.

Curvei-me e rocei os lábios nos dela.

— Adeus, Georgia.

Ela entrou no elevador, mas não consegui me virar e ir embora. Em vez disso, fechei os olhos e deixei-a ir.

Proposta de Verão

Capítulo 26
Max

Muitas coisas aconteceram no decorrer das semanas seguintes. Assinei um baita contrato para jogar em um time que realmente tinha potencial para as eliminatórias, peguei um voo para a Califórnia para fazer um anúncio ao vivo para a imprensa, seguido de dois dias de comemorações midiáticas, e encaixotei as coisas do meu apartamento em Nova York. Eu ainda tinha bastante tempo até os treinos começarem, mas como não havia mais nada me prendendo ali, liguei o foda-se e contratei uma empresa de mudanças para buscar minhas coisas. Depois, comprei uma passagem só de ida para a Califórnia para dali a cinco dias.

Eu deveria estar delirando de felicidade com toda essa maré de sorte. A maioria das pessoas trabalhava a vida inteira para ganhar o que eu ia ganhar em um ano, e tudo o que eu sonhava desde que coloquei um par de patins pela primeira vez estava ao meu alcance. Ainda assim, eu estava infeliz. *Infeliz pra caralho.*

Minha mãe estava em Boston, fazendo uma visita ao meu irmão e às meninas, e esperava que eu fosse vê-la. Porém, considerando o fato de que eu mesmo estava me achando insuportável, não podia esperar que mais alguém tivesse que aguentar um pé no saco, então liguei para ela e disse que tinha muitas coisas para resolver e iria a Washington assim que me instalasse na costa oeste na semana seguinte.

Depois, decidi sair para correr.

Eu não fazia ideia da distância que havia percorrido, mas estava a uns dois ou três quilômetros da minha casa quando começou a chover. E não foi somente um chuvisco, foi um toró mesmo. Mas até que não foi tão ruim assim. No caminho de volta, passei pelo Garden. Glenn, um dos guardas que eu conhecia, estava do lado de fora debaixo da marquise fumando um cigarro. Ele estava em serviço na noite em que conheci Georgia. Acenou para mim, então parei.

— Yearwood, seu traidor. — Ele sorriu. — Pensei que você já estava na costa oeste curtindo uma agitação em festas com astros e estrelas de cinema.

— Em breve. — Curvei-me e apoiei as mãos nos joelhos para recuperar o fôlego. — O que está fazendo aqui? Achei que só trabalhasse à noite.

— Abriu uma vaga para o turno da manhã, finalmente. Se lembra do Bernie, aquele cara que tem um cavanhaque ruivo estranho e cabelos brancos?

— Sim, conheço o Bernie.

— Ele ficou com o cargo do Otto. — Ele balançou a cabeça. — Que pena o que está acontecendo com ele, não é?

— Ele quem?

— Otto. Pensei que você soubesse. Mandaram um e-mail para o time todo.

— Não estou mais no time. O que aconteceu com o Otto?

— Ele estava com uma tosse que começou semana passada. Alguns dias depois foi internado com pneumonia. Ontem, tiveram que colocá-lo em um respirador. Os antibióticos não estão mais funcionando e o sistema imunológico dele está comprometido por causa dos tratamentos de câncer.

Merda.

— Você sabe em qual hospital ele está?

— St. Luke.

— Valeu. Eu tenho que ir. Foi bom te ver, Glenn. Se cuide.

— Oi. Estou procurando Otto Wolfman.

A enfermeira apontou para uma das cabines de vidro à sua esquerda.

— Ele está no leito quatro.

A UTI era um espaço único enorme com uma estação de enfermeiras no meio e pequenas cabines de vidro individuais em torno. A porta de correr do leito de Otto estava aberta, e uma mulher estava sentada ao lado dele. Quando me viu, ela se levantou e veio até mim.

— Oi. É a sra. Wolfman? — perguntei.

— Sou, sim.

— Eu sou Max Yearwood, amigo do seu marido, do Madison Square Garden.

Ela sorriu.

— Eu sei quem você é. Otto fala sobre você o tempo todo e nunca perde um jogo seu. Ele te adora.

Retribuí o sorriso.

— Tem certeza de que estamos falando da mesma pessoa? Ele me chama de otário.

A sra. Wolfman deu uma risada.

— É assim que se sabe se ele gosta mesmo de você. Se ele te xinga.

Olhei para Otto por cima do seu ombro. Ele estava preso a todos os tipos de monitores e bolsas de medicamentos.

— Acabei de saber o que aconteceu. Como ele está?

Ela balançou a cabeça.

— Não muito bem, infelizmente. Ele entrou em sepse, provavelmente por causa da pneumonia.

— Eu o vi há pouquíssimo tempo. Ele parecia estar tão bem.

— Ele estava. A pneumonia nos pegou de surpresa. Ele tem câncer de pulmão, então tossir não é incomum. Achamos que era isso, até que ele ficou com uma febre muito alta. Se espalhou bem rápido, porque o sistema imunológico dele está comprometido por causa da quimioterapia.

— Será que posso ficar com ele por um momento?

A sra. Wolfman sorriu.

— Acho que ele adoraria isso. Eu já estava mesmo pensando em ir lá embaixo para comprar um café. Tem uma Starbucks no saguão. Vou deixar vocês dois a sós por alguns minutos.

— Obrigado.

— Você gostaria que eu te trouxesse um café?

— Não, obrigado. — Sorri. — Otto é muito contra Starbucks.

— Ah, eu sei. Mas gosto bastante. Vou te contar um segredinho. — Ela gesticulou para que eu me aproximasse. — Tenho sempre uma fileira de copos de isopor guardados no meu armário. Às vezes, compro café da Starbucks e coloco dentro de um dos copos de isopor para não ter que ouvi-lo passar meia hora reclamando dos preços altos de lá.

Dei risada.

— Essa é clássica.

Ela deu tapinhas no meu ombro.

— Volto daqui a pouco.

Depois que a sra. Wolfman saiu, fiquei no vão da porta, sem saber direito o que dizer ou fazer. Ume enfermeira veio acrescentar outra bolsa de fluidos ao suporte intravenoso de Otto. Enquanto ela trabalhava, falava em voz alta, dizendo a ele o que estava fazendo. Quando estava saindo, eu a detive.

— Ele consegue te ouvir?

Ela abriu um sorriso bondoso.

— Talvez. Muitas pessoas acordam se lembrando de coisas que os visitantes disseram, mas varia de caso para caso. Gosto de presumir que eles podem me ouvir, então vou narrando o que estou fazendo. Existem estudos que mostram que os pacientes se beneficiam com o som familiar das vozes de pessoas queridas. Acredita-se que isso pode ajudar a despertar o cérebro e melhorar o tempo de recuperação. — Ela meneou a cabeça para Otto. — Pode ir. Pode parecer estranho, no começo, mas experimente contar a ele sobre o seu dia.

Assenti.

— Ok, obrigado.

Sentei-me ao lado do leito de Otto e olhei para todos os fios e monitores.

— Ei, velhote. — Abri um sorriso triste. — Eu ia te visitar para me despedir antes de ir embora. Você não precisava fazer tudo isso para me apressar. A enfermeira disse que talvez você reconheça vozes. Acho que se eu for legal demais, você pode ficar confuso, então é melhor ser o meu eu encantador de sempre.

Fiz uma pausa e pensei no momento em que Otto e eu nos conhecemos, sete anos atrás.

— Eu vou te dizer uma coisa, mas se você se lembrar disso quando acordar, vou negar tudo. Enfim... eu sempre ficava ansioso para te ver depois do treino. Você me lembrava o meu pai. Ele era a pessoa que mais me apoiava, mas nunca tinha medo de me dar uma boa dose de realidade. No meu primeiro ano, cheguei aqui cheio de marra. Achei que o time estava animado por me ter, que eu tinha provado meu valor com meus resultados da faculdade e o valor do puta contrato que tinha acabado de assinar. Eu não entendia que alguns dos caras já tinham dez ou quinze anos de experiência e àquela altura já tinham visto mais de um novato promissor acabar sendo uma decepção. Tinha um cara chamado Sikorski que pegou pesado comigo naquele primeiro ano, e a gente começou a se desentender pra caramba no rinque. Certo dia, depois do treino, eu estava sentado no banco dos reservas, remoendo a briga que tivemos mais uma vez. Você estava varrendo e me perguntou se eu pretendia me casar com o Sikorski. Eu te olhei como se você fosse um maluco e disse que ele não fazia o meu tipo. E então, você me disse uma coisa que ficou marcada em mim até hoje: "*Nem toda batalha vale a luta.*" Você me disse que eu deveria parar de desperdiçar meu tempo em merdas que são empecilhos entre mim e o meu destino. — Balancei a cabeça. — Foi como uma virada de chave. Eu estava direcionando toda a minha energia para uma luta que não precisava ganhar. E isso só tirava meu foco das coisas que realmente importavam, como melhorar meu desempenho nos jogos.

Fiquei olhando para os números no monitor por um tempo, observando os batimentos cardíacos de Otto.

— A propósito, finalmente conheci a sra. Wolfman há alguns minutos. Acho que nem preciso te dizer que ela é bonita demais para um velho rabugento como você.

Ouvi uma risada atrás de mim e me virei, me deparando com a esposa de Otto na porta. Ela segurava dois copos de café.

— Obrigada. Agora vejo por que vocês dois são amigos. Isso soou muito como algo que ele diria.

— Desculpe. Não era para a senhora ouvir isso.

Ela sorriu.

— Tudo bem. É exatamente disso que Otto gostaria: que todos fossem verdadeiros perto dele. — Ela entrou e me entregou um café. — Eu sei que disse que não queria um, mas você sempre levava café para ele, então me pareceu certo retribuir o favor.

Aceitei.

— Obrigado.

Durante as duas horas seguintes, a sra. Wolfman e eu compartilhamos histórias divertidas sobre Otto. Ela me contou que a única pessoa que recebia o lado delicado do marido era a filha deles. Aparentemente, ela o tinha na palma da mão e conseguia convencê-lo a fazer qualquer coisa. Como quando ela estava na sétima série e com dificuldade em álgebra, e a sra. Wolfman disse a Otto que a filha não poderia sair para brincar até terminar o dever de casa. Ele chegava em casa mais cedo do que a esposa e tinha que ratificar as regras. Ela achava que era isso que ele estava fazendo, até que um dia, a professora ligou para falar que estava preocupada, porque os deveres de casa da filha tinham ido ladeira abaixo na qualidade. Até a letra dela tinha se tornado um garrancho. No fim das contas, descobriram que Otto andava fazendo os deveres de matemática da filha, enquanto ela saía para brincar. E ele era ainda pior em álgebra do que ela.

Fiquei feliz por estar ali. A sra. Wolfman parecia gostar muito de compartilhar histórias. Mas quando a enfermeira pediu que saíssemos por um momento para que ela pudesse limpar Otto, decidi que estava na hora de ir.

— Eu posso lhe passar meu número para a senhora me ligar caso alguma coisa mude? — perguntei a ela. — Vou embora daqui a alguns dias, mas vou passar aqui de novo antes disso, se não tiver problema.

— Eu adoraria isso. Obrigada, Max.

Depois que registrei meu número no celular dela, me despedi, mas antes de ir embora, virei-me mais uma vez.

— Sra. Wolfman?

— Sim?

— Quando me contou que ia sair do Garden para dirigir pelo país com a senhora, ele disse que sempre sentiu que sua vida era completa porque estava com a pessoa que ele amava. Não era só a sua filha que recebia o lado delicado do Otto.

Ela sorriu.

— Acho que tem um certo jogador de hóquei que também se encaixa nessa categoria. Ele apenas nunca confessou isso.

Dois dias depois, a sra. Wolfman me ligou para contar que Otto havia falecido.

Capítulo 27
Georgia

Na sexta-feira à noite, Maggie me obrigou a sair com ela. Fazia pelo menos três semanas desde a última vez em que eu vira Max, e ainda não tinha vontade alguma de fazer nada. Mas minha melhor amiga não era uma pessoa que aceitava um não como resposta. Ela me disse que iríamos a uma exposição de arte, o que, a meu ver, era muito melhor do que um bar cheio de gente solteira, mas quando chegamos a The Gallery, percebi que tinha sido tapeada.

Havia obras de arte nas paredes, mas o lugar também tinha um bar, que, por sinal, estava cheio de pessoas de uma parede à outra.

— Achei que você tinha dito que isso era uma galeria de arte.

Maggie ergueu as mãos.

— E é. Eles revezam as exposições todo mês. Então, o que você quer beber?

Franzi a testa.

— Só uma água.

— Saindo um martini de limão. Boa escolha. — Ela me deu uma piscadela e desapareceu.

Suspirei. Já que havia mesmo obras de arte pelo salão, me aproximei de uma que estava bem na minha frente. Era uma pintura abstrata de uma mulher. Enquanto eu a analisava, um cara se aproximou. Ele apontou para a tela com sua cerveja.

— Então... o que você acha?

— Não entendo muito de arte.

Ele sorriu.

— Bem, como se sente ao olhar para ela?

Encarei a tela um pouco mais.

— Triste, eu acho.

Ele assentiu e apontou para a que estava ao lado.

— E aquela ali?

— A mesma coisa.

— Ah, droga. — Ele riu. — O título dela é *Felicidade*. — Ele estendeu a mão. — Sou Scott Sheridan, e essas pinturas são minhas.

— Ai, meu Deus, me desculpe. Eu não quis insultar o seu trabalho. Deve ser por causa do meu humor. Tenho andado meio para baixo, ultimamente.

Ele riu.

— Não fiquei ofendido. A arte faz as pessoas sentirem coisas diferentes. Se te fiz sentir alguma coisa, cumpri minha função. — Ele apontou para o bar com o polegar. — Posso pegar uma bebida para você? Que fique bem claro que uma das vantagens de expor obras de arte aqui é poder beber de graça, então não vou ter que pagar.

Sorri.

— Não, obrigada. Minha amiga foi pegar uma para mim.

— Então, vejamos. Até agora, te perguntei se você tinha gostado da minha arte e me ofereci para te pagar uma bebida. Devo completar a tríade clichê e perguntar se você é daqui?

— Eu moro aqui na cidade. E você?

— Los Angeles. Estou na cidade apenas a passeio.

Meu rosto murchou. *Los Angeles*. Pelo menos, eu tinha conseguido passar dois ou três minutos sem pensar em Max. Por sorte, Maggie voltou com nossas bebidas, e eu não teria que continuar essa conversa sem supervisão.

— Quem é esse? — Ela me entregou um coquetel e apontou para Scott.

— Scott é um dos artistas que estão expondo esta noite.

— Prazer em conhecê-lo, Scott. — Maggie inclinou a cabeça para o lado e abriu um sorriso astucioso. — A bartender acabou de apontar para você e me alertou para manter distância. Ela disse que você vem aqui o tempo todo e finge ser um dos artistas que mora fora da cidade, mas, na verdade, é um barista no Café Europa que fica na Sixty-Eight Street.

O cara fez uma carranca e se virou para ir embora.

Meu queixo caiu.

— Sério? Eu, hein!

Maggie balançou a cabeça.

— Cretino. Não entendo alguns homens. Eles nunca ouviram falar em Tinder? Existem mulheres procurando apenas uma ficada. Então, por que eles têm que fazer esses joguinhos?

Balancei a cabeça.

— Eu nunca mais vou sair com alguém. Não tinha o mínimo interesse naquele cara, mas acreditei completamente que ele era um artista que morava em Los Angeles. Sou tão ingênua assim?

— Não, ele que é um grande canalha.

Suspirei e tomei um gole do meu drinque.

— Sinto falta do Max.

— Eu sei que sim, amiga.

— Talvez eu tenha cometido um erro ao dizer a ele que precisávamos parar de nos ver antes de ele ir embora no fim do verão. Eu deveria encher a cara e chamá-lo para uma rapidinha.

Maggie fez uma careta.

— Na verdade, ele já foi embora. Tenho quase certeza de que foi hoje de manhã.

Franzi as sobrancelhas.

— Como você sabe?

Ela mordiscou o lábio inferior.

— Eu não ia dizer nada, porque você parecia estar melhorando um pouquinho a cada dia, mas o vi ontem.

— Você o viu? Onde?

— Em frente ao nosso escritório, do outro lado da rua.

— O que ele estava fazendo lá?

Maggie tomou um gole do seu drinque.

— Olhando para o nosso prédio.

— Do que você está falando?

Ela soltou um suspiro pesado.

— Eu saí às onze para ir à gráfica, lembra?

— Sim.

— Bom, quando saí do prédio, notei que havia um cara do outro lado da rua. Ele estava usando um boné e óculos escuros, mas o achei parecido com o Max. Pensei que fosse minha imaginação. Voltei meia hora depois, e quando virei a esquina, vi que o cara ainda estava no mesmo lugar, meio que olhando para o prédio. Então, atravessei a rua antes que ele me visse e fui conferir mais de perto. Era mesmo o Max.

— Não entendo. Ele só estava lá, parado?

Ela confirmou com a cabeça.

— Eu o cumprimentei e perguntei o que estava fazendo. Acho que ele pensou em mentir, mas então disse que estava esperando você sair para almoçar. Eu disse que era melhor ele entrar e ir te ver, porque tínhamos pedido comida. Mas ele respondeu que não queria te incomodar, que não tinha planejado dizer nada quando você finalmente saísse. Ele só queria te ver mais uma vez antes de ir embora.

— Então ele ia só ficar lá paradão e depois, o quê? Ficar me olhando em silêncio feito um perseguidor?

Maggie assentiu. Essa história não fazia sentido.

— Isso foi tudo que ele disse?

— Eu perguntei por que ele não queria entrar e se despedir pessoalmente, e ele disse que isso só deixaria as coisas mais difíceis para você. Sinceramente, achei que ele tinha razão, então não falei nada, porque só agora você começou a chegar no trabalho sem os olhos inchados.

Balancei a cabeça.

— É exatamente isso que não entendo. Se ele se importa comigo o suficiente para ficar parado do lado de fora do nosso prédio por horas só para me ver de longe, como ele pôde não querer sequer *tentar* fazer o nosso relacionamento dar certo?

— Não sei. Eu queria ter essa resposta para você.

— Foi só isso? Ele não disse mais nada?

— Perguntei quando ia embora, e ele disse que seria hoje. Ele tinha adiantado a data de mudança e murmurou alguma coisa sobre um jogo beneficente que concordou em participar e será em algumas semanas... como se esse fosse o motivo pelo qual ele estava indo logo. — Ela balançou a cabeça. — Então, eu disse que ele era um covarde pau no cu e fui embora.

Abri um sorriso triste. Ela não estava errada.

— Você está brava por eu não ter contado?

— Não. Entendo por que você não contou. Sei que sempre me protege.

Ela passou um dos braços em volta do meu ombro.

— Ótimo. Então, pode beber. Porque esta noite nós vamos ficar trêbadas e mandar qualquer homem que tentar chegar perto de nós para a casa do caralho.

Três horas depois, a missão estava cumprida. Mal tinha dado meia-noite, que era o horário em que a maioria dos jovens estava saindo de casa, e eu já estava embolando as palavras e pronta para cair na cama. Maggie foi para casa comigo para se certificar de que eu chegaria bem e decidiu que seria melhor dormir no meu sofá do que ir para seu apartamento do outro lado da cidade. Ela pegou minha calça de moletom e minha camiseta favoritas e, depois que me troquei, ela me colocou na cama e me cobriu, como se eu fosse uma criança.

— Você está bem? Não vai vomitar em mim, vai? Precisa de um balde ou alguma outra coisa?

— Só para as minhas lágrimas.

Ela abriu um sorriso divertido.

— Você acha que suas lágrimas sairiam ainda mais salgadas por causa das margaritas?

— Não, porque eu estava bebendo martini de limão.

— Ah, merda, é mesmo. — Ela riu. — Era açúcar na borda, não sal.

— Posso te perguntar uma coisa, Mags?

— Qualquer coisa.

— Você acha que o Max ainda está apaixonado pela ex dele?

Maggie contorceu o rosto.

— De onde veio isso? Você nunca comentou que ele tinha uma ex. Ele teve algum relacionamento recentemente?

— Não, não recentemente. Ele namorou uma mulher por um ano e meio, alguns anos atrás. Mas estou tentando entender por que ele não quis me dar um motivo para não querer tentar. A única coisa que faz sentido é que é porque ele não queria me magoar. Meio como você não ter me contado que ele estava em frente ao escritório ontem. Quando você se importa com alguém, não quer magoar essa pessoa desnecessariamente. Então, talvez ele esteja apaixonado por outra pessoa.

Maggie franziu a testa.

— Não sei por que ele não quis ficar com você. Mas de uma coisa eu sei: ele perdeu a melhor coisa que já teve na vida.

Meus olhos se encheram de lágrimas.

— Obrigada, Maggie.

Proposta de Verão

Capítulo 28
Max

Dez anos antes

— Vocês só podem estar de brincadeira.

Minha mãe entrou no consultório do médico, olhou para minha mão segurando lenços ensanguentados no nariz e balançou a cabeça.

Apontei para Austin.

— Foi ele que começou.

Austin olhou para mamãe com olhos de cachorrinho abandonado.

— Não tenho energia para começar uma briga.

— Oh, querido. — Minha mãe afagou as costas de Austin. — Você está se sentindo bem?

— Sou eu que estou com o nariz sangrando!

Austin abriu um sorriso enorme pelas costas da nossa mãe. *Que babaca.*

O dr. Wallace entrou no consultório, segurando um prontuário.

— Desculpem por deixá-los esperando.

Mamãe sentou-se entre mim e Austin. Tínhamos pegado um voo para a Califórnia alguns dias antes para pedirmos uma segunda opinião sobre o aneurisma de Austin. Eu estava ali para fazer companhia ao Austin, mesmo que nossa mãe tivesse tomado as rédeas da situação depois que finalmente consegui fazê-lo contar a ela o que estava acontecendo.

— Obrigada por nos atender tão em cima da hora, dr. Wallace — mamãe disse.

— Sem problemas. — Ele se sentou à sua mesa. — É melhor irmos direto ao ponto, já que vocês vieram até aqui e os fiz esperar. Revisei os arquivos que seu médico de Boston me enviou, junto com a tomografia feita no mês passado e a que você fez hoje de manhã. — Dr. Wallace olhou diretamente para o meu irmão. — Desculpe, mas concordo com a opinião do dr. Jasper. Esse aneurisma tem que ser removido.

Meu irmão franziu a testa.

— O que acontece se eu não fizer a cirurgia?

O dr. Wallace abriu sua gaveta e tirou de lá o que parecia ser um canudo com uma coisa pendurada nele e sorriu.

— Perdoem a demonstração nada tecnológica. Descobri que, no instante em que pego meu iPad e começo a mostrar imagens reais de anatomia, os pacientes ficam desorientados. Às vezes, a simplicidade das coisas antiquadas funciona melhor. Pego esses canudos no McDonald's. Eles são firmes e largos, então fica mais fácil passar o balão por ele. — Ele segurou o balão horizontalmente, com um pequeno pedaço de látex vermelho pendurado em um rasgo no meio. — Esta é a artéria que vai para o seu coração. — Ele apontou para o balão. — Isso é um aneurisma. — Ele fechou uma das extremidades do canudo com um dedo e levou a outra à boca. — Meu hálito é o fluxo sanguíneo. — Quando ele soprou no canudo, o pequeno pedaço de balão pendurado começou a crescer. Ele interrompeu o sopro quando o balão ficou do tamanho de uma uva-passa.

— Esse é um fluxo sanguíneo normal. Mas veja o que acontece quando você começa a se mover e aumenta sua pressão arterial. — Ele soprou no canudo novamente com mais pressão, e o balão ficou do tamanho de uma bola de golfe. — Em algum momento, as paredes desse balão podem ficar muito finas conforme ele cresce, e então se rompem. Desse jeito, não sobra mais nada tapando aquela abertura, e o sangue acaba vazando e preenchendo as cavidades cardíacas. Não estou tentando te assustar, mas se esse aneurisma se romper sozinho, vai fazer um grande estrago, e suas chances são bem poucas se comparadas às que você tem se removermos cirurgicamente.

— É certeza que vai se romper?

— Isso não podemos afirmar com certeza. Algumas pessoas andam por aí a vida inteira sem sequer saber que têm um aneurisma. Depende muito do tamanho e da velocidade de crescimento. Se o seu fosse pequeno, talvez eu te aconselhasse a esperar. Mas não é. É muito grande. E cresceu bastante desde a sua primeira tomografia, há um mês.

Austin olhou para mamãe.

— Qual era o tamanho do aneurisma do papai?

Ela franziu as sobrancelhas.

— Não sei.

Ele olhou para o médico novamente.

— Qual é o tempo de recuperação?

— Você ficaria no hospital por alguns dias. A maioria das pessoas consegue retomar suas atividades normais dentro de quatro a seis semanas, mas leva dois ou três meses para a recuperação total.

Austin respirou fundo.

— Quais são os riscos?

— Os maiores são hemorragia e infecção. Sempre existe um risco quando se recebe anestesia, mas para alguém com boa saúde e a sua idade, o risco é mínimo, hoje em dia. Nós fazemos muitas cirurgias como essa.

Meu irmão olhou para mim.

— O que você faria?

— Já te disse. Eu faria a cirurgia. Você não vai querer que fique ainda maior e se rompa durante o procedimento, como aconteceu com o papai. E você já está com dificuldades para andar. Quer viver desse jeito?

Vi Keeland

345

— Não, mas eu quero *viver*.

Balancei a cabeça.

— Você sabe o que acho. Se não pode viver da maneira que quer, já está morrendo.

Austin me olhou por um longo tempo antes de assentir e voltar sua atenção para o médico.

— Quando você pode fazer?

O dr. Wallace sorriu.

— Vou falar com a enfermeira que faz o cronograma e ver qual é a próxima data disponível.

— Muito obrigada, dr. Wallace — mamãe disse.

Ele assentiu.

— Ah, mais uma coisa. Não sei se o dr. Jasper falou com a senhora sobre isso, mas o Max e qualquer outro filho seu também precisam fazer uma tomografia.

— Para detectar aneurismas na aorta abdominal?

Dr. Wallace assentiu.

— Aneurismas no geral. Seu marido teve um, e agora o Austin. Quando dois parentes de primeiro grau apresentam essa condição, recomendamos que a família imediata, pais e filhos, façam exames. Há risco de outros membros da família terem o que chamamos de aneurismas familiares.

Capítulo 29
Max

— Eu comprei ingressos para aquele jogo de hóquei beneficente em que você vai jogar semana que vem — mamãe contou. — Pensei em pegar um voo para lá um dia antes e ficar por um tempinho para poder conhecer sua nova casa.

— Eu te disse que me deram ingressos grátis. Só me esqueci de te encaminhar o e-mail.

— É para caridade. Eu quis pagar por eles.

Assenti e cutuquei a carne assada que ela fazia toda vez que eu a visitava. Costumava ser o meu prato favorito.

— Você está bem, Max?

— Estou, sim.

Minha mãe me encarou com o que meus irmãos e eu chamávamos de "olhos de mãe" desde pequenos. Eles eram mais poderosos do que um soro da verdade. Nenhum de nós fazia a menor ideia de como ela fazia isso, mas bastava um olhar e ela conseguia arrancar o que quer que estivéssemos remoendo. Era como se ela soubesse a verdade e ficasse apenas esperando pacientemente a gente desembuchar.

Suspirei e passei uma mão pelo cabelo.

— Estou com saudades da Georgia.

Mamãe colocou uma mão sobre a minha.

— O que aconteceu? Achei que estava tudo bem entre vocês, que tinham algo especial.

Dei de ombros.

— Nós tínhamos.

— Então por que está com saudades dela? Pegue um voo e vá visitá-la. Ainda falta um tempo até começarem os treinos, não é?

— Sim. Mas ela não quer me ver.

— Vocês tiveram uma briga ou algo assim?

Balancei a cabeça.

— Não, nada disso.

— Então, o que houve?

Franzi a testa e ergui o olhar para minha mãe.

— Eu não quero fazê-la sofrer. Se... você sabe.

Seu rosto demonstrou que ela tinha entendido.

— Ah, não, Max. Você conversou com ela sobre isso?

Nem precisei responder. Só olhei para minha mãe, e ela fechou os olhos.

— Max. — Ela balançou a cabeça. — Por que não contou a ela?

— Porque a Georgia é a pessoa mais leal e teimosa desse mundo. Ela diria que isso não importava e nada a convenceria do contrário. Mas importaria, sim... *se* acontecesse.

— Então, você decidiu por ela?

— Foi para o bem dela.

— *Porra nenhuma.*

Pisquei algumas vezes. Minha mãe *nunca* falava palavrão.

— Apoiei sua decisão de não fazer a cirurgia porque é o seu corpo e a escolha é sua. Apoiei sua decisão de continuar jogando hóquei, mesmo que seja a coisa mais burra que você poderia fazer, já que leva centenas de pancadas na cabeça durante uma temporada e isso poderia facilmente causar uma ruptura e te matar... porque o hóquei é o amor da sua vida desde que você aprendeu a falar. Mas não vou ficar aqui de braços cruzados e aceitar que deixe para trás uma mulher da qual realmente gosta só para protegê-la motivado por um falso senso de nobreza. Você ama a Georgia?

Fiz que sim com a cabeça, baixando-a em seguida.

— Então, como pode não ter a mínima consideração pelo que ela precisa? Havia duas pessoas nesse relacionamento, e você aí agindo como se fosse o único.

— Estou tentando fazer a coisa certa, mãe. Eu quero o melhor para ela.

Ela se sentou e respirou fundo.

— Entendo que suas intenções foram nobres, mas não tem o direito de decidir o que é melhor para mais ninguém além de *você*. Acha que eu não queria que você decidisse que não podia mais jogar hóquei porque era muito arriscado? E se eu fosse até o seu time e contasse sobre a sua condição? Eles te considerariam desqualificado para jogar. Você sabe que eles...

— Isso é diferente.

— Por quê?

— Porque, fazendo isso, eu sou o único que sofre.

Minha mãe me fitou.

— Sério? Então, se você caísse duro no gelo depois de levar uma tacada na cabeça, seria o único a sofrer?

Suspirei. Minha cabeça tinha andado tão ferrada desde que deixei Nova York. Havia perdido Georgia e, em seguida, Otto morreu, bem quando ele tinha finalmente decidido se aposentar e passar tempo com sua família. Eu não podia evitar pensar que ele nunca teve essa chance porque esperou tempo demais, e eu estava essencialmente fazendo a mesma maldita coisa. Desde a morte de Austin, eu nunca, nem por um segundo, tivera dúvidas quanto à minha decisão. Até pouco tempo atrás.

— Talvez fosse melhor eu fazer a cirurgia — falei baixinho.

Os olhos da minha mãe se encheram de lágrimas.

— Está falando sério?

Assenti.

— Tenho pensado bastante nisso ultimamente. Mesmo depois que me aposentar, um dia, ainda terei essa incerteza pairando sobre mim. E... está ficando maior.

Mamãe arregalou os olhos.

— Ai, meu Deus, Max. Como você sabe?

— Fiz outra tomografia há mais ou menos um mês quando estava na Califórnia. Fui ao médico que fez a cirurgia do Austin e todos os nossos exames.

— Foi a primeira vez que você foi ao médico desde o seu diagnóstico?

Assenti novamente.

— Você está tendo sintomas?

Balancei a cabeça.

— Eu só pensei... não sei o que pensei. Talvez tenha sido uma esperança de que havia desaparecido ou algo assim. Mas eu queria saber.

Minha mãe abriu um sorriso triste.

— Você queria saber por causa da Georgia.

— Talvez. Eu acho. Provavelmente. — Fiz uma pausa, sentindo-me emaranhado em pensamentos. — Me sinto um covarde. Eu obriguei Austin a fazer a cirurgia, mas, quando se trata de mim mesmo, sou um baita medroso.

Minha mãe balançou a cabeça.

350 Proposta de Verão

— Do que está falando? Como assim você obrigou Austin a fazer a cirurgia?

— Quando foi diagnosticado, ele me perguntou o que eu faria se estivesse no lugar dele. — Engoli em seco e senti gosto de sal na garganta. — Eu disse que faria a cirurgia. E prometi a ele que ele não ia morrer.

Mamãe analisou meu rosto.

— Ah, meu Deus. E você tem carregado isso todos esses anos? Por que não disse nada?

— O que eu ia dizer? "Ei, mãe, o Austin morreu por minha causa"?

— O seu irmão era muito inteligente, e além disso, tinha vinte e um anos quando fez a cirurgia. Ele tomou essa decisão por conta própria. Sei disso porque ele teve muita dificuldade em tomá-la, e nós conversamos bastante sobre isso. Ele perguntou ao médico a mesma coisa que perguntou a você, e o próprio médico disse que faria a cirurgia, se estivesse naquela condição.

— Mas ele confiou em mim.

— Meu amor, a morte do Austin não foi culpa sua. Você sabe disso, não sabe?

Diante da minha falta de resposta, mamãe segurou uma das minhas mãos.

— Austin ficava sem fôlego só por andar. Ele decidiu fazer a cirurgia porque achava que não teria condições de viver uma vida plena do jeito que estava. Sei que vocês dois eram bem próximos, mas ele *não* tomou essa decisão por estar seguindo algo que você disse. E ninguém poderia ter previsto que ele teria uma reação rara à anestesia na primeira vez em que fosse submetido a uma.

Balancei a cabeça.

— Posso não ter sintomas como o Austin, mas perder a Georgia me faz sentir que não é mais possível eu ter uma vida plena.

— Me conte o que o médico disse dessa vez.

— Basicamente o mesmo que disse dez anos atrás. Qualquer cirurgia apresenta um risco, mas o risco de morte é mínimo por ser uma cirurgia de rotina hoje em dia, e a probabilidade de eu ter uma reação à anestesia como o Austin é bem rara, porque já fui submetido à anestesia antes e não tive problema algum. A parte arriscada do meu caso é que o aneurisma está na área do cérebro que controla as habilidades motoras, então se acontecer qualquer sangramento, eu poderia ter problemas de força e coordenação.

— Da última vez, disseram que isso seria temporário.

Assenti.

— Sim, disseram que a fisioterapia pode ajudar a recuperar essas habilidades, se isso acontecer. Mas, sejamos realistas, eu tenho vinte e nove anos. A probabilidade de voltar ao mesmo patamar no hóquei em que estou hoje depois disso acontecer não é das melhores. A diferença de velocidade e agilidade entre mim e o cara que quer o meu emprego não é tão grande assim.

— E o risco de ruptura?

— Está maior porque o aneurisma cresceu, mas ainda é considerado moderado.

— Moderado para pessoas normais que não forçam a pressão arterial em treinos diários, e para pessoas que não levam pancadas na cabeça o tempo todo com um taco.

Não respondi, porque é claro que ela tinha razão. Eu sempre soube que tinha um risco maior de ruptura por causa do meu trabalho. Mas o hóquei era a minha vida, então nunca havia questionado minha decisão. Eu teria arriscado tudo para jogar. Porém, ultimamente, não sentia mais que o hóquei era a coisa mais importante no mundo para mim.

Balancei a cabeça.

— Não sei o que fazer. Não posso construir algo com Georgia

sabendo que estou me colocando em risco todos os dias. Não vou fazer isso com ela. Mas, se eu fizer a cirurgia, talvez nunca mais possa jogar hóquei profissionalmente.

Minha mãe franziu o cenho.

— Me parece que você tem uma escolha bem séria a fazer. Qual dos dois é mais importante para você?

Durante alguns dias, fiquei perambulando por aí. Eu tinha despachado meu carro de Nova York para Los Angeles, mas não tinha chegado ainda. Então, aluguei um Jeep e levava meus cachorros para passearmos pela costa, procurando alguma coisa. O quê? Eu não sabia. Talvez eu estivesse procurando uma solução, algum tipo de sinal que indicasse o que eu deveria fazer. Até então, nada tinha se destacado diante dos meus olhos.

A cada dia, eu saía sem nenhum plano e apenas dirigia por aí até ver algo que despertasse meu interesse. Já tinha ido a Malibu, ao Parque Nacional da Sequoia e ao Píer de Santa Mônica. Sem conseguir evitar, ficava imaginando que, se Georgia e eu morássemos ali, visitaríamos alguns desses lugares nas nossas próximas férias na cidade.

Naquela manhã, peguei a direção sul. Não sabia para qual cidade estava indo, mas quando vi uma placa escrita Rosie's Dog Beach, decidi que aquele era um sinal que eu não deveria ignorar. Então, os cães e eu passamos a tarde andando pela praia, na área em que eles podiam ficar sem coleira. Havia uma área comercial não muito longe dali, então após terminarmos o passeio, parei lá para comprar água para os cachorros e algo para eu comer.

A meio quarteirão de onde eu havia estacionado, encontrei um restaurante de frango assado que atendia a esses requisitos, então peguei uma mesa. Mas, depois, quando estávamos indo embora, olhei para frente e não pude acreditar no que estava vendo.

Eternity Roses.

Sério?

Quais eram a chances de eu dar de cara com uma das lojas de Georgia? Me aproximei e fiquei diante da vitrine por um tempinho olhando os mostruários, porém sem vê-los direito, antes de entrar no estabelecimento.

— Meus cachorros podem entrar comigo?

A garota atrás do balcão sorriu.

— Só se eu puder brincar com eles.

— Combinado.

Ela saiu de trás do balcão e os cães praticamente a atacaram. Quatro lambeu o rosto dela, e para não ficar para trás, Fred começou a correr em círculos, tentando alcançar o próprio rabo. A atendente riu.

— Ai, meu Deus, eles são tão fofos.

— Obrigado.

— Posso ajudá-lo em alguma coisa?

Eu não queria explicar por que tinha entrado ali, então pensei que talvez fosse uma boa ideia mandar flores para a minha mãe por ter conversado comigo e ouvido minhas lamúrias.

— Vou dar uma olhada nas opções, se não tiver problema. Gostaria de mandar flores para a minha mãe, mas não sei ainda quais.

— Claro. Pode olhar com calma. Vou entreter esses garotinhos aqui com muito prazer enquanto você escolhe. — Ela apontou para uma parede com prateleiras de vidro e arranjos diversos à mostra. — Aquelas são peças que podem ser feitas na cor que você quiser. Mas se tiver algo específico em mente, também podemos fazer um arranjo personalizado. Só levam dois ou três dias para ficarem prontos. É por algum motivo específico, como um aniversário ou desejo de melhoras?

— Está mais para um "obrigado por me aguentar".

Ela sorriu.

— Esses sempre são os mais divertidos. Também há um iPad no balcão frontal com algumas ideias baseadas no que as pessoas já pediram e um banco de dados bem legal com mensagens para o cartão, que podem ser poéticas, carinhosas ou engraçadas.

Me lembrei que Georgia disse que costumava gostar de selecionar essas mensagens quando estava no começo do negócio, então depois de dar uma olhada rápida pelos mostruários, fui atraído até o iPad.

Rolei a tela até chegar às sugestões marcadas como "Porque sim" e cliquei duas vezes para abri-las. Algumas eram engraçadas, outras obscenas, outras bregas. Dei risada quando cheguei a uma escrita por Maggie P.:

Melhores amigos são como fazer xixi nas calças.

Todos podem ver, mas só você sente o quentinho.

Essa só podia ser a Maggie que eu conhecia. Após um tempinho, parei de ler as mensagens e fiquei apenas rolando os nomes para ver quem as tinha escrito. Acho que estava esperando poder encontrar alguma escrita por Georgia. Não encontrei, mas quando cheguei no final de todas as páginas de mensagens e vi uma de autoria do F. Scott Fitzgerald, lembrei que Georgia dissera que costumava deixar os livros dele com citações destacadas perto do caixa porque, para ela, suas palavras simplificavam o amor.

Sempre

foi

você.

— **F. Scott Fitzgerald**

Li aquilo dezenas de vezes, de novo e de novo. Não tinha certeza se era o sinal claríssimo pelo qual eu estava esperando, mas, sem dúvida alguma, era a simples verdade. *Sempre foi Georgia*. E, no fim, *seja lá quando* esse momento chegasse, eu não queria olhar para trás com arrependimento. Talvez aquelas três simples palavras fossem mesmo um sinal, afinal de contas.

Então, quando voltei para o carro para ir para casa, decidi seguir o conselho de Georgia. Peguei meu celular, rolei pela lista de contatos até chegar a um dos últimos nomes e pressionei *Ligar*.

— Oi. Meu nome é Max Yearwood. Eu gostaria de marcar uma consulta com o dr. Wallace.

Alguns dias depois, o dia do jogo de hóquei beneficente chegou. Usei isso como pretexto para fazer todos os meus irmãos virem a Los Angeles, e como minha mãe havia chegado no dia anterior, estávamos todos sob o mesmo teto. Isso raramente acontecia, exceto no Natal. O jogo seria somente às sete da noite, e eu pretendia contar a novidade a todos durante o café da manhã, mas tinha acordado com uma dor de cabeça lancinante de novo. Os últimos dias foram bem estressantes, e meu cérebro estava descontando em mim. Então, tomei alguns analgésicos e adiei meu anúncio até o almoço.

Quando os sanduíches e as saladas que eu havia pedido chegaram, todos se juntaram em torno da bancada da cozinha.

— Então... — Pigarreei. — Eu queria falar com todos vocês, já que estão aqui.

— Você vai se assumir gay, não vai? — meu irmão Will perguntou, recostando-se na cadeira. — Eu sabia.

— O quê? Não.

— Se você estiver viciado em apostas de novo, vai ser o único a *começar* o jogo de hóquei todo machucado — Tate ameaçou.

— É melhor que não esteja envolvido nessas merdas de escândalos de assédio — Ethan disse.

— Vídeo íntimo — meu irmão Lucas afirmou. — Vazou algum vídeo íntimo seu, certeza. Eu não quero ver o seu bilau exposto em todas os noticiários, cara.

— Eu sei que derrubei Will de cabeça no chão uma vez — minha mãe revelou. — Mas não tem desculpa para o resto de vocês. Deixem o seu irmão falar.

Dei risada.

— Obrigado, mãe.

O ambiente ficou em silêncio, e todos os olhares focaram em mim. *Droga. Isso não é tão fácil de dizer quanto achei que fosse ser.*

Respirei fundo.

— Eu vou fazer uma cirurgia na próxima terça-feira.

Minha mãe estava mais por dentro das coisas do que meus irmãos, então entendeu antes que eu explicasse. Ela se aproximou de mim e tocou minha mão.

— Que tipo de cirurgia? — Will perguntou. — Aumento peniano?

— Não, seu imbecil. O tipo de cirurgia que não seria possível fazer em você, já que não tem esse órgão. Cirurgia cerebral. Decidi remover o meu aneurisma. Está maior, e acho que está na hora.

— Puta merda — Tate disse. — Você está bem?

Assenti.

— Estou, sim.

— O seu novo time sabe? — Ethan indagou.

— Ainda não. Vou contar ao meu agente amanhã de manhã. Imagino que ele possa me dar algum conselho sobre qual é a melhor abordagem para isso.

— O que o médico disse? — Tate inquiriu.

— Quem vai fazer? — Will quis saber.

— Qual o tempo de recuperação? — Ethan questionou.

Durante a hora seguinte, nós almoçamos e eu contei a eles tudo o que o médico disse e respondi todas as perguntas. Assim que todos pareciam estar satisfeitos, pedi licença e fui ao banheiro do meu quarto para pegar um analgésico. Depois, fui para a sacada para pegar ar fresco.

Tate me seguiu até lá e me viu tomar o remédio.

— O que é isso?

— Analgésico. Estou com uma dor de cabeça que não me deixa nesses últimos dias.

Ele assentiu.

— O estresse causa isso mesmo.

Terminei de beber minha água.

— Preciso de um favor seu — eu disse.

— É só falar.

— Se alguma coisa der errado, e eu não... você sabe. Eu preciso que você me prometa que vai contar à Georgia pessoalmente antes que a notícia se espalhe.

— Nada vai dar errado. Mas, sim, claro. Você tem a minha palavra.

Respirei fundo e assenti.

— Obrigado.

— E quando der tudo certo? Como vocês dois vão ficar? Vai finalmente tomar vergonha na cara e tentar recuperar a sua garota?

Sorri.

Proposta de Verão

— Tentar? Só se alguém quiser tentar me *deter*.

Tate pousou uma mão no meu ombro.

— Sabe quando é possível ter certeza de que é verdadeiro?

— Quando?

— Quando pensar em ficar sem ela te assusta mais do que fazer uma cirurgia cerebral.

Proposta de Verão

Capítulo 30
Georgia

Abri a porta do meu apartamento às seis da manhã e Maggie entrou com pressa.

— Você já viu o noticiário?

Ela estava usando uma calça de pijama com estampa de corações vermelhos e uma camiseta que dizia *T de Ternura*, mas a palavra *Ternura* estava riscada e logo abaixo estava escrito *Tequila*. Seus cabelos estavam num coque no topo da cabeça, e o que parecia ser o rímel do dia anterior estava borrado em seus olhos.

— Não, por quê? — perguntei. — E você veio de metrô vestida desse jeito? Está parecendo uma maluca.

Ela pegou seu celular.

— Max se machucou ontem à noite.

Meu coração parou.

— O quê? Do que você está falando?

Ela digitou alguma coisa em seu celular e me entregou em seguida. Uma reportagem mostrava um rinque de hóquei com um monte de jogadores ajoelhados enquanto paramédicos socorriam um jogador que estava caído no gelo.

— Durante o evento beneficente Hóquei pelo Alzheimer desta noite

— a repórter disse —, Max Yearwood, o mais novo membro do time LA Blades, sofreu uma queda. Ele caiu durante o segundo tempo ao tentar uma tacada. Nenhum contato foi feito, e pelo que é possível ver, o incidente não foi causado por uma lesão. Ele foi transportado para o Cedars Sinai, onde relataram que sua condição é estável, mas séria. Não se sabe ainda o que causou a perda de consciência do astro do hóquei.

— Ai, meu Deus. Estável, mas séria? O que isso significa?

— Pesquisei no Google a caminho daqui. Dizia que significa que ele deve estar na UTI por um motivo, mas os sinais vitais estão estáveis.

Comecei a ficar desesperada.

— UTI? O que pode ter acontecido?

— Não faço ideia. Mas você tem uma reunião no banco hoje e fiquei com medo de você ficar sabendo disso quando estivesse no caminho e ficasse mal. Então, tive que vir te contar.

Sentei, devolvendo o celular para Maggie.

— O que eu faço? A família toda dele mora fora da Califórnia. E se ele estiver sozinho? Será que devo ir?

— Não sei. Quero dizer, vocês não estão mais juntos. Então, tecnicamente, ele não é responsabilidade sua. E os noticiários podem estar exagerando. Ele pode ter apenas desmaiado por desidratação ou, sei lá, por ter machucado o tornozelo, e isso fez com que ele caísse e batesse a cabeça.

— É, talvez... — Senti um aperto no peito, uma dificuldade de respirar. — Talvez eu devesse ao menos ligar para ele.

— São três da manhã na Califórnia.

— Droga. — Suspirei. — É mesmo. Bom, minha reunião é às oito, então vou fazer isso e acho que vai terminar lá pelas dez, que vai ser sete na Califórnia, e vou poder ligar para ver o que está acontecendo.

— Ok.

— Posso ver o seu celular de novo? Quero assistir ao vídeo mais uma vez.

Dessa vez, dei zoom em Max deitado no gelo e ignorei a repórter falando. Ele não estava se mexendo. Só estava lá, completamente imóvel, enquanto pessoas o socorriam. Isso me deixou com uma sensação ainda pior do que antes. Por mais que não fôssemos mais um casal, eu nunca me perdoaria se acontecesse alguma coisa muito grave. Ele só foi para a Califórnia mais cedo por minha culpa.

— Droga — resmunguei para mim mesma ao subir as escadas da estação de metrô.

Max não estava atendendo ao celular. Liguei no instante em que saí da reunião, vinte minutos atrás. Nas duas vezes, chamou e chamou até cair no correio de voz. Eu não tinha deixado recado na primeira vez, mas, na segunda, achei que seria melhor fazer isso.

— Oi, Max. É a Georgia. Vi no noticiário hoje de manhã que você desmaiou no rinque, ou algo assim. Disseram que seu quadro é sério, mas estável. Eu só queria saber como você está. Pode, por favor, me ligar ou mandar uma mensagem quando for possível? — Fiz uma pausa. — Espero que esteja bem.

Eu estava a dois quarteirões do meu escritório, então comecei a andar. Um nó havia se formado no meu estômago desde aquela manhã, e a falta de resposta de Max só fez piorar. Percorri a calçada abarrotada em transe, e quando cheguei ao prédio do meu escritório, nem me lembrava do caminho. A subida de elevador de trinta segundos fez meu estômago se contorcer de ansiedade. Não tinha sinal lá dentro, e eu não queria perder a ligação de Max, caso ele o fizesse. Assim que as portas se abriram, saí correndo e peguei meu celular, frenética, para conferir se havia alguma chamada perdida, e era nele que estava toda a minha atenção quando passei pela recepção sem erguer o rosto.

— Georgia?

A voz era familiar, mas só consegui associar quando vi quem era.

— Tate?

A princípio, fiquei aliviada por ver o irmão de Max. Ele poderia me dar informações sobre o que tinha acontecido e como Max estava. Mas esse alívio se desvaneceu quando assimilei a aparência de Tate. Seu cabelo, que costumava estar sempre bem-penteado, estava todo desgrenhado, as laterais espetadas como se ele tivesse passado horas puxando os fios. Olheiras profundas rodeavam seus olhos, e sua pele bronzeada estava pálida. Senti vontade de vomitar.

— Podemos conversar?

— Ele está bem? Max está bem?

Tate franziu a testa. Ele olhou de relance para a recepcionista, que estava prestando atenção em nós.

— Você tem um escritório ou algum lugar onde possamos conversar em particular?

Demorei um pouco para responder, mas assenti. Precisei de todo o meu foco para colocar um pé na frente do outro e conduzir Tate até meu escritório. Depois que entramos, ele fechou a porta e eu me virei para ele imediatamente.

— Max está bem?

— Podemos nos sentar, por favor?

Balancei a cabeça.

— Você está me assustando, Tate. Max está bem?

Ele soltou uma respiração irregular e negou com a cabeça.

— Ele está em cirurgia agora. Mas as coisas não parecem nada bem.

O ambiente começou a girar e pensei que ia desmaiar. Tate tinha razão. Eu precisava me sentar. Com uma mão apertando minha barriga, peguei uma das cadeiras que ficavam diante da minha mesa.

— O que aconteceu?

— Ele tinha um aneurisma. E se rompeu.

Cobri minha boca.

— Ai, meu Deus. Um aneurisma, como o Austin. E o pai de vocês.

Tate assentiu e se sentou de frente para mim.

— Sim. Aneurismas podem ser hereditários. Depois que descobrimos que Austin tinha um aneurisma na aorta abdominal, o médico sugeriu que todos nós fizéssemos tomografias. Max foi o único que tinha um.

— Vocês fizeram tomografias quando descobriram que Austin tinha um aneurisma? Então Max sabia do dele há *dez anos*?

Tate meneou a cabeça afirmativamente.

— O dele é no cérebro. Fica na área que controla as habilidades motoras, então se ele o removesse, corria o risco de ter algumas sequelas... e não poder mais jogar hóquei. — Tate balançou a cabeça. — O que é foda nisso tudo é que ele passou a última década inteira evitando ir ao médico ou fazer um novo exame. E então, um mês atrás, finalmente decidiu fazer uma nova tomografia. Semana passada, ele marcou a cirurgia. Ia remover o aneurisma na terça-feira, mas acabou se rompendo enquanto ele estava jogando ontem à noite. Ele vinha sentindo dores de cabeça nos últimos dias, mas atribuiu isso ao estresse por causa da cirurgia. Mas, na verdade, o aneurisma estava vazando, e as dores de cabeça eram alertas.

— Isso pode ser reparado com cirurgia?

— Estão tentando. As primeiras vinte e quatro horas são as mais críticas. Os médicos disseram que, como o aneurisma se rompeu, a chance de ele não sobreviver é de quarenta por cento, e se sobreviver, há sessenta e cinco por cento de chance de ele ficar com sequelas, como danos nas habilidades motoras ou... coisas ainda piores.

Me levantei.

— Você vai para lá? Eu quero ir.

— Peguei um voo noturno para vir falar com você, mas vou voltar para o aeroporto assim que sair daqui.

— Você veio até aqui só para me contar?

Tate confirmou com a cabeça.

— Fiz uma promessa ao meu irmão quando ele decidiu fazer a cirurgia: que eu viria te contar tudo pessoalmente se as coisas não dessem muito certo. Foi por sua causa que ele decidiu fazer a cirurgia.

— Por minha causa? Mas não estamos mais juntos.

— Eu sei. Fazer a cirurgia significava a possibilidade de perder algo que ele ama, que é jogar hóquei. Toda vez que ele patinava no gelo, a pressão arterial subia e isso aumentava o risco de ruptura. Ele não queria te envolver em algo cheio de incertezas. Mas, então, encontrou algo que ama mais do que o hóquei: *você*. E estava disposto a correr o risco para não te perder.

Lágrimas desceram pelo meu rosto.

— Temos que ir. Eu quero estar lá quando ele sair da cirurgia.

Tate assentiu.

Enquanto estávamos a caminho do aeroporto, minha secretária encontrou para nós o voo mais próximo possível e reservou nossas passagens, mesmo que fosse ser bem apertado. Assim que passamos pela segurança, corremos pelo aeroporto, tentando chegar ao portão de embarque antes que fechasse. Acho que nenhum de nós respirou até estarmos dentro do avião. Como nossas passagens foram de última hora, Tate e eu não nos sentamos juntos. Fiquei umas dez fileiras atrás dele, mas o tempo sozinha me concedeu a chance de tentar absorver tudo que ele dissera.

Como não juntei as peças? Eu tinha encontrado um cartão de

consulta com um neurologista quando estávamos na Califórnia, pelo amor de Deus. E Max não queria me dar um motivo para não querer continuar nosso relacionamento. Tudo fazia sentido agora. Ele não queria que eu sofresse, já que ia continuar jogando hóquei e se colocando em perigo. Eu devia ter percebido que ele estava tentando me proteger. O homem era obstinado e teimoso, mas também nobre e lindo. Eu mal podia esperar para dizer que o amava, quase tanto quanto mal podia esperar para gritar com ele por ter feito o que fez.

Eu só esperava poder ter a chance de fazer as duas coisas.

O rosto da mãe de Max me fez parar de repente ao entrarmos na UTI.

— Georgia? — Tate notou que eu não estava mais do lado dele, e que sua mãe estava ao lado de uma cortina fechada, pálida como um fantasma. — O que foi?

Balancei a cabeça rapidamente, mas não conseguia formular palavras.

Ele pegou minha mão.

— Está tudo bem. Ele sobreviveu à cirurgia. Temos que dar um passo de cada vez.

Tate seguiu minha linha de visão e seu rosto murchou quando viu sua mãe.

— Merda. — Ele passou uma mão pelo cabelo. — Me dê um minuto.

Fiquei esperando no meio da UTI enquanto Tate ia até sua mãe. No instante em que ela o viu, jogou os braços em torno dele e começou a chorar copiosamente.

Lágrimas silenciosas rolaram pelo meu rosto. *Não... não pode ser.*

Tate recuou do abraço e falou com ela. Ele me olhou uma vez enquanto sua mãe enxugava as lágrimas, e ergueu um dedo antes de entrar atrás da cortina. Quando voltou, parecia tão pálido quanto sua mãe. Observei-o engolir em seco antes de voltar até mim. Acho que não movi um único músculo enquanto esperava.

Ele soltou duas respirações bem fortes.

— Tiveram que colocá-lo em coma induzido. O cérebro dele está inchado, o que é comum depois da cirurgia que acabou de fazer, mas não tiveram outra escolha. Tiveram que basicamente desligar o cérebro dele para que possa se regenerar. — Tate soltou uma risada de escárnio. — Acho que até faz sentido. A única maneira de conseguirmos impedi-lo de lutar pelo que queria era apagando-o.

— Por quanto tempo ele vai ficar em coma?

— Não sabem ainda.

Respirei fundo e limpei minhas lágrimas.

— Eu posso vê-lo?

— Ele não está nada bem, Georgia. Está com o rosto inchado e ligado a várias máquinas. É claro que pode entrar lá, mas talvez seja melhor se preparar.

Fitei as cortinas fechadas que rodeavam o homem que eu amava.

— Como eu faço isso?

Tate franziu as sobrancelhas.

— Quem me dera saber.

Fomos até sua mãe. Ela sorriu e me abraçou.

— Obrigada por ter vindo.

— Imagina.

Ela me olhou nos olhos.

— Ele te ama muito.

Abri um sorriso triste.

— Eu também.

Tate ficou ao meu lado.

— Quer que eu entre com você?

Balancei a cabeça.

— Não, só preciso de um minuto.

— Leve o tempo que precisar, querida. — A mãe dele afagou minhas costas.

Após respirar fundo algumas vezes, assenti e entrei atrás da cortina.

Achei que meu coração fosse parar. Tate tinha me alertado, mas nada poderia ter me preparado para o momento.

Max não parecia Max. Se não tivesse uma cortina em torno dele, eu teria passado direto, ainda procurando o homem lindo e forte que eu conhecia. Sua pele estava acinzentada e seu rosto, muito inchado. Havia tubos e fios por toda parte nele e um curativo em volta da cabeça, das sobrancelhas para cima. Mas o que me assustou mais foi sua falta de expressão. Eu não tinha me dado conta do quanto a personalidade de Max iluminava seu rosto. Fosse um sorriso, uma careta ou uma carranca, ele era sempre tão animado e expressivo. Agora, ele parecia...

Eu não podia nem pensar.

Tinha que me recompor e ser sua força até ele estar pronto para lutar por conta própria. Então, me aproximei da cama e segurei sua mão.

— Oi. É a Georgia. Você vai ficar bem, Max. Você é a pessoa mais forte que já conheci, e nós podemos superar essa juntos. — Respirei fundo e apertei sua mão. — Eu te amo, Max. Eu te amo mais do que qualquer coisa, e nunca tive a chance de te dizer isso. Então, preciso que melhore para que eu possa olhar nos seus olhos e me certificar de que você saiba disso. — Balancei a cabeça. — Também preciso gritar com você por ter escondido tudo isso de mim. Não é porque fez uma cirurgia cerebral que vai se safar. Sei que você sabe disso.

A cortina se moveu atrás de mim. Tate se aproximou.

— Só estou vendo se você está bem.

Assenti e olhei novamente para Max.

— Estou. Nós dois vamos ficar bem.

Durante as doze horas seguintes, a família de Max e eu ficamos ao lado dele. Médicos entravam e saíam, enfermeiras ajustavam monitores e penduravam mais bolsas de remédios, mas Max continuava na mesma. Não melhorava, nem piorava. Os médicos disseram que não previam nenhuma melhora em um curto prazo. Precisavam dar tempo a ele para descansar e se curar. À meia-noite, os irmãos de Max juntaram todo mundo e combinamos um cronograma para as próximas vinte e quatro horas para que sempre tivesse alguém ao lado dele, mas cada um pudesse dormir um pouco em algum momento. Tate, a mãe de Max e eu íamos para a casa de Max por algumas horas.

Mas, ao sairmos da UTI, me lembrei de uma coisa.

— Podem me dar só um minuto?

— Claro.

O irmão de Max, Will, estava sentado ao lado dele quando voltei para detrás da cortina.

— Quer um minutinho com ele? — perguntou.

Neguei com a cabeça e vasculhei minha bolsa.

— Não, eu só me esqueci de deixar isso aqui. — Peguei o Yoda e o coloquei na bandeja ao lado do seu leito.

— É um dos dele?

Assenti.

— Sim, ele me deu na noite em que nos conhecemos.

Will deu risada.

— Se ainda restava alguma dúvida de que você é a pessoa certa para ele, isso acabou de sanar todas. Ele soube no dia em que vocês se conheceram.

Sorri.

— Eu também. Só demorei um tempinho para admitir para mim mesma.

— Vou ficar de olho nesse carinha. Vá dormir um pouco.

— Boa noite, Will. Boa noite, Max.

Proposta de Verão

Capítulo 31
Max

Ela estava roncando.

A primeira coisa que vi quando abri os olhos foi Georgia. Sua cabeça estava na curva do meu ombro em uma cama de hospital, e seu corpo estava encolhido ao meu lado. E ela estava roncando.

Sorri. *Acho que encontrei meu som favorito da vida.*

Olhei em volta do quarto escuro, confuso. Não me lembrava de como tinha ido parar ali, embora de alguma forma eu *soubesse* onde estava. As lembranças começaram a surgir na minha mente aos poucos.

Me lembrava do momento em que estava sentado no banco, colocando meus patins antes do jogo de hóquei beneficente.

Me lembrava de pessoas falando comigo enquanto eu dormia. Eu podia ouvi-las, mas elas pareciam muito distantes, como se estivessem separadas de mim por uma névoa densa.

Me lembrava de ouvir bipes. E alguém limpando o meu rosto. E de ser levado para algum lugar. E enfermeiras e Georgia rindo enquanto... faziam alguma coisa. E do número noventa e seis. Noventa e seis o quê?

Minha garganta estava seca e meu pescoço doía, mas eu não queria me mexer e acordar Georgia. E estava muito cansado. Tão, tão cansado. Acho que devia ter caído no sono novamente por um tempo, porque, quando acordei, Georgia não estava mais roncando. Estava acordada, olhando para mim. Nossos olhos se encontraram, os dela arregalados.

Ela deu um salto para trás.

— Puta merda! Max?

Era difícil falar, porque minha garganta estava tão seca.

— Você estava roncando.

— Está de brincadeira? Você passou semanas em coma e a primeira coisa que diz ao acordar é que *eu estava roncando*?

Sorri.

— Acho que você babou um pouco em mim, também.

Georgia cobriu sua boca e começou a chorar.

— Meu Deus, Max. Eu pensei que ia te perder.

— Shh... venha cá.

— Acho que é melhor eu ir chamar uma enfermeira. Ou o médico. Ou os dois.

— Já, já. Deite um pouco aqui comigo primeiro.

Ela ficou balançando a cabeça e chorando.

— Você está mesmo acordado. Não acredito que está acordado. Estou com medo de deitar, porque e se eu estiver sonhando, voltar a dormir e isso não for real quando eu acordar de novo?

— Pare de analisar demais.

— Você está com dor?

— Sinto como se tivesse sido arrebentado na porrada. Mas isso não é novidade.

Ela se aconchegou novamente ao meu lado.

— Estou tão brava. Você devia ter me contado, Max.

— Me desculpe. Estava tentando fazer a coisa certa. Vou me redimir com você.

— Ah, mas vai mesmo. Pelos próximos quarenta ou cinquenta anos, no mínimo.

Sorri.

— A sua versão de punição é a minha versão de paraíso, linda.

— Você sabe por quanto tempo ficou desacordado?

Balancei a cabeça, mas me lembrei daqueles números novamente.

— Foram noventa e seis dias?

— Noventa e seis? Não. Você ficou em coma por dezoito dias. Por que achou que foram noventa e seis?

Dei de ombros.

— Eu me lembro de ouvir esse nome.

Georgia franziu as sobrancelhas antes de sua expressão se encher de compreensão.

— Noventa e seis? — Ela apontou na direção da janela. — Você deve ter nos ouvido falando sobre eles.

Virei o rosto para a janela e estreitei os olhos. O peitoril inteiro estava abarrotado de action figures.

— De onde veio tudo isso?

— São todos os noventa e seis action figures originais de *Guerra nas Estrelas*. Aquele na frente é o Yoda que você me deu na noite em que nos conhecemos. Mas todos os outros foram enviados pelos seus companheiros de time e seus amigos. Alguns dos seus médicos também trouxeram. — Ela balançou a cabeça. — Não acredito que você nos ouviu falando sobre eles, que se lembra da conversa. Do que mais se lembra?

Contei a ela todos os pedaços confusos dos quais me lembrava.

— Nossa. Que incrível. E não dá para acreditar que você está acordado, Max. Eu adoraria ficar deitada abraçadinha com você, mas acho que é melhor eu chamar uma enfermeira para ter certeza de que você está bem. E preciso ligar para a sua mãe. Ela está tão preocupada. Todos nós estávamos.

Assenti.

— Ok, mas, primeiro, venha cá. Traga o seu rosto para perto.

Georgia se inclinou e nossos narizes ficaram a pouquíssima distância. Meus braços pareciam pesar mais de cem quilos, mas consegui erguer uma mão e tocar o rosto dela. Seus olhos brilhavam de felicidade.

— Eu também te amo, linda.

Ela colocou uma mão no peito.

— Você me ouviu dizer isso?

— Claro. Foi isso que me incentivou a continuar lutando.

Oito dias depois, finalmente recebi alta do hospital. Minha família só foi embora uma semana depois disso. Me sentia mal por eles estarem longe das suas vidas há um mês, mas também mal podia esperar para ficar sozinho com Georgia.

Ainda não conseguia andar muito bem. Demoraria bastante até que eu recuperasse a força, então fiquei no sofá enquanto Georgia acompanhava o último hóspede até a porta. Quando ela voltou, a casa estava em silêncio. Ela veio até mim.

— Está ouvindo isso? — perguntei.

Georgia olhou em volta.

— Não, o quê?

Puxei-a pelo braço.

— O som dos seus gemidos.

Ela deu risadinhas.

— Eu não estava gemendo.

— Acho que foi só uma premonição. — Alcancei o botão da sua calça jeans. — Por que está com tanta roupa, caramba?

— Hã... talvez porque o seu irmão saiu pela porta há dois segundos?

Abri o botão da sua calça.

— Espero que tenha trancado.

— Você não pode fazer esforço físico por quatro a seis semanas.

— São de quatro a seis semanas pós-cirurgia. Já faz mais de trinta dias. Já passou do tempo.

Georgia mordeu o lábio.

— Não quero que se machuque.

— Não vou. Sabe por quê?

— Por quê?

— Porque você vai fazer todo o trabalho. Suba aqui, linda.

Vi as chamas despertarem em seus olhos.

— Ok, mas você precisa mesmo me deixar fazer todo o trabalho. Não pode se mexer, Max.

Fiz uma expressão inocente e envolvi seu pescoço com a mão, do jeito que eu sabia que ela gostava.

— Quem, eu?

Tiramos nossas roupas em um frenesi. Georgia primeiro, e em seguida, ela me ajudou a tirar as minhas. Eu teria conseguido sozinho, mas adorei vê-la ajoelhada no chão diante de mim, puxando minha calça. Suas unhas arranharam minhas coxas conforme ela tirava minha cueca boxer, e depois disso, ela montou no meu colo. Senti o calor úmido da sua boceta encostar no comprimento do meu pau.

— Eu quero você — grunhi. — Porra, eu *preciso* de você.

— Também preciso de você.

Georgia apoiou as mãos nos meus ombros e ergueu os quadris. Levei minha mão entre nossos corpos, segurei meu pau e provoquei sua entrada molhada com a pontinha. Ela sorriu, inclinando-se para me beijar conforme descia. Precisei de cada resquício de força de vontade para não impulsionar minha pélvis para cima e assumir o controle. A vontade insana de fodê-la até esquecermos o resto do mundo estava fazendo meus braços tremerem. Ela percebeu.

— Você está bem?

— Nunca estive melhor, amor.

Ela se posicionou com cuidado e então começou a se mover para cima e para baixo, permitindo-me penetrá-la bem fundo. Era como o céu e o inferno ao mesmo tempo. Essa mulher era o amor da minha vida, e me conter era uma tortura.

Ela arqueou as costas, apoiando-se nos meus joelhos atrás de si, e rebolou no meu colo. Quando gemeu meu nome, perdi o controle. Perdi a porra toda. Dane-se essa coisa de ir aos poucos. Se eu ia morrer, queria morrer exatamente do jeito que estava naquele momento, enfiado até o talo na mulher com quem eu pretendia passar o resto da minha vida. Então, comecei a estocar, chocando meu corpo contra o dela em um ritmo só nosso.

— Max... — ela gritou.

— Eu também, amor.

Chegamos ao clímax juntos. Nunca senti algo tão gostoso. Tão certo. Tão verdadeiro. Georgia me apertou com mais força, seus dedos se infiltrando no meu cabelo enquanto ela gemia meu nome de novo e de novo. Seus olhos reviraram e vi o orgasmo tomar conta do seu corpo. Quando ela começou a relaxar, estoquei uma última vez antes de gozar.

Depois, ficamos ali, ofegando. Podia ter durado apenas alguns minutos, mas foi o melhor orgasmo da minha vida. Georgia se aninhou no meu colo e comecei a acariciar seu cabelo.

— Você está bem? Está com dor? — perguntou em um sussurro.

Dei um beijo no topo da sua cabeça.

— Estou bem. Juro.

Ela suspirou.

— Ainda estou brava com você, sabia?

— Se é assim que demonstra estar brava comigo, vou procurar te irritar bastante.

Ela deu um tapa no meu ombro.

— Você me largou. E partiu o meu coração.

— Eu sei. E prometo que vou passar cada dia me redimindo com você.

Meu irmão contara a Georgia que, antes de tudo acontecer, eu tinha decidido fazer a cirurgia. Mas me dei conta de que ela provavelmente não sabia como eu tinha chegado a essa decisão.

— Tate te contou sobre a minha ida até Long Beach?

Ela ergueu o olhar, franzindo o nariz.

— Long Beach? Não. Mas é lá que fica minha loja.

— Eu sei. Quando vim embora para cá, não foi nada fácil. Eu não sentia que tinha tomado a decisão certa, mas não podia correr o risco de te fazer sofrer. Então, comecei a sair por aí de carro para pensar e clarear a mente. Um dia, acabei indo parar em Long Beach. Levei os cachorros para dar um passeio na praia, parei para comprar água para eles e, depois, dei de cara com a sua loja.

— Sério?

— Aham. Entrei lá e dei uma olhada. A funcionária me mostrou os arranjos e falou sobre o banco de dados com sugestões de mensagens para os cartões. Lembrei que você tinha dito que costumava sugerir citações de livros para pessoas que não sabiam o que colocar neles.

— Exato. Eu tinha alguns livros do F. Scott Fitzgerald na minha primeira loja e deixava as citações que eu amava destacadas.

Assenti.

— Eu estava andando para lá e para cá, tentando decidir o que fazer. No fim das contas, a resposta estava em uma dessas citações que você escolheu anos atrás.

— Estava?

— Aham. *Sempre foi você*.

Ela sorriu e seus olhos marejaram.

— Sempre foi você também.

Epílogo
Georgia

Dois anos depois

Era uma noite agridoce.

Eu estava diante do vidro no camarote do proprietário do time, olhando para o rinque. A família inteira de Max estava ali também, dispersos em algum lugar atrás de mim. Eu preferiria ter ficado na arquibancada mais embaixo, mas Celia e Miles Gibson insistiram em receber todos naquela noite importante, e não pude dizer não. Tecnicamente, Miles era chefe de Max, mas Celia e eu nos tornamos boas amigas. Eles me convidavam com frequência para assistir aos jogos no camarote com eles, mas desde que Max retornara, eu sentia a necessidade de ficar mais perto do rinque.

Os últimos anos foram difíceis para Max, com muitos altos e baixos. Após a cirurgia, ele levou quase um ano para voltar ao condicionamento físico necessário para poder jogar novamente. E mesmo depois de inúmeras horas de fisioterapia e treinamento para recuperar sua força, Max seria o primeiro a dizer que, por mais que estivesse em forma para colocar os patins, não era mais o jogador de antes. A ruptura do aneurisma causara algumas sequelas de longo prazo, a pior delas sendo danos nos tecidos e nervos do seu pescoço, que faziam o tempo de recuperação após cada jogo ser cada vez maior.

Por isso, aquele era seu último jogo. No auge dos seus trinta e um anos, o Bonitão Yearwood ia se aposentar. Tinha sido escolha dele, não insistência do time, e ele queria encerrar assim, em seus próprios termos.

Mas ele não ia se afastar do hóquei. Durante o ano em que não pôde jogar, Max ainda ia a todos os treinos e jogos. Ele meio que acabou se tornando um treinador assistente não-oficial para o time, e durante esse tempo, o treinador principal reconheceu que Max tinha habilidades que eram valiosas tanto dentro quanto fora do rinque. Então, Max ia se aposentar hoje, mas, em setembro, voltaria como técnico de força e condicionamento dos Blades. Seu trabalho seria levar os atletas ao auge do desempenho, coisa que ele sabia melhor do que ninguém. A melhor parte dessa mudança era que ele só teria que trabalhar nos treinos, então não teria mais a agenda louca de viagens de um jogador.

Quanto a mim, eu ainda tinha o escritório em Nova York, mas passava a maior parte do tempo trabalhando à distância na Califórnia. Comecei desde que pegara o voo para ficar com Max depois da cirurgia. A princípio, foi porque ele precisava de mim durante a recuperação, mas, com o tempo, acabei me apaixonando pela Califórnia. Nova York sempre teria um pedaço do meu coração, mas eu amava demais a atmosfera tranquila dali. Quase ter perdido Max me ensinou muito sobre prioridades. No fim das contas, minha agenda não era tão ocupada assim para manter um relacionamento, mas o meu relacionamento precisava vir em primeiro lugar na minha agenda, não no último.

O sinal sonoro do último tempo disparou, e meus olhos se encheram de lágrimas. Como o time não tinha passado para as eliminatórias, a vitória daquela noite não mudava a temporada deles, mas dava para ver que ajudava a manter o ânimo. Todos os companheiros de time de Max se juntaram em volta dele, pulando e comemorando o fim de uma carreira de dez anos. Normalmente, os fãs se apressavam para sair da arena assim que o jogo terminava, mas ninguém saiu do lugar naquela noite. Ficaram esperando Max acertar sua última tacada. Quando ele o fez, o lugar inteiro se levantou, gritando e aplaudindo.

Eu não conseguia parar de chorar enquanto assistia. O telão deu zoom no seu rosto sorridente enquanto ele patinava e acenava, e quando chegou à parte que ficava logo abaixo de onde eu estava, ele olhou para cima e me lançou uma piscadela, exibindo aquelas covinhas que ainda me deixavam de pernas bambas. O círculo havia mesmo se completado: da noite em que nos conhecemos e vi seu rosto no telão, até aquele momento em que sua carreira estava chegando ao fim e o começo do resto das nossas vidas estava começando. *Melhor encontro às cegas da história.*

O irmão de Max, Tate, se aproximou de mim e colocou um braço em torno dos meus ombros.

— Pare de se preocupar. Ele está feliz — ele disse. — Naqueles primeiros meses, quando não se tinha certeza se ele conseguiria voltar, eu não sabia como ele sobreviveria sem poder jogar. Mas, agora, ele fez as pazes com esse fato, e muito disso se deve a você, Georgia. Você o fez perceber o que realmente é importante, e ele está ansioso para deslanchar o negócio de Austin, de Lincoln Logs tamanho família. Ele me disse que você vai ajudá-lo. Porra, se o sucesso desse negócio for ao menos a metade do sucesso da sua empresa de rosas, vão deixar Austin muito orgulhoso.

Limpei minhas lágrimas.

— Minha maquiagem já está escorrendo toda. Não piore ainda mais, Tate.

Ele sorriu e apertou meu ombro. Um minuto depois, Maggie veio para o meu outro lado. Ela estava namorando um dos companheiros de time de Max. Eles haviam se conhecido em um churrasco na nossa casa no último verão e, desde então, se tornaram inseparáveis. Foi ótimo para mim, porque isso significava que ela passava bastante tempo na Califórnia e às vezes viajávamos juntas para os jogos.

— Como você está? — ela perguntou.

Suspirei.

— Exatamente como você poderia esperar.

Minha melhor amiga sorriu.

— Quer descer comigo até o rinque? Celia disse que Miles vai dizer algumas palavras. É melhor você estar lá quando o Max sair.

Assenti.

— Sim, vamos.

Maggie e eu mostramos nossos passes livres e descemos para ficarmos próximo da saída do rinque. Os jogadores ainda estavam comemorando quando Miles Gibson entrou na pista de gelo. Ele estava com um microfone na mão e gesticulou para que todos ficassem em silêncio, chamando Max para o centro da arena.

— Boa noite a todos. Acho que nem preciso dizer que hoje foi o último jogo desse cara. Max Yearwood vai deixar o gelo depois de uma carreira de dez anos com seiscentos e setenta e dois gols. Isso o coloca entre os quinze maiores artilheiros de todos os tempos, jogadores que tiveram carreiras duas vezes maiores.

Uma mulher na arquibancada gritou:

— Eu te amo, Bonitão!

Isso desencadeou um ataque de risadas e incentivou um monte de outras pessoas a declararem seu amor. Max balançou a cabeça, baixando o olhar e esfregando a nuca, como se estivesse envergonhado. Mas eu sabia que seu ego havia curtido cada momento da noite.

Após um instante, Miles conseguiu controlar a plateia novamente.

— E depois ainda falam dos homens. — Ele deu risada. — Mas, aproveitando a deixa, quero agradecer ao Max por sua dedicação ao time. Mesmo tendo passado apenas dois anos conosco, ele se tornou uma parte importante da família Blades. E é com muita alegria que anunciamos que vocês podem até não verem mais esse homem no gelo a partir do ano que vem, mas o verão nas laterais do rinque. Max Yearwood nos deixa como jogador hoje, mas se juntará a nós como técnico na próxima temporada.

A plateia enlouqueceu mais uma vez. Miles deixou os gritos e agitos ecoarem por um tempo e depois acalmou a todos novamente.

— Já que parece que as pessoas não estão tão interessadas em mim quanto nesse homem que está ao meu lado, vou passar o microfone para o cara do momento. Senhoras e senhores, Max Yearwood.

Uau. Eu não fazia ideia de que Max ia fazer um discurso, e acho que ele também não sabia. Se soubesse, teria mencionado. Deus sabe que eu surtaria legal se ficasse no centro das atenções desse jeito. Falar em público foi a única coisa da minha lista de verão que eu dera a Max que ainda não tinha realizado.

Porém, essa situação não parecia incomodá-lo. Ele pegou o microfone e acenou para a plateia, como o exibido que sempre era.

— Muito obrigado — ele disse, passando uma mão pelo cabelo. — Nossa, pensei que seria mais fácil. Mas é difícil me despedir de algo que foi a coisa mais importante da sua vida desde os quatro anos. — Ele olhou em volta da arena. — Ainda me lembro do primeiro jogo de hóquei que assisti ao vivo. Eu era o caçula de seis irmãos, e meu pai costumava levar os mais velhos aos jogos, mas era meu aniversário de quatro anos. Então, ele levou a mim e ao meu irmão Austin. — Max fez uma pausa e respirou fundo. Ele baixou o olhar para o gelo por alguns segundos, provavelmente pensando no fato de que os dois não estavam mais ali. Quando tornou a erguer o olhar, ele engoliu em seco e apontou para a fileira do topo da arena. — Sentamos na penúltima fileira. Me lembro de ficar animadíssimo durante todo o jogo e encantado com a velocidade com que os jogadores patinavam. Eu disse ao meu pai naquele dia que queria ser um jogador de hóquei. — Max deu tapinhas no peito, sobre o coração. — Meu pai fez esse gesto em mim e disse: "Ok. Mas é isso aqui que faz um jogador de hóquei, filho. Qualquer um pode patinar". Vinte e sete anos se passaram desde aquele dia, e essas ainda são as palavras mais verdadeiras que já ouvi sobre esse esporte. O hóquei tem tudo a ver com o coração.

Ele fez uma pausa e respirou fundo mais uma vez, dando tapinhas no peito novamente.

— Esse coração me trouxe de volta esse ano. Mas esse coração também sabe que está na hora de ir. Então, hoje eu quero agradecer a vocês por todos os anos que me deram. Todos se tornaram minha família, e eu não podia encerrar minha carreira no gelo de uma maneira melhor do que entregando a vocês um pedaço do meu coração.

Ele virou para o local na lateral do rinque onde eu estava e sorriu.

— Alguém poderia ajudar minha namorada a vir aqui, por favor? Ela não se dá muito bem com o gelo, seja em patins ou naqueles sapatos sensuais que está usando esta noite.

Meus olhos se arregalaram. Mas antes que eu pudesse pirar demais, um dos companheiros de time de Max já tinha aberto o portão para a pista de gelo, e outros dois se aproximaram e me ofereceram a mão. Virei-me para Maggie, surtando e pedindo ajuda, mas ela apenas sorriu.

— Vá agarrar o seu homem, amiga.

Quando dei por mim, eu estava atravessando o gelo, acompanhada por dois homens enormes de patins. No centro do rinque, eles me entregaram a Max e saíram dali patinando.

Max olhou para o meu rosto e sorriu.

— Você está surtando?

Fiz que sim com a cabeça, e isso só o fez rir.

Olhei para as arquibancadas, vendo todas as atenções em mim, e as vozes pareceram sumir ao mesmo tempo. A arena inteira ficou em um silêncio tão profundo que daria para ouvir um alfinete caindo no chão. Eu não sabia se estava imaginando ou não, mas, quando virei novamente para Max, vi o que tinha feito todo mundo ficar quieto. Max estava com um joelho apoiado no chão.

Ai, meu Deus. Cobri a boca com a mão trêmula.

Max segurou a outra e a levou para seus lábios, beijando o dorso.

— Georgia Margaret Delaney, eu sou louco por você desde a noite em que invadi o seu encontro às cegas.

Balancei a cabeça.

— Porque você *é* louco.

Max apertou minha mão.

— A única coisa que me ajuda a suportar deixar o hóquei é saber o que está esperando por mim do outro lado. Você me deu muito mais do que eu achava ser possível. Você me deu força e coragem para mudar, não só em relação à minha carreira, mas também como homem. Eu quero ficar velhinho ao seu lado, Georgia.

Ele pegou uma coisa que estava ao seu lado no gelo: uma caixinha preta de veludo e... o Yoda. Max tinha uma coleção enorme agora, principalmente depois da estadia no hospital, mas o que ele tinha na mão estava com uma das orelhas lascadas na pontinha. Parecia ser o que passei a carregar comigo todos os dias desde o dia em que nos conhecemos. Max notou que eu estava fitando o bonequinho.

— Sim, é o seu. Peguei emprestado da sua bolsa ontem à noite quando você não estava olhando. Imaginei que fosse precisar de toda a sorte que pudesse arranjar. — Ele piscou para mim. — Você não precisa de sorte. Você já me tem.

Max tocou minha bochecha e notei que sua mão estava tremendo. Para um cara que costumava ter uma autoconfiança tempestuosa e um orgulho convencido, ele estava bastante nervoso. Meu coração derreteu mais um pouco. Ele respirou fundo mais uma vez e soltou o ar pela boca, sorrindo, antes de abrir a caixinha. Dentro dela havia um anel de diamante com corte esmeralda.

— Georgia, você é o motivo do meu sorriso todas as manhãs e todas as noites. Hoje, estou te pedindo que o coloque no meu rosto para sempre. Você aceita, meu amor? Aceita se casar comigo e me fazer o cara mais feliz do mundo?

Curvei-me e segurei seu rosto entre as mãos, pressionando a testa à dele.

— Sim! Sim, eu aceito me casar com você.

Max esmagou seus lábios nos meus. Em algum lugar distante ao fundo, ouvi o rugido da plateia.

Quando separamos nosso beijo, ele sussurrou:

— Eu te amo, linda. Foi um longo caminho desde minha proposta de verão até aqui, não foi?

— Com certeza.

— Estou *muito* aliviado por essa ter sido uma decisão que você não precisou ficar uma eternidade analisando.

Sorri.

— Eu só preciso analisar coisas incertas. Quando se trata de você, a única pergunta que tenho em relação à nossa vida juntos é: já podemos começar?

Agradecimentos

Para vocês, *leitores*. Muito obrigada por continuar comigo nessa jornada. Espero que a história de Max e Georgia tenha sido um pequeno escape da realidade para vocês e que voltem em breve para ver quem serão os próximos!

Para Penelope. Escrever pode ser uma profissão solitária, mas não quando se tem uma amiga que está com você em cada etapa do caminho. Obrigada por sempre vir junto comigo.

Para Cheri. Obrigada pela sua amizade e seu apoio. Espero que possamos voltar com tudo este ano!

Para Julie. Obrigada pela sua amizade e sabedoria.

Para Luna. Tanta coisa mudou no decorrer dos anos, mas posso sempre contar com sua amizade e seu incentivo. Obrigada por estar sempre comigo, frequentemente às cinco da manhã.

Para o meu maravilhoso grupo de leitores no Facebook, Vi's Violets. Mais de vinte e duas mil mulheres inteligentes (e alguns homens fantásticos) que adoram falar sobre livros em um só lugar? Tenho muita sorte! Cada um de vocês é um presente. Obrigada por todo o apoio.

Para Sommer. Obrigada por desvendar o que eu quero, geralmente até antes de mim.

Para minha agente e amiga, Kimberly Brower. Obrigada por estar sempre comigo. Cada ano me traz uma oportunidade única vinda de você. Mal posso esperar para ver o que mais você vai aprontar!

Para Jessica, Elaine e Julia. Obrigada por ligarem todas as pontas soltas e me fazerem brilhar!

Para Kylie e Jo, da Give Me Books. Não sei como consegui fazer alguma coisa antes de ter vocês, e espero nunca ter que descobrir! Obrigada por tudo que fazem.

Para todos os blogueiros. Obrigada por inspirarem leitores a me darem uma chance e por estarem sempre presentes.

Com amor,

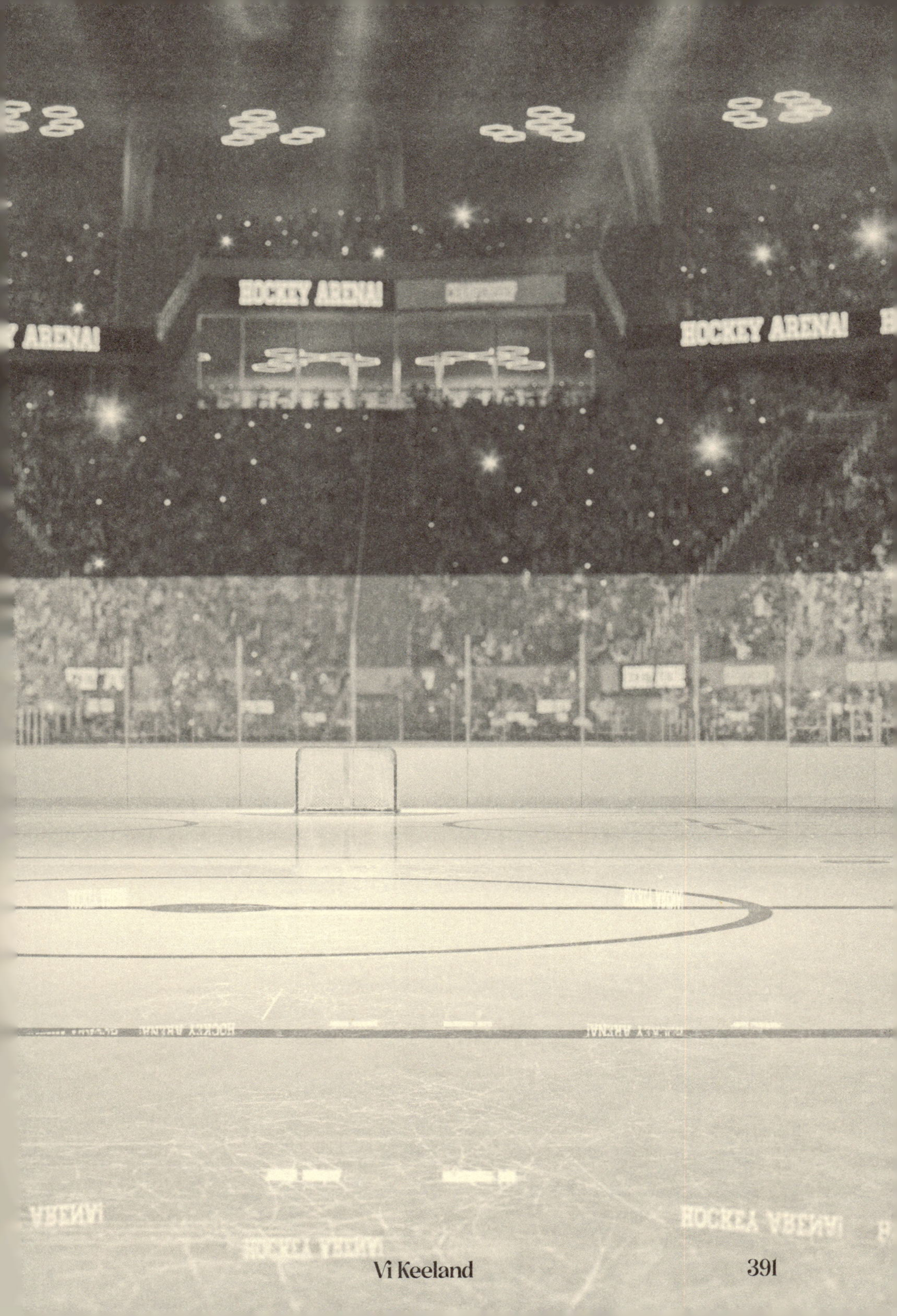

Editora Charme

Entre em nosso site e viaje no nosso mundo literário.
Lá você vai encontrar todos os nossos
títulos, autores, lançamentos e novidades.
Acesse www.editoracharme.com.br

Você pode adquirir os nossos livros na loja virtual:
loja.editoracharme.com.br

Além do site, você pode nos encontrar em nossas redes sociais.

 https://www.facebook.com/editoracharme

 https://twitter.com/editoracharme

 http://instagram.com/editoracharme

 @editoracharme